U0940273

启明星在闪耀

胡永明诗书评论集

舒爱萍　编著

图书在版编目（CIP）数据

启明星在闪耀:胡永明诗书评论集/舒爱萍编著. --北京:中国文联出版社,2017.2

ISBN 978-7-5190-2599-1

Ⅰ.①启… Ⅱ.①舒… Ⅲ.①胡永明－文学评论－文集 Ⅳ.①I206.7-53

中国版本图书馆 CIP 数据核字(2017)第 037935 号

启明星在闪耀：胡永明诗书评论集

编　　著：舒爱萍

出 版 人：朱　庆

终 审 人：奚耀华　　复 审 人：王　军

责任编辑：顾　苹　　责任校对：胡宝华

封面设计：胡俊晴　　责任印制：陈　晨

出版发行：中国文联出版社

地　　址：北京市朝阳区农展馆南里 10 号，100125

电　　话：010-85923035（咨询）85923000（编务）85923020（邮购）

传　　真：010-85923000（总编室），010-85923020（发行部）

网　　址：http://www.clapnet.cn

E - mail：clap@clapnet.cn　　gup@clapnet.cn

印　　刷：北京艺堂印刷有限公司

装　　订：北京艺堂印刷有限公司

法律顾问：北京天驰君泰律师事务所徐波律师

本书如有破损、缺页、装订错误，请与本社联系调换

开　　本：880×1230　　1/32

字　　数：165 千字　　印 张：10.5

版　　次：2017 年 2 月第 1 版　　印 次：2017 年 2 月第 1 次印刷

书　　号：ISBN 978-7-5190-2599-1

定　　价：36.00 元

舒爱萍　笔名清瑾，1957 年 12 月生于上海，祖籍苏州。中国诗歌学会会员、中华诗词学会会员、中国现代作家协会会员。

目　录

第二集　书评

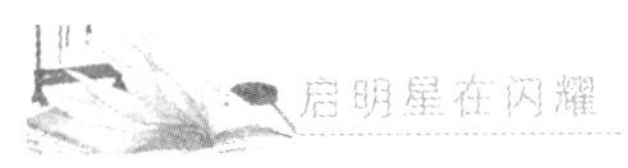

第三集　综评

附录

序

孙琴安

胡永明近几年写诗颇勤，接连出版了《晚潮拍岸的声响》《阳光化作七彩虹》《给远方的至爱》三本诗集。虽然其中有些是他早年的诗作，但更多的仍是他近些年的新作。如今又将出版新的诗集《启明诗》。凡此，都引起了各方关注，并引出了不少文章。其中有诗评、也有书评。其妻舒爱萍一向支持丈夫的诗歌创作，曾写过《诗缘 情缘》等文，这次又把这些与胡永明相关的诗评、书评汇编成一部书稿，取名《启明星在闪耀 胡永明诗书评论集》，希望我能写篇序。

我在去年春天认识胡永明夫妇，知其伉俪情深，夫唱妇随，热爱缪斯，也读过胡永明的一些诗，如今读了这些诗评、书评，也的确有些感想，此处不揣冒昧，略抒己见。

《启明星在闪耀 胡永明诗书评论集》共分三大部分，第一集为诗评，第二集为书评，第三集为综评。末有附录。第一集收录的多为对胡永明诗歌的评论文字，其中包括著名作家叶辛、著名诗评家吴欢章、潘颂德、著名诗人刘希涛等人的评论文章。第二集收录的主要是对胡永明的《诗歌创作手册》所写的书评，其中包括著名作家曹正文、张斤夫、教授张文贤等。

这前两集收录的都是学术性的评论文章和研讨会的发言材料，第三集收录的则是一些诗人、作家对胡永明诗歌、书籍所写的散文、诗歌和文赋等文学作品。由于书中涉及的问题很多，无法面面俱到，这里只想就第一集诗评文章中所涉及的几个问题，谈一些粗浅的看法。

叶辛、吴欢章、潘颂德、刘希涛等人的诗评文章，尽管长短不一，但从各个不同的角度，都对胡永明的诗作出了相应而又互异的评价。在这些评价过程中，也有意无意地提出了一些诗歌理论，或诗歌创作发展演变过程中的一些现象，值得引起我们的关注，并作进一步的探讨和深究，至少可有一个来龙去脉的厘清和梳理。

吴欢章在《胡永明的诗——〈启明诗〉序》一文中，提到了胡永明的咏物诗。而胡永明也的确写过不少咏物诗，如《水杉》《红梅》《蒲公英》等，并在《阳光化作七彩虹》一书中，把咏物诗列为第一编，在《诗歌创作手册》中的“诗歌类型”里，也专门列有“咏物诗”。

的确，咏物诗自古有之，可列为一大类型。但从《诗经》中的《关雎》《桃夭》诸篇来看，貌似咏物，实际上都是借物起兴，“先言他物以引起所咏之词”，并非通篇咏物。中国咏物诗的繁兴在唐代，其中李峤又是杰出的代表。李峤（645-714），字巨山，初唐至盛唐间著名诗人，曾任宰相。与苏味道、崔融、杜审言并称“文章四友”，又与苏味道并称“苏李”。唐玄宗有一次听梨园弟子唱李峤的《汾阴行》，泣下沾襟，赞叹道：“李峤真才子也！”李峤的诗文不仅在当时被称为“一代之雄”，而且也是中国咏物诗的第一位大家，《全唐诗》载其诗5卷，其中咏物诗就达一百多首，从《日》《月》《星》《风》《江》《海》《河》《池》，到《纸》《笔》《剑》

《刀》《琴》《筝》《笛》《笙》，从《床》《席》《帘》《屏》《被》《扇》《烛》《钱》，到《菊》《竹》《松》《梅》《鹤》《燕》《熊》《豹》……无不入诗吟咏，数量之多，涉物之广，可谓前无古人。正是在他的开创下，晚唐咏物诗大兴，以至宋之词、元之曲中，亦多有咏物之作。

吴欢章的文章中又提到了诗歌的想象，以为“诗歌创作离不开想象，有想象始能创造”。我很认同这一观点，而胡永明的有些诗如《诗歌畅想》等，也不乏想象。近半个多世纪以来，我们一直强调生活对于文学创作的重要性，对于想象在文学创作上的重要性不很重视，有时甚至还有所忽略，仿佛有了生活、深入了生活就有了一切似的。其实，想象对于文学创作，特别是诗歌创作具有非常重要的意义。如唐代诗人王昌龄，生平没有去过边塞，却写出了《出塞》《从军行》等一系列著名的边塞诗，“秦时明月汉时关”等至今流传。王建生平从没有在朝廷任官，都在地方做小官，对于皇宫生活从没看到过，只是听一个太监说说，便写下了一系列的《宫词》，成为唐代最杰出的《宫词》作者。《旧唐书·王建传》说“《宫词》百首尤传人口”。刘禹锡还没去过金陵城，就写了《石头城》《乌衣巷》等描写金陵城的千古杰作。艾青从没看到过举着火把游行的队伍，完全凭想象写出了长诗《火把》，结果也获得了意想不到的成功。凡此，都说明了想象对于诗歌创作的重要性，也印证了吴欢章对胡永明诗的评价。

刘希涛在《追求完美人生，创作精美诗歌》一文中，也对胡永明的诗歌创作情况进行了一系列的评价，除了说他的诗主要有三个特点以外，还特地提到了胡永明即将出版的新诗集《启明诗》，内收入诗歌 136 首，“分为咏物诗、山水诗、建设诗、人物诗、爱情诗、随感诗等 6 辑。”中国古代编诗

集，多以诗体编排，先古风，后近体；先五言，后七言；先律诗，后绝句。也有以内容题材分类编排的。如元代方回的《瀛奎律髓》、明代张之象的《唐诗类苑》等，皆属此类。而胡永明《启明诗》的编排体例，恰为后一种。那么，这就很自然地牵涉到一个诗歌现象问题：中国诗歌的分类现象究竟起于何时？

根据我的考察，中国诗歌的分类现象，应该起始于魏晋时期。尽管《诗经》中有“风”“雅”“颂”，由此又有所谓“十五国风”“大小雅”“三颂”（周颂、鲁颂、商颂），那主要是根据民歌的采集地域，或从音乐及其应用等方面来加以处理的，与胡永明《启明诗》中的分类不同。然从魏晋开始，才有了现代意义上的诗歌分类：如潘岳首开悼亡诗的门类，左思首开咏史诗的门类，谢灵运首开山水诗的门类，陶渊明首开田园诗的门类，孙绰首开玄言诗的门类，郭璞首开游仙诗的门类……而阮籍首开的咏怀诗，后又被陈子昂、张九龄等所继承，只是名称改为了《感遇》诗，其实质则一脉相承。胡永明“诗歌分类”中的“随感诗”，与此略有相近而又有所不同。至于胡永明所说的“人物诗”和“爱情诗”，那主要是从唐代，特别是从中、晚唐以后才开始流行起来的。

胡永明曾写有不少人物诗，包括他对历史人物的吟咏和描写。毫无疑问，这些诗是有意义的。因为中国诗歌对人物的大量吟咏，亦即大量人物诗的出现，要到晚唐五代。之前虽然李白的《赠孟浩然》等诗中有着对人物的吟咏或赞美，但就题材而论，仍属于赠人之作，即赠人诗。只有到胡曾、周昙等晚唐五代诗人的出现，才把中国的人物诗推向了一个高潮。特别是胡曾，他把春秋战国两汉时期许多著名人物都纳入诗中，人各一首，就像李峤写咏物诗一般。可惜这一传统门类自小说兴盛后，便有所丢失，现胡永明重新拾起，值得关注。

在唐以前，中国的爱情诗并不多。即使有，也多在民歌之中，如《诗经》中的《子衿》，以及南朝乐府民歌中的《子夜歌》《懊侬歌》等，或者便是《玉台新咏》中的艳情诗，真正的文人写自身爱情的诗很少见。如阮籍、嵇康、陆机、左思、谢灵运、陶渊明、庚信等众多著名诗人都不写爱情诗，即使到了初、盛唐，无论是"初唐四杰"还是"沈、宋、苏、张"，或是李白、杜甫、王维、孟浩然诸大家，都不写爱情诗。所以朱自清曾遗憾地说:"中国缺少情诗，有的只是'寄内''赠内'。"中国第一个以文人身份大写爱情诗的，当从元稹开始。自元稹写艳情诗，才有了李商隐的《无题》诗和晚唐爱情诗的大量涌现，并有晚唐五代的情词艳词和"诗言志，词言情"的说法。因此，爱情诗作为一个诗歌门类，也有一个发展过程。可惜共和国成立以来不提倡，所以即使像艾青、贺敬之、郭小川这样的名诗人，也看不到他们的爱情诗，所以也找不到他们的恋爱痕迹。这不能不说是一个重大遗憾。而如今胡永明写了这么多的爱情诗，并有情诗专集《给远方的至爱》，当然更应引起我们的关注与点赞。

潘颂德的诗评文章为《学习、继承中国诗歌两个传统的华章》。他认为四、五千年的中国古代诗歌有其传统，一百年的新诗也有其传统，而胡永明所写的《启明诗》，对中国的古诗传统和新诗传统都有所学习和继承，我感到这一观点倒是有点意思的。因为当今中国的写诗者，写旧诗的只注意旧诗的传统，写新诗的多注意新诗的传统。而胡永明对这两种传统都加关注，在写诗时能兼容并蓄，互相打通，有时以新诗的传统为主，有时以古诗的传统为主。如他有相当一部分诗，运用了古诗的齐言形式，句式比较整饬，但词、字的组合上又借鉴了新诗，显得比较自由灵活。其实殷夫在译裴多菲的诗“生命诚可贵，爱情价更高。若为自由故，二者皆可抛”时也是用的这种方式，虽未用平仄，却获得了巨大成功，至今流传。老实说，他当初如果用白话新诗的自由体形式来加以翻译，未必能如此流传。此外，像李大钊的《山中即景》:“是自然的美，是美的自然。绝无人迹处，空中响流泉。”也是用的这种方式，不讲究平仄，同样也获得了成功。所以，胡永明对古诗、新诗两种传统均加兼顾，从而形成自己的写诗方式，也有他的理由，也是值得我们关注的。

有关诗的评论集，百年来已出版过一些；有关诗的书评集，也有不少，但把诗评文章和书评作品汇集于一册而加以出版的，并不多见。也可视为此书的特色。何况其中还涉及到了不少诗歌现象和理论问题，有些亟需解决而至今尚未解决，有些还是当前的热点。所以，很希望此书的出版能引起读者足够的重视，从而推动中国诗歌的进一步发展。

是为序。

2016 年 11 月 19 日于上海社会科学院文学研究所

（作者系上海社会科学院文学研究所研究员、诗评家、上海文史馆馆员）

第一集

诗评

捕捉“诗眼”

叶　辛

刚从武汉参加“聂绀弩诗词奖”终评归来，案头放着几本胡永明诗选，顿时，终评会上各位评委对当代诗歌发出的高论、鸿论和议论又一次回响耳畔。

一曰今日之诗坛，诗歌创作的数量，可谓数不胜数、难以计数，只能用“巨量”二字来形容。

二曰今天的诗歌创作，形式之多样，令人目不暇接，有儿歌、散文诗、格律诗、古风体、自由诗等不一而足，有的甚至难以分辨。

三谓近年来由于退休人员的剧增，写作诗词的作者越来越多，发表的园地十分宽泛，故而什么样的律诗都能读到，什么样的词也能见着。于是乎关丁要不要固守格律的传统，是严守平平仄仄的古训，还是不必墨守成规，又是一番感慨和各抒己见。

第四种议论最为引起我的兴趣，那就是诗歌创作和评选，应该注重诗人整体的创作水平，而不能只看诗人写出一首二首好诗，甚至一句两句格言警句式的佳作就给奖。

装了满满一脑子的诗评印象回到上海，打开胡永明的诗选，先选读的就是他写上海外滩黄浦江的诗。《夜游黄浦江》中的两句，他是这么写的：

水中灯船泛月光，
两岸晶宫炫入目。

游过黄浦江的人，都会有这样的感受。这是对浦江夜的赞美，对上海外滩的赞美。于是我一一选读了他两本诗集中所有的山水景观诗和随感言志诗，尤其是对那些我也曾到过的地方，读得更加细微一些。我感到胡永明的这些诗，有的是描景，有的是寻趣，有的则注重联想，各有入诗的角度，各有可咀嚼之处。

现在，胡永明又要出版爱情诗选了。书名《给远方的至爱》。

顾名思义，是在与恋人相居两地时写下的诗。我们来读一读，看看胡永明先生在这些爱情诗中，侧重的是哪个方面呢？

我是那么痴心。
字里行间总能看到可爱的你；
我是这样爱你，
你的每一封来信都使我狂喜。

最后这一句也是这首诗的题目，更是这首诗的“诗眼”。

再诗一首：

可别嫁给小心眼呀，

要不，我们的友谊就完啦。
你会违心地疏远我，
对着醋海伸手给他。
……

选这两首就够了。“可别嫁给小心眼呀”是这首诗的题目，也是这一首的“诗眼”。

一首好诗是需要“诗眼”的。好的诗眼能让人喜欢，让人反复吟咏，甚至成为佳句流传。流芳百世的千古绝句，往往就是那一首诗的诗眼。

愿胡永明在今后的诗歌创作中，捕捉到更多的“诗眼”，诗的眼。

是为序。

（作者是中国作家协会副主席、著名作家）

胡永明的诗

——《启明诗》序

吴欢章

胡永明同志是公安干部，也是诗人。他一手持剑与盾，一手执笔写作诗篇。多年来，他在保境安民的同时，讴歌社会主义建设，礼赞中华民族的古圣先贤和当今的先进人物，吟咏祖国的如画江山，抒写美好的爱情，表现了一位公安战士丰富多彩的心灵世界。

永明近年走南访北，观山阅水，屐痕处处，吟咏连连，创作了不少吟咏祖国山川的诗篇。他的写景诗，主要采取了两种表现方式。一种是融情入景。譬如《太湖晚景》，抓住山落日、水余辉、渔火闪、潮声回的一系列景物特征，给我们描绘了一幅苍茫淡远、静美幽深的图画，作者并没有显形发声，但我们通过意趣悠然的画面，不难倾听到他那安谧惬意、忘情于如诗景色的心声。另一种是借景抒情。譬如《善卷洞》，着重抓取“雨后水声辨四门，地下古溪疑龙宅”这一善卷洞的特色景观，从而引申出不择细流、积弱成强的生活哲理：“绝妙洞天哪里来？轻滴缓流千万载！”不管采取哪种方式，能敏锐抓住自然景观的独特之点，进而营造出情景交融的艺术境界，就是胡永明写景诗值得称道的地方。

永明还写了许多咏物诗。我国古代诗歌有咏物的历史传统。咏物诗最忌见物不见人，如此就成了植物标本。古来优秀的咏物诗大多是感物咏志之作，看来永明的咏物诗，就是继承了这种优秀的传统。他的咏物诗，有感也有悟，总是借某种特定之物抒写自己的某种特定之志。他咏《迎春》，有感于“翠蔓临风舞，金英带雪开”，悟出“休言弱似柳，最早迎春来”。他吟《月季》，面对“春光住此中，方谢又复荣”，想到“不怕寒和暑，赢得月月红”。他歌《油菜花》，赞赏“从南到北次第开，黄海香波涌春来”，揭示“一棵独长不流金，万株丛生方溢彩”。永明也有一种咏物诗，另具独特的形态，即隐身于物，物以代言，例如《叶》:“春添一抹绿，夏展一片荫。黄了不居高，愿当炉内薪。”在这里，人即叶，叶即人，物态即人情。永明更有一种咏物诗，出人意料，从陌生化的视角，表达了一种新奇之情。《汗盐花》即属此类，它竟然歌唱了自然界百花之外的“工农衣上的汗盐花”，揭橥“花自红心发呀，根在炉前田头扎”，赞美“它是工农爱戴的花，它是不谢的迎春花”。《神奇汉语诗》也属此类。它赞扬的是“寥寥数千方块字，源源不断古今诗”，这是不是“止于语言”的“形式主义”呢？否！请看后两句:“排列组合无穷尽，传世佳作出真知。”它是通过“字”宣扬生活的“真知”。我们不难看到，永明的咏物诗，不仅表现了他热爱自然的秉性，而且由他特意挑选的喜爱之物，抒写了一种高尚的人生情怀和独到的生活感悟。尤其值得注意的，是他所感之物与其所咏之志中间，存在着一种内蕴的对应相适之处，犹如羚羊挂角，没有斧凿之痕。

永明的诗，不论写景或咏物，都有不同程度的主观的介入，构成情景情物交融的境界。王国维在谈到诗的境界时，将之分为“有我”的境界和“无我”的境界。其实，诗歌创作皆

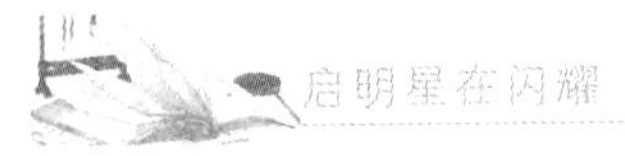

是主观和客观的交融和统一，不可能具备“有我”和“无我”之分，而只有“显我”和“隐我”之别，诗不会有“无人之境”，否则就不是艺术了。诗歌创作离不开想象，有想象始能创造，而想象正是人主观世界的派生物。问题的关键，在于诗人在诗歌创作中要努力让主体和客体达到水乳交融和物我一体的程度。看来，永明的诗在这方面是做得不错的。

在诗的各种体裁中，爱情诗可说是最为直接抒情，诗人的面影和心声表现得最为明显的。永明也写了大量爱情诗，显示了公安战士柔情似水的精神侧面。然而他的爱情诗，不同于西方爱情诗那种激情似火、满纸热语的表现方式，他的爱情诗写得婉约含蓄、情在言外。他写男女的热恋：“林中迷恋处，月起不觉迟。”“柳下握别云落泪，山间笑语水弹琴。”这里只有旁敲侧击，秘响旁通。他写爱侣的惜别：“春江情脉脉，南岭愁重重。渡口俩依依，黄昏雨濛濛。”这里也只是利用重叠词，渲染温情脉脉的环境氛围，间接地表现了缠绵悱恻、欲说还休的心曲。即使是直言爱情的幸福感，譬如在《爱情与幸福在一起》中，仍然也只是运用排比的句式和通过比兴的手法，慢慢逼近爱情的堂奥：“……山峰与崇高在一起，海洋与博大在一起，草原与生机在一起，爱情与忠诚在一起。//雄鹰与理想在一起，骏马与奋斗在一起，鲤鱼与前程在一起，爱情与成功在一起。……”永明这种虽直接仍婉转的抒情方式，显示了中国人真挚而不外露的情感特征，表现了他的爱情诗的民族特色。

永明的诗有新体也有旧体，新体有自由体也有半格律体，旧体有绝句也有律诗，正如臧克家所笑言的：“我是一个两面派，新诗旧诗我都爱。”这表明永明的阅读涵盖古今，写作不论新旧，他把诗歌的悠久传统贯通了起来。正缘于此，所以他的新体诗含有古韵，旧体诗具有今意。这是一个好的开头，看来如何使古今的诗体更好地对接、融合及相互转化，是永明需要继续努力探索之处。如果对永明今后的诗歌创作有什么建议的话，我希望他能进一步做到：人所未言我先言之，人所浅言我深言之，人所难言我易言之，也就是说，但愿他今后的诗作，能更加有新意，更加有深意，也更加有个性。诗路漫漫，《启明诗》出版是一个新的出发点，期望他继续勇敢地向前走去。

（作者是中国作家协会会员、著名作家和文学评论家）

追求完美人生　创作精美诗歌

——胡永明新诗集《启明诗》序

刘希涛

2016年是永明在诗歌园地上辛勤耕耘并喜获丰收之年。他当年创作的新律诗《西安感赋》、新风诗《雨滴》，加上2013年创作的自由诗《牵牛花的心曲》，在有16236位中外作家参赛的“第三届中外诗歌散文邀请赛”上获得一等奖，他被授予“中外诗歌散文精英人物”称号；他的《蝉》《夹竹桃》等15首诗歌在有诸多名家参赛的“第二届诗词世界杯中华诗词大赛”上获得一等奖，他被授予“中华优秀诗人词家”称号；他的《叶》《给远方的至爱》等3首诗歌在“2016年全国诗书画家创作年会”上获得一等奖，他被授予“2016年全国诗书画精英人物”称号；《组织人事报》《华星诗谈》等报刊和《2016年第三届中外诗歌散文精品集》《第二届诗词世界杯中华诗词大赛精品典藏》《我的自选作品》《心灵霞光》等书籍共发表、收入他的诗作89首（次），即将出版的《中国时代文艺名家代表作典籍》《2016年全国诗书画家作品年选》也分别收入了永明的诗歌；作家出版社还出版了他的爱情诗集《给远方的至爱》；2016年12月1日《文学报》发表了著名诗评家吴欢章教授撰写的诗评文章《胡永明的诗》。

永明已出版了 1 本诗歌工具书和 3 本诗歌选集。他编著的《诗歌创作手册》包括《诗歌艺术》和《通用规范汉字诗声韵》，是学习、鉴赏、创作诗歌的宝典，已被书问网和百度学术专设词条，原价 39 元的一本书在网上被店家最高卖到了 168 元。他的第 1 本诗选《晚潮拍岸的声响》主要收入青少年时代创作的诗歌，第 2 本诗选《阳光化作七彩虹》主要收入中壮年时期创作的诗歌，第 3 本诗选《给远方的至爱》是爱情诗专集，这三本选集中的 132 首、170 首和 85 首诗歌都是时代发展和作者情思的诗意写照。

永明又要出版新诗集了，以自己的笔名“启明”+“诗”为书名。《启明诗》的书名有特色，有以诗启情明志之意。此书共收入作者从成年前至今 40 多年间创作的具有一定代表性、作者及其亲友都较喜爱的 136 首诗作，分为咏物诗、山水诗、建设诗、人物诗、爱情诗、随感诗等 6 辑。其中前 2 辑写的是生物、山水等自然题材；中 2 辑写的是事物、人物等社会题材；后 2 辑写的是爱情、情思等个人题材。诗同其人，诗为心声。永明的人品、基础和经历对其创作诗歌产生了重大的影响，决定了收入《启明诗》中的诗歌主要有以下三个特点：

一是境界高、意境好。永明中学、大学毕业后，两次留校工作；26 岁调下到公安机关，迄今一直以“保国卫民”为己任。他已有 40 多年工龄，30 多年警龄，20 多年领导干部经历，其中担任处级领导 16 年多、授衔高级警官 10 年多。他 29 岁那年秋季，面对落叶缤纷，即景抒怀，写了一首言志诗《叶》：“春添一抹绿，夏展一片荫。黄了不居高，愿当炉内薪。”身为人民卫士，永明自喻为叶，诗中所表达的乐于奉献、勇于献身的思想境界是高的，所呈现的情景交融的艺术意境是好的，读来令人感佩。

二是感情真、形象活。永明是个本色、善良、灵秀、达观之人，他有着在报国为民中实现人生价值的志向、激情、毅力和行动，既有雷厉风行、坚持不懈的刚性，又有真诚待人、热忱助人的柔情。他创作的诗歌，除了有“诗魂”，就是有“真情”，而且形象生动。上世纪八十年代初，诗人在与妻子分别的日子里写了《给远方的至爱》:“你远在天涯，就像明月挂在天际；你在我心中，就像明月映在水里。我的祝福是清晨的鸟鸣，为使你快乐千啭百啼；我的召唤是黄昏的轻风，留恋地牵起你的罗衣；我的相思是不尽的流水，长年缠绵在你的住地；我的情爱是不落的太阳，环绕着你永远不会偏离。”此诗在结构上与一般的诗不同，它由“引诗”+“主诗”组成。“引诗”共4句，分为2个递进的层次来表现，你既“远在天涯”，又“在我心中”，并分别明喻为“就像明月挂在天际”“就像明月映在水里”，使之形象生动起来。“主诗”共8句，分为4个并列的层次来表现，对我的祝福、召唤、相思、情爱，分别暗喻为“是清晨的鸟鸣”“是黄昏的轻风”“是不尽的流水”“是不落的太阳”，并进而“粘连”引申出“为使你快乐千啭百啼”“留恋地牵起你的罗衣”“长年缠绵在你的住地”“环绕着你永远不会偏离”，充分表达了诗人对妻子的思念、盼望、祝福和钟爱。

三是语言精、韵律美。永明从小打下了坚实的文字基础，在工作岗位上又专职从事文字工作近14年，并在论文写作、新闻写作、诗歌写作等方面齐头并进、融会贯通，成为在公安事业、学术事业、文学事业上同步发展的人。他担任领导干部的经历，使他增强了思想觉悟和政治定力；他从事理论研究的经历，使他增强了顶层设计和系统思维的能力；他写作消息、通讯的经历，使他增强了社会观察力和文字表达力。这些都对他创作诗歌产生了深远的影响，使他的诗歌写人物往往是“整体性”描写，写景物往往是“全景式”描写，而且善于将理性融入形象之中。加之他从小以来一直追求完美，所以在创作诗歌的语言、韵律等方面也往往表现出精美的特点。今年，永明获得“第二届诗词世界杯中华诗词大赛”一等奖后，应邀为在西安举行颁奖和采风活动创作了《五律·西安感赋》，不料此诗又获得“第三届中外诗歌散文邀请赛”一等奖。全诗如下:“秦峰拥雁塔，渭水育英豪。汉启丝绸路，唐弘盛世朝。救国齐荡寇，兴市共逐潮。继古开今日，人民尽舜尧。”格律诗是兼具简洁美、均齐美、对称美、节奏美、音乐美的大美诗体，此诗用的是五律中的“首句平起不押韵平韵式”的格律，按照“起承转合”和颔联、颈联“对仗”的典型写法创作，并加了首联对仗，还运用了多种艺术表现手法。如在“秦峰拥雁塔，渭水育英豪”中，连用了三个“以特点代整体”的凸显方法，即以“秦峰”代秦岭、以“雁塔”代西安、以“渭水”代“渭河”，增强了艺术表现力。全诗语言精美，韵律和美。此诗创作完成后，在短短几个月中就被4部正式出版的诗文选本选用。

《启明诗》确是一本值得欣赏的精品诗集，值得广大读者品读鉴赏。

我和永明有着两代人的情缘。永明的父亲胡宝华是工人作家的优秀代表，他的小说对我走上文学道路、创作文学作品产生过重要影响。永明虽然比我小13岁，但我们却是同月同日生的，都是从小与诗结缘、终生与诗为伴的，又同为复旦校友，因而成了忘年交。2015年底，我写过一篇《我与“父子作家”的情谊——记胡宝华、胡永明》，记叙了我与这“两代作家”的情缘。此文先后在《联合时报》《中国报告文学》和

《上海作家》等报刊上发表，又被收入文汇出版社最近出版的《文化名人与“涛声依旧”》。最近，永明又要出版《启明诗》，邀我作序，我虽忙于举办“《我的自选作品》暨《关于爱情》《文化名人与‘涛声依旧’》新书首发式”，又忙于文汇出版社“出海口”诗文库第19套文学图书的编辑出版，但还是很乐意把我对永明和他的诗歌了解的情况写成此文，作为我对永明的介绍和对《启明诗》的推介。

是为序。

（作者是中国作家协会会员、著名“钢铁诗人”）

于无声处诗泉涌

——胡永明其人其诗

赵进一

去年秋天，多年好友胡永明告诉我，他有本书即将出版。对此，我并不吃惊。他从警数十年，做过公安理论研究和调查研究（市局研究室副主任），也当过市局领导的“大秘”（市局纪委办公室主任），现在又担任政工领导（市局农场分局政委）。十几年前，他通过在职苦读，取得了复旦大学法律硕士学位。他先后发表论文 38 篇次，获得各类奖项 13 次……应该说，在理论方面他颇有造诣，出本论文集乃平常之事。于是，我问他是关于哪个研究课题，哪家出版社出版？他微微一笑道，是诗集，文化艺术出版社出版，现正在付印之中。他说他从小就爱好读诗、写诗，什么古风诗、格律诗、自由诗等，他都喜欢……他是中国诗歌学会会员、中华诗词学会会员。我惊奇得张大了嘴巴，一下子觉得他好陌生。

我吃惊，倒不是因为诗的品位高，他没有这样的学识与水平，而是因为他所从事的工作——平时，他写的多为政法方面的公文、论文，我想即使有点诗情，恐怕也会跑得无影无踪；再者，他那“一板一眼”的个性，实在与“诗情画意”联系不起来。我与他交往也有十多个年头了，平时我们交谈的话题（包括写作）不少，但从未涉及过诗。现在，他竟不声不响地突然出了诗集。

到了年底，他那本散发着墨香的诗集《晚潮拍岸的声响》终于到了我手中。我看了下封面，果真是文化艺术出版社出版，书名也颇有诗意。细细品读后，大出意外，本以为很可能是些关乎工作的干巴巴的口号式的“诗句”，不料，读后觉得清新的诗意扑面而来，让我赏心悦目。诗的题材也很广泛，涵盖了生活的方方面面。

这真是：大隐隐于市，偶尔露峥嵘。

“一笔一划做人”的浪漫诗人

在人们的心目中，诗人不是性格张扬，狂放不羁、浪漫主义色彩鲜明；就是唧唧我我，“小资”情调浓厚。我记得郭沫若在写长诗《地球啊，我的母亲》的时候，是躺在地上，满地打滚，以此来体验他对地球母亲的爱。当然，诗人不一定都那样。诗按种类分，有浪漫主义与现实主义之分；按风格分，有豪放派和婉约派之别。胡永明呢？他属哪个体系哪个派？在我的心目中，他为人低调，不事张扬，是个“一笔一划做人”的人；他对每个人都“相敬如宾”，待之以诚；他做事严谨，一丝不苟，脚踏实地，一如他端庄的面容和习惯书写的“正方体字”。

有件事给我印象至深。一次，在他的办公室里，我们谈及一件工作上的往事，我们都只记得年份，记不清具体的日期了。正当我苦笑着拍拍脑袋瓜，表示无可奈何之际，他从书柜里抽出一本黑封面的笔记本，快速地翻到某一页，然后指着其中几行字对我说：“喏，在这儿呢！”我凑过去一瞧，那件事的日期和经过等都明明白白地记载无误。整个笔记本被密密麻麻、方方正正的字挤满了，以日期为序，记载着工作中所发生的每一件事。我于是问他：你每天都这样记吗？他说是的，参加公安工作 30 年来，从 1985 年至今，每天晚上临睡前无论人多累，时间多晚，我都要把白天所做的事在脑子里“过滤”一下，然后如实地记录下来，天天如此，从未间断。他说着，扬扬手中的笔记本道，这样的本子我已经记满了 20 多本。

天哪！这需要多大的耐心和多强的毅力啊！我问他为什么要这样做。他说，好记性不如烂笔头嘛！记工作日记，好处很多，主要是有利于工作，可以天天检讨工作上的得失，随时精确地查考工作上的事，还能培养做事的有条不紊，养成勤奋的好习惯。

曾子云“吾日三省吾身”，在“灵魂大出窍”“灵魂大换血”、人心不古的今天，有人竟能自觉地“修炼”到这样的地步，殊属不易。不过，秉性如此之人，如何“浪漫”得起来呢？

然而，读了他的诗，我方才明白，这么多年来，我对他的“成见”是多么的浅显可笑。他这个人表面上虽沉稳如铁，内心里却热情似火，燃烧着浪漫主义的激情。在《上海三菱电梯试验塔遐想》 诗中，面对雄伟的二菱电梯试验塔，他一腔豪情涌上心头，想象的翅膀在九天中尽情地翱翔：

你是正在腾飞的超级火箭，
鲜红的旭日见证你的上升轨迹。
漫天的朝霞就是你的磅礴气势，
更高更快更大更新不断刷新你的业绩。

用直冲云天的“超级火箭”描绘静止不动的电梯试验塔，这是多么奇特的想象！胡永明很善于在对自然景象的描绘和咏物言志中展开丰富的想象。且看《雨后》一诗的语言张力和浪漫主义情调：

我想那王母挥出的一河波浪，
已在春雷声中倾入长江；
我想那雨后明丽的蓝天上，
牛郎织女正悲喜异常；
我想那轻盈的流霞，
定是前去祝福的六位仙娘；
我想那神奇的彩虹，
定然通向他们富丽的天堂。

“王母挥出的一河波浪”在“春雷声中倾入长江”，这是何等的气势！在诗人的眼中，“流霞”成了“仙娘”；“彩虹”是“通向富丽天堂”之路。短短八行诗，描绘出多少幅绚丽多姿的画面——王母挥就的银河倾入长江、“悲喜异常”的“牛郎织女”、脚步“轻盈”的“仙娘”、“彩虹”铺就的“富丽的天堂”……

在心为志，发言为诗。胡永明很喜欢也擅长于通过咏物，以诗歌的形式来表达自己的志向。如他对太阳的讴歌：

从喷薄东升，
到壮烈西沉，
你为理想燃烧不息。
光明一世，

奉献一生。

甚至对人们不屑一顾的昙花与流星也寄寓了他的理想与追求：

假如我是昙花，
我要尽情地吐露芬芳；
假如我是流星，
我要放射出全部光芒。
……
在花丛中、在群星下，
我将乐于一现、一闪！

言为心声。“喷薄”“壮烈”；“一现”“一闪”。干脆利落、明快而大气的语言，酣畅淋漓地表达了作者愿“为理想燃烧不息”的抱负。

浪漫主义侧重从主观内心出发，抒发对理想世界的热烈追求。热情奔放的语言、瑰丽的想象和夸张的手法，是浪漫主义诗歌的主要特征。《晚潮拍岸的声响》里多为这样的诗篇。所以，胡永明的诗浪漫主义倾向是很明显的。当然，他的诗也不乏现实主义的成分。

那么，胡永明诗作中的浪漫风格与其沉稳、内向的性格为什么会有如此大的差异呢？我想，只有一种解释——那就是：在他的血管里很可能流淌着粘液质型的血液，因为具有此类血液的人，往往表现为安静、稳重、情绪内在，善于观察细节而富有激情。

情至深处诗意浓

诗言志，歌传情。诗与情是一对孪生姐妹，谁也离不开谁。没有激情就没有了意境，没了意境，诗就不成其诗。胡永明的诗最大的特点就是情真意切。无论是写爱情、写山水，或是咏物言志，他都是饱蘸着深情写，让人的心灵受到撞击。

在酷日当头的炎炎盛夏，辛勤劳作的工人、农民流淌的汗水在衣服上结成了白花花的盐花。常人熟视无睹的盐花在诗人的眼里却成了美丽的“迎春花”：

我最爱的花呀，
是工农衣上的汗盐化。
……
花自红心发呀，
根在炉前田头扎。
……
它是工农爱戴的花，
它是不谢的迎春花。

通过工农衣上的“汗盐花”赞美劳动，怀着对劳动、对工农大众的深情，抓住了劳动者最有代表性的特征——“汗盐花”，创作出这首优美感人的象形诗。中间穿插几个语气助词“呀”，朗读起来更具节奏感、柔美感，感情色彩极为浓厚，立意当然也就更高远了。

情，当然不只是爱，还有恶（不喜欢、讨厌）。《礼记·礼运》曰："人有七情，喜、怒、哀、惧、爱、恶、欲。"写诗与做人一样，真正有生命力的诗是可以感知的，是活的诗。胡永明为人宽厚，追求真善美，但爱憎的情感却非常鲜明。

诗集中有三首诗最能体现诗人的爱憎情感。在《叶》和《我是一棵小草》中，他自喻树叶和小草。前者抒发了他愿为社会鞠躬尽瘁、贡献一生的的宏愿——

春添一抹绿，
夏展一片荫。
黄了不居高，
愿当炉内薪。

后者写出了自己所崇尚的像小草那样高洁的品性：

我是一棵小草，
既不招蜂惹蝶，
也无依附爬高的本领，
却热爱大地和阳光，
有着不屈的个性。

另有一首题为《爬山虎》的诗，它所表达的思想感情与前两首完全相反。诗人平时极其鄙视那种不择手段地往上爬，达到目的后又不可一世的高高在上的小人，遂作诗叽之：

倚着峭壁，
冒着风险，

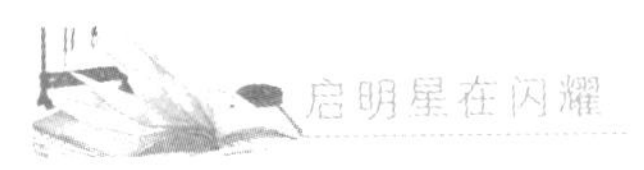

向着高处，
不断攀援。

草矮了，
树低了，
群山也小了，
他傲然自得。

到了身无依靠之时，
却不能自立，
拼了命，
也超不过周围的荆棘。

待回头，
已经陷在峭壁上，
只见辽阔的蓝天上，
鹰在自由翱翔。

短短16行诗，“爬山虎”攀龙附凤、傲然自得的面目跃然纸上。但最后的结局呢，却是“陷在峭壁上”，动弹不得。当它回过头去，看到的是“辽阔的蓝天上，鹰在自由翱翔”。毫无疑问，这里的“鹰”所代表的就是被它瞧不起的草、树、荆棘甚至巍巍的群山。

胡永明是一个蕴藏着火一般炽烈情感的人。纵观整本诗集，我觉得他写的诗中最能撞击人心灵的诗篇当属爱情诗。这与他有着美满的婚姻与家庭生活不无关系。他的妻子舒爱萍，也是一位才女。在为其丈夫出版的诗集所作的序《诗缘 情缘》中，记述了他们相识、相爱的过程:“我与永明相识始于诗。记得我 17 岁那年（1975 年）初夏的一天，我在朗读叙事诗《草原英雄小姐妹》，永明听到后，主动过来与我交谈，我们就这样相识了。（那年）永明刚满 18 岁，中等个子，脸庞英俊，穿着白衬衫、蓝裤子配双白跑鞋，看上去青春干练，富有朝气。他钟爱诗歌，经常与我谈论诗歌，还给我看他写的诗……”

这种基于共同爱好的爱情的牢固程度绝不亚于“青梅竹马”而来的爱情。他们互相欣赏（你只须看看青春期的女方对男方“英俊”的外貌的描写便可窥知一二）、心气相投。是诗歌把他俩连结在一起，培育了他们纯洁的爱情。在共同生活的几十年中，始终保持着爱情的“新鲜度”不变。现在他俩是爱情加亲情，亲上加亲情更深。有时候，妻子在上班的途中，会突然接到丈夫用短信发去的他刚刚创作的诗篇。每当此时，她就会觉得有一股幸福的暖流流遍全身。这一天，她就会过得格外快乐，格外充实。而诗人胸中炽烈的情感只有通过“诗情”才能得到释放。真所谓是“情动于衷而形之于言，言之不足，故嗟叹之，嗟叹之不足，故歌咏之”：

我是这样爱你，
你的每一封来信都使我狂喜；
我是那么痴心，
字里行间总能看到可爱的你。

从你秀丽的字体里，
我看到了你的月貌花姿；
从你温柔的话语里，

我看到了你的忠贞不移。

从你幸福的追忆里，
我看到你少时挽裙戏溪；
从你美好的憧憬里，
我看到你穿着新娘盛衣。

他们在爱恋的岁月中，有好多年都相隔很远。那时没有电话和手机，他们就通过诗歌鸿雁传书。更妙的是，女友不但善诗，还会谱曲、摄影。他们初涉爱河之时，胡永明写了一首题为《盼望》的小诗，大胆地向姑娘表明了自己的心迹：

手中带露的山花，
何时插在你云鬓上？
眼前映霞的湖中，
何时荡起我们的桨？

远来的一个个姑娘，
已使我一次次失望；
欢快的一对对游客，
仍使我一回回遐想……

姑娘收到这首情诗以后，立即给这首诗谱了曲附在信中回应了他。胡永明又写了一首《桂花》送她：

玉容虽不艳，
天馥已无双。

花俏难长久，
圣洁千古扬。

从这首诗里，姑娘知道对方已经读懂了她，了解了她，并真心地爱她。尤其是最后两句，姑娘明白对方赞赏的就是像她这样的美。情至深处诗意浓，充满诗意的爱情拨动了姑娘的心弦，她深深地被淘醉了……于是全身心地投入了这场“天老地荒”式的爱恋之中。他们成为一对令人艳羡的诗侣。

这真是：对诗巧露鸳鸯意，通信直说郎女心。你写诗来我谱曲，夫唱妇随美缘姻。

春风秋雨皆入韵

胡永明的父亲胡宝华是上世纪五六十年代名闻上海滩的工人作家。受乃父之熏陶，胡永明从小就爱好文学，尤其酷爱诗歌，读了大量古今中外的诗歌作品、诗歌理论及评论文章，包括韵律知识和表现技巧等。在学习、工作和理论研究之余，他的唯一爱好就是读诗、写诗。在他的眼里，诗歌是美丽的“尤物”。诗歌优美的韵律深深地吸引了他。他说他既爱诗歌的严韵之美，也爱宽韵之美；既爱格律之美，也爱自然之美；既爱整齐之美，也爱长短之美；既爱语法之美，也爱通感之美。他写诗，不论类别，题材广泛，可谓“春花秋雨皆入诗”。尽管如此，他所遵循的创作原则是“意为上形相助”，绝不以词害意。

我问他，在众多的文学样式中，为什么你对诗歌情有独钟呢？他用诗一般的语言回答我：“诗歌比其它形式简洁明快，可以更加淋漓尽致地抒发、表达自己的志向、感情和思想。她让我仿佛得到了传说中的宝葫芦，使我身边平凡的事物都变得美妙而富有神韵；她让我仿佛插上了想象的翅膀，可以像穿越一样轻易抵达我想去的境界；她让我平添了生命的厚度和广度……”说着，他递给我一份中央领导近期讲话材料，说，你瞧，习总书记也倡导学诗呢！我一看，这是2013年3月1日，习总书记在中央党校建校80周年庆祝大会暨2013年春季学期开学典礼上的讲话。其中有这么一段，讲得非常精辟：“学史可以看成败、鉴得失、知兴替；学诗可以情飞扬、志高昂、人灵秀；学伦理可以知廉耻、懂荣辱、辨是非。”我说，喔，原来你喜欢写诗是有“理论根据”的啊！怪不得你如此“情飞扬、志高昂、人灵秀”啊！言毕，两人抚掌大笑。

有道是“爱之弥深，钻之弥坚”。正因为他对诗歌的挚爱，所以他把大多数宝贵的业余时间投入其中，读诗、写诗40多年的胡永明，无论古风诗（如《夹竹桃》等）、格律诗（如《太湖晚景》等），还是自由诗（如《给远方的至爱》等），他都能驾轻就熟地驰骋其间。可以说，在诗的领域里，胡永明已经从必然王国走向自由王国。难能可贵的是，他无论写哪一类诗，在诗的形象上、用词上，都非常注意推敲。如他写的《善卷洞》第二联：

砥柱峰寒狮象凝，
云雾洞暖荷花开。

其中“凝”字最初为“僵”字。因“僵”不美，改为“冰”字，后又觉“冰”是固定不动的且不能与后句“开”相对应，才改为现在的“凝”——此字较雅，有动态感，又与后句的“开”字相对应。而这一改，竟相隔了整整32年！“吟安一个字，捻断数茎须”！胡永明作诗与做事一样，认真而执着。

知子莫若父。胡永明的父亲这样评价自己儿子的诗——

永明的诗，既不离比兴手法、韵律传统和言志而无邪的古训，又不过分拘泥于格律……他创作的古风诗、格律诗和自由诗注重思想性与艺术性相结合，有真情实感，且清新自然，简洁高雅，文字优美、声韵和谐。诚哉，斯言！

“思想性与艺术性相结合”——胡父此语使我忽有所悟：搞理论研究是探求真理，那写诗何尝不是呢？此谓“殊途同归”。而且，按照大哲康德的说法，诗与真理也是相通的——“诗不是真理，却是抵达真理的途径之一。”

（作者时任《检察风云》杂志采访部主任、首席记者）

学习、继承中国诗歌两个传统的华章

——简评胡永明的诗歌创作

潘颂德

中国诗歌源远流长，在其漫长的发展过程中，形成了两个传统。一个是有着四、五千年历史的古典诗歌传统。从远古时代的“断竹，续竹。飞土，逐宍”，到春秋时期思想内容为风、雅、颂，艺术表现手法则有赋、比、兴之分的《诗经》；战国时期楚国屈原吸收楚国民歌精华，创制出句法参差灵活的骚体——楚辞；汉武帝扩大乐府机构，广为采集民间歌诗，乐府诗展现汉代诗歌风貌，成为继《诗经》《楚辞》之后又一个中国诗歌史的重要发展阶段。魏晋南北朝时期，南朝齐永明年间，周颙发现汉字的平、上、去、入四种声调，著《四声切韵》，同时期的沈约著《四声谱》。他们将四声之学运用到诗歌创作中，创立“四声八病”之说。这一声律理论和晋、宋年间开始流行的对偶形式相结合，形成“永明体”，自觉讲究格律，我国诗歌由此向格律诗方向发展，至唐代近体诗走向成熟，唐代也就成为我国诗歌的黄金时代，出现了李白、杜甫双峰并峙的两座丰碑。宋、元、明、清乃至民国年间，近体诗又涌现了许多流派和著名诗人，留下了丰富的诗歌遗产。这是我国诗歌的老传统。“五四”时期，在西方政治与文化的影响下形成的新文化运动，其重要一翼的文学革命，以格律严谨的旧体诗为突破口，郭沫若、胡适等一批“文学革命”的先驱者们，创建了新诗，运用灵动活泼的现代汉语，抒写追求科学、民主等现代意识。新诗诞生100年来，无数新诗人在诗苑里辛勤耕耘，积累了丰富的诗学和诗艺。别的且不说，但就诗体来说，100年来，新诗就涌现出了具有鲜明的“刷洗过的旧诗”、“自由变化的词调”、“纯粹的白话新诗”特色的胡适体，“以抒情代写实”、“以想象代经验”、“以内在律代外在律”的郭沫若体，“语录式的散文体”、字句“谨严美丽”的冰心小诗体，以结构的省略和跳跃、句法的“欧化”和“拟古”为特征的李金发体，追求口语化、反叛音乐性、表现异常感受（即“全官感”通感）的现代派戴望舒体，由“新月派”出规、追求严谨和自由统一的臧克家体，融合象征派、讲究散文美的艾青体，以句式的跳跃和节奏的短促为特征的田间体，以“楼梯式”为特征的贺敬之体，以口语化的、散文的句式和排偶化、骈体的结构相统一的新辞赋体为特色的郭小川体，提倡“创格论”的徐志摩体，张扬和实践音乐美、建筑美、绘画美的闻一多现代格律体，用“江阴方言”创体“四句头山歌”的刘半农方言歌谣体，李季的“顺天游”体。总之，百年新诗，从诗体到诗艺表现手法，积累了丰富的艺术经验。这是中国诗歌的新传统。

今天，我们要发展我国诗歌，发展古体诗创作，自然要学习、继承我国古体诗的老传统，也要学习百年新诗的新传统；要繁荣、发展新诗创作，除了学习、继承百年新诗的新传统，100年来新诗所积累的丰富的诗艺和诗学外，也要学习与继承中国古典诗歌丰富的诗艺和诗学。

诗人胡永明青年时代就学会了创作古体诗，正如他夫人、诗人舒爱萍所说：“永明把诗歌当作精神食粮，如饥似渴地阅读古今中外的诗歌作品、理论与评论，并按照他的‘古为今用时代化、洋为中用本土化’理念，去粗取精、去糟取华。永明的诗歌创作走的是一条从旧体到新体、从格律到自然、从有我到无我的发展之路，在传承创新中开始了以新风诗、自由诗为主的创作。”①

检视胡永明已出版的《晚潮拍岸的声响》《阳光化作七彩虹》《给远方的至爱》等诗集和诗学著作《诗歌创作手册》，正印证了舒爱萍的这番评论。

胡永明学习、继承我国古典诗歌的老传统，首先体现在他学习与继承古典诗词重视意境创作的优良传统和成功经验。意境是我国古典诗词的最高美学范畴。有意境的诗，由于情景交融、形神结合，因而富于形象性和艺术感染力，也为读者提供了艺术再创造的空间。胡永明注重从生活中提炼意象，从而创造意境。如他的新风诗《藏布巴东瀑布群》：“雅江本有冰川愫，宁静东流变群瀑。悬河咆哮落碧霄，深潭轰鸣腾白雾。野马发狂正跃下，岸崖震动欲倾覆。阳光化作七彩虹，辉映浪花向远处。”诗人观察细致，想象丰富，立意高远，又注意意象融合，从而创造意境。“东流”、“群瀑”、“悬河”、“咆哮”、“碧霄”、“深潭”、“轰鸣”、“腾”、“白雾”、“野马”、“发狂”、“跃下”、“岸崖”、“震动”、“倾覆”、“阳光”、“七彩虹”、“辉映”、“浪花”、“远处”等静态、动态相结合的丰富的意象，创造了涵蕴深厚、生动活泼的意境。正如舒爱萍所说：“这是永明用新风诗写的山水诗，句式、结构整齐，用词通俗美妙，采用起承转合的经典写法，颈联、颔联对仗工整，首句、偶句押

① 舒爱萍《为人求实 为诗求新——浅淡胡永明诗歌艺术》，《我的自选作品》（上），文汇出版社 2016 年 7 月。

韵又押调，全诗整体描写与局部刻画相结合，使用了铺叙、描摹、渲染、通感、夸张、比喻、象征、对偶、对比等多种修辞手法，创造了情景交融、形神兼备、动静相宜、虚实相生的意境，看了有一定的震撼力，也有余味。”①

当下，一部分新诗，或单纯写景，或纯粹抒写自我心境，产生了意大境弱、境大意小、境多意少、意多境少，甚至意弱境弱、意与境乖离等弊病。胡永明认真学习、努力继承古典诗注重意境创造的优良传统，努力创作意象丰富、意境浑成的诗篇，具有纠正当下诗歌偏至的现实意义和诗艺、诗学意义。

其次，胡永明学习、继承我国古典诗歌的优良传统，体现在他学习和继承古典诗歌锤炼“诗眼”的传统。“诗眼”是指诗篇中开拓诗意和表现力最强的关键字眼。宋人魏庆之《诗人玉屑》卷三“唐人句法”“眼用活字”条下注提出：“五言以第三字为眼，七言以第五字为眼。”胡永明学习、继承近体诗的传统，他的新律五言诗《太湖晚景》中的“远山衔落日，湖水吐余晖”，《迎春》中的“翠蔓临风舞，金英带雪开”，《西安感赋》中的“秦峰拥雁塔，渭水育英豪”，《郁金香》中的“一支擎玉杯，万朵展云毯”、“彩霞映芳海，微风醉灿烂”，《江郎山》中的“登峰透雾岚，山川竞娇妍”，这些五言诗句中的第二字“衔”“吐”“临”“带”“拥”“育”“擎”“展”“映”“醉”“透”“竞”等动词，表现力很强，各自开拓了全诗的诗意。前面已经引述过的《藏布巴东瀑布群》颔联“悬河咆哮落碧霄，深潭轰鸣腾白雾”中的“落”“腾”，《华山》一诗颔联“攀崖揽月走峭壁，登顶摘星游云天”中的“走”“游”，也是

① 舒爱萍《为人求实 为诗求新——浅淡胡永明诗歌艺术》，《我的自选作品》（上），文汇出版社 2016 年 7 月。

诗眼，使诗篇境界阔大。胡永明正是学习、继承了前人总结的“五言以第三字为眼，七言以第五字为眼”的宝贵经验，创作了富有艺术感染力的诗句和诗篇。

最后，胡永明学习、借鉴古典诗歌的常用意象。中华民族由于历史的、地理环境的原因，形成了抒写共同的情感体验的意象，如“苍天”“厚土”“日”“月”“参商”“金风”“甘霖”“浮云”“逝川”“鲲鹏”等意象。以“月”这一意象为例，“月”以其皎洁柔和、缺而复圆、流光普照等属性，成为良辰美景、佳人容貌和离情相思的原型意象。如李白《静夜思》：“床前明月光，疑是地上霜。举头望明月，低头思故乡。”诗人咏月，抒写怀乡情怀。胡永明的《中秋偕妻拍月》诗：“昔年相思望圆魄，今夕依偎沐清辉。趁着月近云飘离，拍得婵娟话回归。”诗人自觉运用“月”这一原型意象，抒写了切盼台湾早日回归的时代话题，使诗篇充满了鲜活的时代气息。

胡永明也注重学习、继承百年新诗的新传统。百年新诗，民主革命时期，以民主、科学、反帝、反封建为主题，艺术上致力于西方诗学、诗艺的本土化与我国传统诗学、诗艺的现代化。改革开放30多年来，尤其是2012年以来，诗人们与广大人民一起，不断增强开放意识、竞争意识、和谐意识、忧患意识，努力践行社会主义核心价值观，为实现中国梦而奋斗。胡永明注意学习百年新诗与时代同步、与人民同心的优良传统，注重学习百年新诗宝贵的艺术探索精神，学习百年新诗积累的艺术形式和艺术表现手法。这里仅从诗体形式角度举例说明他是怎样学习百年新诗诗人们的探索精神和成功的诗体形式的。上世纪20年代中期，闻一多、徐志摩、朱湘、饶孟侃等诗人，针对白话新诗语言散漫、缺乏艺术性的弊端，从创作到理论，提倡现代格律诗，成功地创作了许多语言规范、形式整饬的现代格律诗。胡永明注重学习闻一多等诗人现代格律诗的理论和创作，相当成功地创作了多篇现代格律体新诗。胡永明既创作了通篇是现代格律体的新诗，也创作了一首中部分诗节形式整饬的现代格律诗。前者如《我是一棵小草》："我是一棵小草，/既无牡丹的华贵，/也无玫瑰的多情，/却有春的向往，/绿色的生命。//我是一棵小草，/既不招蜂惹蝶，/也无依附爬高的本领，/却热爱大地和阳光，/有着不屈的个性。"这首诗，上、下两节，大体对称，允称现代格律体新诗。胡永明的现代格律体新诗，有几首是诗篇中部分诗节不但句数一致，而且句式也一致，运用古典诗歌重章叠句的手法，从而深化了诗意。《让我们插上音乐的翅膀》全诗四节，除首节作为引诗外，其余三节就属于现代格律体的体式："在浪漫的乐曲声中，/我们先来增添爱情的芬芳。/我们在樱花树下采集艳丽诗意，/我们在玫瑰园中谱写华美乐章。//在快乐的乐曲声中，/我们再来增添爱情的韶光。/我们在碧波湖中晓悟鸳鸯恩爱，/我们在彩云天上领略凤凰吉祥。//在高昂的乐曲声中，/我们更来增添爱情的激扬。/我们在大自然里感受山欢水笑，/我们在银河系内沐浴日辉月光。"重章叠句的现代格律，增强了诗篇的艺术感染力。

胡永明学习、借鉴、继承我国新诗和古典诗歌新老两个传统的努力和成效是多方面的，上面所说，不过略述一、二。诗人胡永明正当盛年，我们衷心祝愿他百尺竿头，更进一步，创作更多更好传承中国古代诗歌和百年新诗两个传统、流光溢彩的华美诗章，酬答时代和人民！

（作者是中国作家协会会员、上海社会科学院文学研究所研究员、诗评家）

儒雅的战士　佩剑的诗人

胡宝华

永明自幼好学，酷爱文武之道。一生文以武随，武以文随，从学生时代到职业生涯，一以贯之。他为人正直，爱憎分明。反映在诗行上，无雾起霾升之朦胧，无造作伪饰之酸涩，犹如在朗朗晴日之下，见真山，显活水，出真情。文如其人也。

诗是文化之根，源远流长。永明的诗，既不离比兴手法、韵律传统和言志而无邪的古训，又不过分拘泥于格律，不以词害意。他创作的古风诗、格律诗和自由诗注重思想性与艺术性相结合，有真情实感，且清新自然、简洁通俗，文字优美、声韵和谐。更可喜的是，永明的自由诗不割裂传统，而是在传统诗词的基础上任情发挥，与刻意仿效西方文化而造作的所谓“新诗”有天壤之别；同时又不排斥西方文化为我所用。例如《你是美丽的天使》一首，他是这样写的：

你是美丽的天使，
带着丘比特的神箭飞到人间，
当你一命中我的心坎，

我就坠入了爱的深渊。

姑娘啊！
你那多情的目光，
就是丘比特的神箭；
你那眼睛里的一汪清泉，
便是爱的深渊。

这首诗借用了西方神话爱情故事，而整首诗并没有变成西洋味，承袭的仍是男女“一见钟情”便矢志不渝的中国文化传统。

一个勤奋好学的人，总是珍惜光阴的，对光阴会有种种奇特的感悟。孔子最是好学不倦的，便在川上曰：“逝者如斯夫！”发出了光阴如流水的感叹。永明在学生时代作了一首《勤奋便是截光阴》的诗，是这样写的：

校园灯光夜夜明，
师生研习多专心。
大坝可以截江流，
勤奋便是截光阴。

这首诗与“逝者如斯夫”的意境不同，而出发点是相同的。

劳动是光荣的、神圣的。劳动创造了文明进步，劳动把科研成果转化成形形色色满足人类需要的一切。永明在“咏花”系列诗中别出心裁地写了一首《汗盐花》诗，且摘几句看看：

我最爱的花呀，
是工农衣上的汗盐花。

花自红心发呀，
根在炉前田头扎。

它是工农爱戴的花，
它是不谢的迎春花。

通过工农衣上的汗盐花来赞美劳动，可谓是抓到了劳动者最具代表性的特征，比起许许多多写一行一业专业性劳动的象形诗来，立意要高远得多，概括性要宽泛得多。

永明自喻树叶，他有一首叫《叶》的小诗是这样写的：

春添一抹绿，
夏展一片荫。
黄了不居高，
愿当炉内薪。

这是他的一首叙志诗，抒发了贡献一生、鞠躬尽瘁的抱负，精神可嘉。

永明又把自己比作小草。他写道：

我是一棵小草，
既无牡丹的华贵，
也无玫瑰的多情，

却有春的向往，
绿色的生命。

我是一棵小草，
既不招蜂惹蝶，
也无依附爬高的本领，
却热爱大地和阳光，
有着不屈的个性。

永明自喻树叶和小草，却把一意向上爬的高高在上者比作“爬山虎”，作诗讽道：

倚着峭壁，
冒着风险，
向着高处，
不断攀援。

草矮了，
树低了，
群山也小了，
他傲然自得。

到了身无依靠之时，
却不能自立，
拼了命，
也超不过周围的荆棘。

待回头，
已经陷在峭壁上，
只见辽阔的蓝天上，
鹰在自由翱翔。

永明的诗，追求真善美，展现文字塑造形象和语言演绎音乐相结合的独特魅力，既有现实主义情怀，又有浪漫主义色彩，别具风韵。五色相间，和而不同，世界所以和谐精彩也。

永明一生所好为一生所用。他是公安战线的一名战士，儒雅的战士；他又是一个热爱生活的诗人，佩剑的诗人！

（作者是第四届全国人大代表、著名工人作家）

诗歌的坚守：胡永明的不变之变

宋海年

一

2014年4月13日，我与胡永明重逢在茂清安排的座谈上。席间，他送我一册《晚潮拍岸的声响》诗集。是夜拜读诗篇，眼前浮现出上世纪70年代中期的诸多情景。四月百花芳菲日，九月清风明月夜，我们——永明、茂清、静娥等文学小组成员，在一个叫红园的公园聚会。文学之梦，点燃青葱岁月，兴致所及，慷慨激扬，吟诗当歌。

那时候我在红园工作，所有的青春足迹都留在日记里了，而永明则留在了诗歌中。40年来，我们怀着理想，负重而行，日销月铄，文学遍体鳞伤，从舞台中央落寞转身，以渐行渐远的背影消失在岁月的回望中。

曾经的文学小组数十人，如今对文学仍痴心不改者已寥寥无几。

永明例外。他是上海著名工人作家胡宝华之子。我曾在写作上受过胡老师熏陶，永明耳濡目染，更得乃父真传。自红

园一别，我与永明再见时，已然两鬓现秋，唯有《晚潮拍岸的声响》果实般散发清新的油墨香。

二

爱情亲情与咏物言志是永明诗中的两大主题。

爱情与亲情，从本诗集的出版可见一斑。书名题字是父亲胡宝华，装帧设计是女儿胡俊晴，图片摄影是妻子舒爱萍，而代序一和代序二，分别出自父亲和妻子之手。诚如他在《后记》感言:“值此诗集出版之际，我要衷心感谢父母的养育之恩、爱妻的纯美之德和爱女的孝敬之心……”

夜读永明诗，我被《一见钟情》《初恋》《热恋》《你的每一封来信都使我狂喜》中的爱情诗句融化:“对诗巧露鸳鸯意／通信直说郎女心。”“折柳说竹马／荡舟论古诗。”“别后向谁说／满腹情与思／山明水秀处／独坐对鹭鸶。”“若能并蒂长相守／纵入地狱胜天庭。”这样的诗，成了他徜徉诗歌王国的情感符号。诗集中还收入了由他作词、妻子谱曲的歌曲《盼望》，伉俪恩爱，可见一斑。

随后，我又为《我是一棵小草》《我是夸父》《太阳》《月亮》中的诗言志所振奋:“我是一棵小草／既不招蜂惹蝶／也无依附爬高的本领／却热爱大地和阳光／有着不屈的个性。”萱草“虽只一天秀／也留满地香。”“我是夸父／迈出的每一步／都是对太阳的追逐。”太阳“你为理想燃烧不息／光明一世／奉献一生。”

在这里，永明把艺术视线投向了大自然，借物咏志不仅成了他的诗歌特色，而且构成了独具意象的艺术象征。他寄情于山水花木，诗歌所呈现的自然之景与理性之象，于诗情画意之外，是现实意义上的本色写照与理性拷问，而这正是我们现在所缺损的精神能量。

带有爱情特质和思辨气质的诗句，在诗集里如同河滩的贝壳，俯拾皆是。欲说还羞的情愫，惊鸿一瞥的景物，寓志于景的联想，通过所创造出来的诗意具象，通过所提炼出来的内心诉求与艺术张力，形成了质朴纯洁、志向高远，韵味隽永的风格，而诗歌的内核则是对真善美的不懈追求。

永明通过诗歌语言将爱情、言志赋予人性中的诗情与现实中的诗魂，而浪漫情怀与写实风格，正是他在诗歌创作中把浪漫主义与现实主义熔于一炉的艺术特色。

三

永明创作的诗歌包括古风诗、格律诗和自由诗。无论古体诗还是新体诗，永明注重的是思想性与艺术性的结合。《晚潮拍岸的声响》中，律诗之抑扬顿挫，自由诗之朗朗上口，无不打上了永明“这一个”诗人所特有的鲜明特质。

至此，永明修正或者完善了我对诗歌的观点，即诗歌贵在创新——题材与形式的创新。这样的观点延伸到我对小说创作，乃至艺术创造的所有领域。永明使我明白，不变之变，是另一种意义上的变——变的是思想与内涵的升华，不变的是理想、爱情以及对写作风格的坚守。

这让我想起一个故事。台上铁架上吊着一个巨大的铁球。老者请人用大铁锤敲打铁球，规则是，必须使铁球晃动。一年轻人挥动大铁锤击铁球，一声巨响，铁球却一动不动。年轻人连续挥动铁锤，但铁球“风雨不动安如山”。年轻人气喘吁吁败下阵来。第二个年轻人如法炮制，却仍然无功而返。这时，

老者掏出一个小锤子，对着大铁球敲了一下，然后又敲一下。老者不停地用小锤子敲打大铁球，10分钟过去了，20分钟过去了，铁球纹丝不动。会场骚动起来，有人开始离场。老者仍然一锤一锤不停地敲击铁球。40分钟后，铁球突然动了一下，又动了一下。老者仍有节奏地敲铁球。慢慢地，铁球在小锤敲打中像摆钟一样来回摆动。掌声中，老人告诉众人："成功，就是把简单的事情重复做"。

把一件事比如说写诗做到底，把一种艺术风格比如说诗歌的吟诵方式做到底，是一种漫长的坚守。坚守即简单的事情重复做，直至成功。

四

《晚潮拍岸的声响》，让我重温了多年前抄录在记事本上的叶芝《幻象》中的献词："我渴望一种思想系统，可以让我的想象随心所欲地进行创造，同时又使想象所创造的或能创造的成为历史的一部分，这种历史就是灵魂的历史。"

永明则在《晚潮拍岸的声响》后记中说，他坚持写诗"意为上形相助"原则，让"每一首诗都凝聚着我的诗情我的诗魂。"

请看他在《我与诗》中描述个人创作的艰难历程和思想脉络："童年时 / 我写了首古体红诗 / 老师们惊喜又鼓励 / 可惜我已遗失。// 少年时 / 我爱上古今诗词 / 还钻研语法韵律 / 写了七绝言志。// 青年时 / 青春爱情敏捷才思 / 我勇攀创作高峰 / 一年能写数十。// 壮年时 / 太大的压力改变了坚持 / 太多的忙碌冷淡了诗情 / 多年来竟未神驰。// 中年时 / 回顾人生历程感知 / 我的钟爱寄托在此 / 终然回归于诗。// 爱诗

读诗写诗 / 虽然不能代替衣食 / 但她可以化平淡为神奇 / 让我热爱生活更加充实。”

这样的诗充满人世沧桑，但又矢志不渝，蕴含其中的现实意义超越了诗本身，到达从《二十周岁自勉》跨越到《祝我们青春长存》的思想高度。

五

永明在我所认识的诗人中显得比较另类。在现实生活中，他是公安战士，主攻公安理论研究和调查研究，诗歌是照亮他感情世界的烛光。从“你是眼前的芝麻开门 / 豁然开朗 / 看到一个崭新的美妙世界。”（《诗》），到“夜空礼花灿烂 / 长街彩灯辉煌 / 卫士身着戎装 / 巡逻穿街走巷。”（《保卫国庆安全》），不同的诗句，倾注的却都是对诗歌的热爱和对职业的挚爱。

永明的爱，因为浪漫而美丽，因为坚守而永恒。无论是过去、现在抑或将来，爱是一条循环往复的时间之河。曾经有过的理想依然如河流里的中流砥柱，任晚潮拍岸，激起的声响凝固成诗的浪花。

“诗歌是真善美的使者，是感受艺术魅力、追求幸福生活的正能量、正气场。”永明如是说。

文如其人，诗言志。岁月悠悠，诗人借助诗歌言情咏志，与每一个读到《晚潮拍岸的声响》的朋友对话。

（作者是中国作家协会会员）

理想主义的诗性表达

宋海年

早在文字发明之前，中国的诗歌已经在劳动中以口头的与歌乐舞一体的形态呈现了。

永明介绍说:“诗歌起源于劳动，脱胎于劳动号子，开始于民间歌谣，发展于文人诗歌，繁荣于唐诗宋词，复兴于现代诗歌。”

时代更迭发展，诗歌传承创新。诗经、楚辞、汉赋、唐诗、宋词、元曲等旧诗之后，现代诗歌出现了。较之旧诗，现代诗歌就是新诗。毛泽东善于创作旧体诗词反映现代生活，但倡导写新诗，并认为中国诗歌的发展方向是民歌与古典结合，产生“新体诗歌”。永明把这种“新体诗歌”称为“新风诗”，并在探索与实践的基础上提出“新风诗”的基本特点是结构上严宽相济、音乐上韵律相和、技巧上古今相辅、内容上近远相通。

永明认为，现代诗歌是在民歌与古典的基础上，通过古为今用时代化、洋为中用本土化，以新风诗、自由诗带动诗歌的繁荣与发展。而永明本人，正是按照这条诗歌发展之路走来的。打开《阳光化作七彩虹》诗集，新风诗、自由诗和古风诗、格律诗，几乎所有的诗体都有涉猎。他同时跨入两条诗歌之河，新体诗与旧体诗激起的浪花遥相呼应，如同交相辉映的诗之景观。

与永明谈诗，感受的是艺术的正能量。他说，诗歌是思想性、艺术性、社会性的统一。思想性的标准是以真鉴史、以善修德、以美爱国、以廉清风；艺术性的标准是以词美诗、以音谐诗、以神凝诗、以意兴诗；社会性的标准是以情感人、以志励人、以智慧人、以趣怡人。谈到诗歌的境界，他说，诗歌境界有大小、高低、真假之分。爱国爱民是大境界，个人情思是小境界；文明进步是高境界，愚昧落后是低境界；真情实意是真境界，虚情假意是假境界。

永明作为诗人的视界和诗歌的表现，可以说是“扫除腻粉呈风骨”（鲁迅诗句），他的诗充满着革命的现实主义与浪漫主义。在当下的语境里，这样的诗，我们是睽违已久了。往大处说，这是一个穿越了历史时空、气象高远、充满进取精神的时代，也是一个思想迷惘、理想缺失的时代。诗歌以及其他文学创作，需要有使命感的先行者以爱国主义、理想主义、人文关怀为内核的精神定向、价值取向和审美趋向，形成融于中国文艺促进社会文明发展乃至世界文学多元共存的文化格局。具体而言，永明对诗歌的见解，融化在了《阳光化作七彩虹》诗集中，我们仅从编目上便可见一斑：从第一编到第七编，依序为咏物、山水、建设、人物、随感、爱情、言志等诗篇；编外篇，收入的是作者关于诗的感言和论文。在诗中，他关注社会，关注自然，关注情感、精神和理想，并通过思索赋予意义，提炼成诗。

且看《山与雪》：“暴雪袭青山，见雪不见山。青山本岿然，雪化绿如染。”《重阳敬老》：“重阳来偕老，踏秋去登

高……父母恩似海，子女当尽孝。”《我的愿望》：“假如我能得到传说中的宝葫芦 / 可以帮我实现三个梦想 / 亲爱的，你知道 / 什么是我最愿实现的梦想……” 又读《仿〈伊耆氏蜡辞〉祈福》：“世返其和，国复其兴，家葆其福，人归其清。”《新生》：“献身公安三十年，报国为民心纯正”。读永明的诗，会被他激情四溢、铿锵有力的诗句所感染：直抒胸臆的崇高目标，托物言志的理想主义以及追求真善美的精神动力。这样的诗，诚挚而诗意、韵律之间，正气浩然，蕴含的是思想的力量，折射的是心灵的光辉，感受的是诗歌本身所拥有的气质。

是的，诗歌是有气质的。诗歌的气质来自诗人的气质。诗人的气质来自饱读诗书、久经世事之后的才气与底气，建立在真善美之上的风骨与定力，喧嚣尘世之外的睿智与淡定，人生价值之内的情怀与大我。这是诗歌韵律之外的另一种内核——不是技巧、形式，甚至不是词句本身，而是由内而外的气质——就像万籁俱寂的心跳，空山林静的流泉，万木生长的节律，晚潮拍岸的声响，阳光化作七彩虹的壮美。

善哉，诗歌是心灵的音乐。我在永明的诗中听出了编钟和钢琴的乐器声。在编钟的敲击声中，我捕捉到类似交响乐的共鸣，那是对古典诗歌的敬意。而钢琴是对古典主义的承接，破空而来的金属般的回响，昂扬的是理想主义的旋律。确实，永明的诗充满对人生履痕的诸多感悟，以及对理想主义的长久坚守。他把理想喻为与人生同行的阳光，而他的诗，让理想的阳光化作了诗性的七色彩虹。可以说，《阳光化作七彩虹》以及之前出版的《晚潮拍岸的声响》两本诗集，都是他情感世界和理想信念的精神自传。

（作者是中国作家协会会员）

爱在诗歌里成长

——读胡永明《给远方的至爱》

宋海年

胡永明继诗集《晚潮拍岸的声响》《阳光化作七彩虹》出版之后，又将出版《给远方的至爱》。

《给远方的至爱》是永明的爱情诗选。爱情从恋爱出发，走进婚姻，有了爱情结晶，组成三口之家。这是这个年代几乎所有人大同小异的婚姻结局。只是，永明将他的爱情故事用诗歌的方式记载，而且，当天长地久的爱情日益稀缺成传说的当今，他与妻子的爱情却一如既往，愈久弥新。他们的爱情底色并没有因岁月漫漫而褪色，相反，他们——永明和爱萍的爱情，依然保持了初恋般的新鲜与热忱。“银发伴年长／赤情随历增／志高心不老／携手乐攀登”（《与妻共勉》）。这正是他们爱情岁月的生动写照。

这也是永明爱情诗的魅力所在。《给远方的至爱》的阅读点，是诗人情感生活的亲身经历和真实体悟——没有丝毫的矫揉造作与无病呻吟，没有“无边丝雨细如愁”，也没有“飞红万点愁如海”（皆为北宋秦观词句）。他借栀子花所写的“甘香传心语，与子永相偕”诗句，一下子击中了我的神经。毫无疑问，我喜欢真情实感的爱情诗。

这是普通人的爱情故事。永明把漫长的情感经历写成一部诗集，通过旧体诗、新体诗等不同的诗歌形式，描述了恋爱、婚姻、家庭情与爱的心路历程。

青春年少的永明以诗为媒，“给远方的至爱”，是因为“你是美丽的天使”。他吟道：“你远在天涯／就像明月挂在天际／你在我心中／就像明月映在水里”（《给远方的至爱》）。他盼望“手中带露的山花／何时插在你云鬓上／眼前映霞的湖中／何时荡起我们的桨”（《盼望》）。这样的诗句像情书一样，获得了爱人的芳心。于是，恋爱中的女孩“带着丘比特的神箭飞到人间／当你一命中我的心坎／我就坠入了爱的深渊”（《你是美丽的天使》）。

被丘比特之箭射中的永明诗情勃发，爱情诗句如清泉汩汩流淌。“我是这样爱你／你的每一封来信都使我狂喜／我是那么痴心／字里行间总能看到可爱的你”（《你的每一封来信都使我狂喜》），而“在那别后漫长的岁月里／我常在心中轻轻呼唤你／人说爱情是心灵的共鸣／那呼唤可真传进你心里”（《那呼唤可真传进你心里》）。

爱情，近在咫尺，又在远方。给远方的至爱，“高山流水，知音最难觅／天上人间，有情才有义／愿我们相亲相爱永不分离／愿爱情地久天长甜甜蜜蜜”（《给亲爱的萍萍》），是献给爱人的；“好宝宝呀／虽然你还未来到人世里／爸妈已在爱你／爸妈已在希望你……”（《给未来的宝宝》），“小女自幼多才艺／三岁背诗众夸奖／四岁唱歌音绕梁／五岁绘画成特长……成熟成才到成功／面对坎坷须坚强／迈步正道要坚持／好人一生定平安”（《诗赠爱女》），这是为女儿所作；“爱情是深厚的／同甘共苦，倾心相爱／爱情是高尚的／携手并进，互相信赖”（《爱情的滋味》），“天帝变慈父／郎女得幸福／鹊桥

助相聚 / 花屋供同住 / 银河齐沐浴 / 玉宇共信步 / 七夕来祝愿 / 情人成眷属”（《七夕节祝愿》），这是写给天下有情人的。

从小爱到大爱，永明在这里完成了情感的升华，私情，细致入微，情到深处；大爱，视野开阔，情至高远。爱以诗歌为证，爱在诗歌里成长。永明的爱情诗因爱而起，因情而发，让我们对爱有了新的意会与诠释。

永明的《给远方的至爱》，在整体结构和诗句表述上是规范的，虽然我以为规范之上应该有艺术上的突破。但从《晚潮拍岸的声响》《阳光化作七彩虹》，到《给远方的至爱》，我看到了他在诗歌创作上的飞跃。这是质的层面的飞跃，他在创作中逐渐提升了自己的思想高度，即他在诗歌理论和创作实践的结合处，找到了属于自己的精神内核。诚如他于 2015 年 1 月出版的诗歌工具书《诗歌创作手册》中所言：“诗歌功能主要是弘扬真善美，增加正能量，满足人民精神需求，推动社会文明进步。”

永明的诗歌创作是有理想的，他说真善美分别体现在诗歌的内容、思想和艺术之中。诗歌应该进入经济、政治、文化、社会、生态文明和党建的各个领域，成为纪事、抒情、言志、交流的常用方法，服务于提升国民精神境界，服务于实现伟大的中国梦。

如果没有对诗歌理论研究，没有对思想上甚至灵魂上的接触、感悟和升华，永明是很难做到这一点的。因为写诗是抵达精神高度的感情体验，本质上是内心渴望的语言表达——指向生命可能达到的高度。

《给远方的至爱》为爱诗的我们，提供了爱情的指向。爱情是有力量的，爱情诗是有正能量的。爱情与家庭，家庭是社会的细胞，爱情是健康的细胞。千千万万的健康细胞，才能让我们的家庭、我们的社会充满爱的正能量。

这样的诗，能使我们的灵魂变得美丽，内心变得强大，思想变得崇高。

文如其人，诗亦然。永明的诗，自然随性，直抒胸臆。李白、杜甫、白居易，他们的诗风格各异，而在风格上，永明的诗歌更接近白居易。

诗分读得懂，读不懂，或介于两者之间。在一些故作高深的作品中，有些诗只能让阅读者晕头转向。因此，有诗评家呼吁，诗歌不需要涂上貌似高深莫测的口红，也不需要以思想的名义故弄玄虚。诗歌应该是读得懂的，读得懂的诗越多，爱诗的人就越多，诗歌就越有生命力。那些能读懂的好诗，比如说永明的诗，会让读者有向上向善的激情，有爱与生命的感悟。在有梦想的年代，通过诗的阅读，我们会获得诗能够给予我们的一切。

读得懂的好诗自有广泛的读者。当然，读诗是需要能力的，因此读得懂的好诗并不是评判诗歌的唯一标准，因为对诗歌而言，过于直白的诗未免减弱了诗歌特有的艺术魅力。

诗歌的路上，有星座，也有明灯。我们不把自己定位于星座，但可以做一盏爱的明灯，点亮自己，照亮别人。

在诗歌的远方，永明还有很长的路要走。

（作者是中国作家协会会员）

向上生长的诗歌

——我读《启明诗》

宋海年

一

胡永明在出版了诗集《晚潮拍岸的声响》《阳光化作七彩虹》《给远方的至爱》之后，又将出版《启明诗》。《启明诗》是他的自选诗集，收入了他从 17 岁至 59 岁创作的各个时期的代表作品。

读《启明诗》，忽然想到一个话题：诗歌是有方向的。

永明的诗歌也有方向，这个方向是“向上”。向上生长的诗歌是有生命的，因为只有扎根大地，才能向上生长。永明诗歌的生命力在于诗歌本身所产生的正能量——向上的方向让我们抬头看见启明星。

有诗为证：“虽只一天秀 / 也留满地香”（《萱草》），“一棵独长不流金 / 万株丛生方溢彩”（《油菜花》），“生于淤泥清水中 / 洁身向阳终不悔”（《睡莲》），“我爱火红的榴花 / 我爱清香的桂花 / 可我最爱的花呀 / 是工农衣上的汗盐花”（《汗盐花》），“每当我告别你离开家 / 我的情爱便化作形形色色的牵牛花 / 在我们的住地和你经过的沿途 / 向着太阳——你的微笑

盛开竞发”（《牵牛花的心曲》）。花的芬芳之外，我们嗅觉到诗人留给我们的芬芳诗意。

在《启明诗》中，永明用充满正能量的诗句道出了生活的真谛。无论是瞬间的感受，还是沉淀已久的思考，他对客观世界的描摹与精神世界的感悟，表明了诗歌本身所具有的独特力量，即诗歌的方向应该是向上的。而这一切，源自诗人心中对信仰与理想的坚守。

二

《启明诗》，呈现的是诗歌的万紫千红。这从咏物诗、山水诗、建设诗、人物诗、爱情诗和随感诗等各辑，可见一斑。而其中，咏物、山水、爱情，是永明诗歌永恒的主题。

《毛诗序》云：情发于声，声成文谓之音。具体到诗歌，诗的本意是记事，歌的本质为抒情。这就诠释了诗歌记事与抒情的两大属性。在漫长的诗歌岁月里，诗与歌，诗与史，歌与志，从分离而逐渐靠近，又互为渗透，彼此融合。

永明的咏物诗侧重托物言志。咏物诗，本质上是抒情诗——借咏物而抒情或言志。且看《天山雪岭云杉林》：

天山云杉蓬勃时，
四千万年长青史。
林海银装列军阵，
树琴绿键颂英姿。
新苗破土嫩枝正，
古木参天主干直。
扎根岩石不动摇，

向上实现栋梁志。

此诗抓住了咏物诗的特点：以某一物（天山云杉）为描写对象，抓住特征（主干直、扎根岩石），然后托物言志：向上实现栋梁志。由具象而抽象，写出了天山云杉的精神品格。

再看《牡丹》：

国色轻摇露映辉，
天香浮动蝶恋霏。
不为称魁独占春，
乐与百花共芳菲。

这首诗是永明从新写的诗中选出的，放在《启明诗》集子里，寓意显而易见：借所咏之物“不为称魁独占春，乐与百花共芳菲”，表达自己的志向和品质。

上述两首诗，通过触景生情的联想，托物言志的抒情，把“云杉”“牡丹”的具体意象，表达成抽象的感觉，唤醒的却是我们的业已陌生的阅读体验。

山水诗是永明寄情大自然的载体。永明善于把自然界的美景引入诗中，让山水成为诗的审美对象。譬如《黄河壶口瀑布》：

黄河澎湃入壶口，
金瀑倾泻降九州。
巨浪滔天响惊雷，
长虹戏水舞群鸥。
峡谷千里镇汹涌，

孟门两岛立中流。
大禹劈山治洪灾，
利水兴国壮志酬。

诗中有画，画中有诗。如孔子所言：“知者乐水，仁者乐山。”而永明寄情山水，抒发的是诗人“利水兴国”的博大情怀。

《黄山翡翠谷》：

仙都罗汉护长峡，
谷中彩池映飞霞。
晶莹翡翠洒人间，
绚丽瑶潭耀天涯。
玉溪涌泉出灵石，
银瀑泻珠入神匣。
第一丽水誉九州，
情爱圣地韵绝佳。

黄山翡翠谷又称“情人谷”，永明故有“情爱圣地韵绝佳”一说。

永明的山水诗，健康而优美，朴素而真挚，在洞穿事物的表象而洞悉其内里实质的同时，给人向上的蓬勃生机，振奋人心的力量。因为在诗人眼里，一山一水，一草一木，都是灵感的源泉，可以化为直抒胸臆的诗歌。

三

爱情诗在永明的诗歌创作中占了很大的篇幅。我曾经为他的爱情诗选《给远方的至爱》，写过题为《爱在诗歌里成长》的诗评："爱情是有力量的，爱情诗是有正能量的……这样的诗，能使我们的灵魂变得美丽，内心变得强大，思想变得崇高。"

在《启明诗》里，爱情的诗句呈现花开的景象："我要编只最美的花冠／给花的皇后戴上／我要唱曲最美的歌儿／把百鸟请来作伴"（《让我们到野外去游玩》），或者信笺上的芬芳："我是那么痴心／字里行间总能看到可爱的你"（《你的每一封来信都使我狂喜》）。在永明眼里，爱情"带着丘比特的神箭飞到人间／当你一命中我的心坎／我就坠入了爱的深渊"（《你是美丽的天使》）。爱情如此美妙，以致永明由恋爱故事所引发的主观感受，直接描述成在场景象。他以自己的方式——即以诗人的方式诠释爱情的志趣与生命的意义。

最后，让我们来读《给远方的至爱》：

你远在天涯，
就像明月挂在天际；
你在我心中，
就像明月映在水里。
我的祝福是清晨的鸟鸣，
为使你快乐千啭百啼；
我的召唤是黄昏的轻风，
留恋地牵起你的罗衣；
我的相思是不尽的流水，
长年缠绵在你的住地；
我的情爱是不落的太阳，
环绕着你永远不会偏离。

诗中的意象，如“天涯”“明月”“鸟鸣”“黄昏”“轻风”“罗衣”“流水”“太阳”，这些对爱情的描摹以及对未来的希冀的独特的意象，通过富有韵律感的句式，如“我的祝福是清晨的鸟鸣”“我的召唤是黄昏的轻风”“我的相思是不尽的流水”，完成了对“至爱”的主干结构或主要情感基调。在爱情中永明诗情勃发：“我的情爱是不落的太阳”。掷地有声的诗句，超越岁月的瞻望与时空的界限，永明不改初心，始终深爱着陪伴他一路走来的爱人。颂咏爱情，折射出诗人把对爱情的忠贞，上升到了崇高境地。

在真挚热切的叙述下，流淌的是爱情的血液与动人的情愫。每当我们读到这样的诗句，沉睡久远的感官会被唤醒。如我们所理解的，爱情又是如此神奇，可以让人生遭受的坎坷、伤痛以及悲伤，变成向上生长的力量。通过诗歌，向上的力量所激发出的崇高的艺术美感，照亮了我们的灵魂，点燃了展现理想与抱负的激情。

这正是诗人存在的价值。

（作者是中国作家协会会员）

诗潮涌动家国情

——永明的诗永明的人

陆　新

我对诗歌一向抱有敬畏心，喜欢与诗人交往，欣赏他们的佳作，聆听他们的高论，却从不敢妄加评论。

我与永明相识于2015年元旦过后的市作协新会员见面会上。永明凭仗自己的实力，实现了作家梦。我也将会籍从甘肃作协转到了上海作协。这之后，我们在文友聚会时多次晤面，又一起参加了几次作品研讨会，还在市作协青浦文学营里谈诗论文。

永明赠我几本他的诗集，这是情理中事，秀才人情一张纸嘛。出乎意料的是，他还送我一本他编著的《诗歌创作手册》，内中收有他创编的《通用规范汉字诗声韵》，列入主表、辅表的9056个字次，每一个字都凝聚着他的心血。这就难能可贵了。没想到他还是个学者呢！

同道之人都说，永明是个学者型的诗人，又是个诗人型的学者，因而他的专著多了一份诗人的激情，他的诗作又多了一层学者的严谨。其实，诗人也好，学者也好，永明的诗一如他的人，外表儒雅纯朴，内里灿烂若虹。

请看他的《我是一颗小草》：

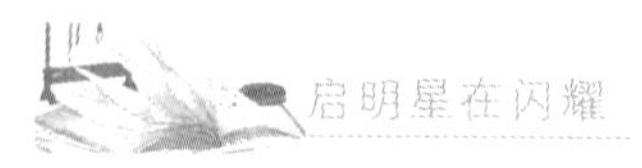

我是一棵小草，
既无牡丹的华贵，
也无玫瑰的多情，
却有春的向往，
绿色的生命。

我是一棵小草，
既不招蜂惹蝶，
也无依附爬高的本领，
却热爱大地和阳光，
有着不屈的个性。

再看他的《我是夸父》：

我是夸父，
迈出的每一步，
都是对太阳的追逐。
纵然渴逝，
也要倒在前进的征途，
化作一片桃林，
为后人造福。

这不正是他人品的写照吗！

永明为人清正善良，与他交友，不必设防；与他相处，如沐春风；与他交谈，获益良多。

他说，人写其诗，诗同其人。诗歌境界以大小、高低、真假分优劣，爱国爱民是大境界，个人情思是小境界；文明进步是高境界，愚昧落后是低境界；真情实意是真境界，虚情假意是假境界。一个人只有境界大、境界高、境界真，才能写出大境界、高境界、真境界的诗歌；而个人主义、愚昧落后、虚情假意之人，只能写出小境界、低境界、假境界的诗歌。所以，我们要不断提升自己的思想境界，努力创作出壮丽的人生诗篇，才能为创作出优美的文字诗篇奠定思想基础和提供实践前提。

我之所以详尽转述以上这一段永明关于“诗歌境界”、“人生诗篇”、“文字诗篇”的感悟，是因为他讲得深刻、讲得透彻、讲得精彩，我有同感。

毋庸讳言，当下的某些诗歌创作越来越呈现个人化的倾向，有的屏弃传统，回避崇高；有的脱离生活，闭门造车；有的无病呻吟，自鸣得意；有的堆砌辞藻，不知所云。“以其昏昏使人昭昭”，难怪谁也看不懂。我曾与文友戏言，诗坛流派众多，其实说来说去只有两派，一派叫“看得懂派”，一派叫“看不懂派”。看不懂的诗，即便自诩写得再好，被别人捧得再高，也不能算作好诗。什么是诗，什么是好诗，读者心中自有一杆秤。我以为，永明的这一段文字真乃切中时弊，发聋振聩。

永明是一个具有历史责任感与文学使命感的诗人。他的诗歌，字里行间涌动着浓浓的家国深情；他的心里，蕴藏着对祖国对人民的无疆大爱。

我发现，古今中外的每一位诗人都有一种独特的文化心理密码，寻找到了这个密码就能准确解读诗人的诗。而“家国情怀”便是诗人永明的密码。

请允许我摘录一首他写的人物诗《任长霞》，以证实我的判断：

精业夺魁省比武，
建功神警出巾帼。
深入虎穴擒主犯，
化装侦察摧团伙。
黑恶务除抓王松，
命案必破镇妖魔。
下访清冤促和谐，
忠孝难全先报国。

好一个“忠孝难全先报国”！这是共产党人的崇高誓言，是诗人的同行、英烈任长霞的人生选择，也是永明自己的做人准则。

随着交往的深入，我知道永明有一个好父亲，就是著名作家胡宝华先生。永明生长于书香门第，受翰墨熏染，自幼喜文好诗、知书识礼。永明还有一个好妻子舒爱萍，她是个精通乐律和音韵的诗评家。他们举案齐眉、夫唱妇随。永明每有新作，第一个读者和“评委”想必定是舒爱萍。如果说，一个成功的男人背后往往可以见到一个贤惠的女人，那么又有几个诗人的背后会有一个聪慧如许的诗评家妻子呢？永明还有一个好女儿胡俊晴，我们曾听她朗诵过可圈可点的诗作哩！永明幸甚！

永明是一个用诗的慧眼捕捉诗意，用诗的语言谱写诗篇，在诗的思考和诗的表现上展现才情、孜孜不倦的诗人。我想引用一首他钟意我喜欢的《初恋》作为本文的结尾，并祝愿他永远保持对诗的“初恋”，诗作不断，诗心永明！

《初恋》

来到你家后窗下，
开口欲叫，
心儿乱跳。
徘徊，
犹豫，
正月圆花俏。

转到你家边门前，
举手轻敲，
脸儿发烧。
欣喜，
羞涩，
入林间小道……

（作者是上海市作家协会会员）

那些声响 那些光芒

——读胡永明诗集《晚潮拍岸的声响》

张 蓉

直到差不多读完了整部诗集，我才意识到，原来写理论文章的人，也可以写诗，而且能写出不错的诗来——我指的是认识的人当中。伟人和大文豪，他们太过遥远，可以不算。

给人的印象，《晚潮拍岸的声响》的作者胡永明现为农场公安分局政委，是专写理论文章的，他能写出诸如《新时期经保工作也要实行政企职责分开》、《人户分离现象的形成规律和控制方略》与《加强执法监督是预防职务犯罪的关键》等等有影响力的理论文章，能有自己独到的观点，能论述得透彻，能契合并服务实践，一点也不奇怪，这是他的工作，也是他的职责之所在。但要说到写诗，那可有点意外了。大家都知道，诗歌和理论文章，完全是两回事，一个感性，一个理性，一个汪洋恣肆，一个步步为营，所以，一个甚至可以说是另外一个的“敌人”。可他做到了，一手为文，一手为诗。

我们先来读一首《惜别》：

春江情脉脉，
南岭愁重重。

渡口俩依依，
黄昏雨濛濛。

诗人显然具有深厚的古典诗歌学养。首先看体裁，五言的古风，句句有叠词，是不是让人一下子想起了《古诗十九首》中的“青青河畔草，郁郁园中柳”，想起了它的温厚缠绵。叠词是这样的，委婉曲折，意犹未尽。再看意境，全诗仅仅二十个字，却勾勒出一幅水墨画，春江，南岭，雨丝，渡口边的送别。离别总是让人如此伤怀，当背景为渡口时尤甚。在这里，水是永恒的主角。它是流动的，一去不返的。一江春水向东流。它也是连绵不绝的，无法分割的。抽刀断水水更流。而那一重一重的山岭，恰如压在诗人心头、无比沉重的离愁别绪。景语即情语。此情此景，你完全被诗人带入他所描绘的画幅当中，气氛渲染到这里，人物便出现了，渡口两个依依惜别的人。两个人，可以从最表面地理解为情侣，也可以更深一步理解为友人，甚至可以理解为一件不得不告别的往事、一段不得不舍弃的情感。

一千个观众，便有一千个哈姆雷特。一部好的文学作品，一定是多义的。《红楼梦》，可以说写的是宝黛的爱情悲剧，也可以说写的是四大家族的荣辱浮沉，但最深刻的读者，可以从中看到人生的荒诞和无奈。这首《惜别》亦然。而且全诗二十个字，你挑不出它哪一句哪一个字最好，因为它是浑成的。

我们再来读一首《给远方的至爱》：

你远在天涯，
就像明月挂在天际；
你在我心中，

就像明月映在水里。
我的祝福是清晨的鸟鸣，
为使你快乐千啭百啼；
我的召唤是黄昏的轻风，
留恋地牵起你的罗衣；
我的相思是不尽的流水，
长年缠绵在你的住地；
我的情爱是不落的太阳，
环绕着你永远不会偏离。

你，我，明月，鸟鸣，轻风，罗衣，情爱……那种直抒胸臆的口吻，那种火一般的热情，仿佛泰戈尔。我们不妨从他的《园丁集》中拿出一首来作对比，译笔出自冰心老人：

你是一朵夜云，在我梦幻中的天空浮泛。/ 我永远用爱恋的渴望来描画你。/ 你是我一个人的，我一个人的，我无尽的梦幻中的居住者！

你的双脚被我心切望的热光染得绯红，我的落日之歌的搜集者！ / 我的痛苦之酒使你的唇儿苦甜。/ 你是我一个人的，我一个人的，我寂寥的梦幻中的居住者！

我用热情的浓影染黑了你的眼睛，我的凝视深处的祟魂！ / 我捉住了你，缠住了你，我爱，在我音乐的罗网里。/ 你是我一个人的，我一个人的，我永生的梦幻中的居住者！

同样细腻地描述了爱情的幸福、甜蜜和忧伤，同样感受到心灵的悸动，同样吟唱着一曲青春恋歌……

《晚潮拍岸的声响》中，类似的篇目还很多，《我真幸福》《你的每一封来信都使我狂喜》《那呼唤可真传进你心里》等等，一行行热烈的情话，对你喁喁诉说，自然质朴，没有矫饰。句式有长有短，讲究节奏和韵律。让你觉得，爱就是爱，爱得由衷，爱得酣畅淋漓，爱得翻江倒海。我理解，这种爱，不仅仅是爱情，还有对美和理想的追寻，这些东西是他觉得整个宇宙之间最完美的东西，他愿意将满腔热情投注到这种向往和追寻中，他将毫不怨悔。

《晚潮拍岸的声响》的阅读，时常会给你带来惊喜，惊喜于诗人海阔天空的想象，他想像大坝截江流一样，用勤奋截住光阴（见《勤奋便是截光阴》），惊喜于诗人的浪漫。我们再来读一首《雨后》：

我想那王母挥出的一河波浪，
已在春雷声中倾入长江；
我想那雨后明丽的蓝天上，
牛郎织女正悲喜异常；
我想那轻盈的流霞，
定是前去祝福的六位仙娘；
我想那神奇的彩虹，
定然通向他们富丽的天堂。

如此奇特的想象，如此宏阔的画面。他想象那条隔开牛郎织女的茫茫天河，已在春雷声中倾入长江。呵呵，银河落九天的气势。再继续读，你会发现，奇特的想象和宏阔的画面背后，是一颗柔软善良的心，他想那雨后彩虹，是为牛郎织女架设的团圆之桥；他想那轻盈的流霞，是前去祝福他们的六位仙娘。在他的理想国里，亲人没有阻隔，情爱之花永远盛开。

读《晚潮拍岸的声响》，你有时会有点惶惑：它到底是浪漫主义，还是现实主义。比如读到《抢收》《插秧》《汗盐花》

《壮志征太空》等等篇目，你会觉得，诗人不仅在关注小我，亦在关注大我，不仅在关注一己之情感，亦在关注周遭的现实。诗人的现实主义，不是悲苦的现实主义，相反，充满着昂扬、豪壮和洒脱，我们试读其中一首《插秧》：

日西垂，
水田映斜晖。
青苗撒落红霞飞，
一退六插秧歌随。
抬头舒笑眉。

有诗评家说王摩诘的诗“诗中有画，画中有诗”，我想好的诗皆该如此，但这个说法还不够。仅仅是画，它给人静态之美，一旦加上人物，整个画面便流动了起来。“明月松间照，清泉石上流。竹喧归浣女，莲动下渔舟。”有动有静，有声有色，美得让人心醉。相信大家对世博会中国馆的清明上河图记忆犹新，现代的声光电技术，让本来静止的一个个人物动起来了，挑担的，推车的，卖炊饼的，说书的，让你仿佛置身于一千多年前那个活色生香、繁盛无比的汴京……话说回来，这首《插秧》，是不是除了像一幅画一样，还有动作？还有神态？还有声音？你甚至闻得到泥土的气息？

再读下去，你会发现这本诗集的另外一个特别之处，是它在附录中有两篇东西：一篇是《创作诗歌心得体会》，一篇是《中国诗歌具有无穷魅力正在健康发展》。一个成熟的写作者，不仅有创作实践，还要有自己的写作理论，比如王安忆有《心灵世界》，比如米兰·昆德拉有《小说的艺术》，据说瑞典文学院在评审诺贝尔文学奖时，也将作家是否有自己的写作理论作为条件之一。写作理论、写作主张、文学观念，是在阐释自己为何写作，是在用理论支撑自己的写作，让写作从自由进入必然。所以说，有了写作理论，就意味着这个写作者有思想、有高度，意味着他有写作的自觉。再回到《晚潮拍岸的声响》，诗人对诗歌的认识和创作体会，可能还显得比较感性，但已为上升到系统的理论奠定了基础，这种自觉，弥足珍贵。

享誉世界诗坛的叙利亚诗人阿多尼斯说：没有诗就没有未来。他所说的诗我们可以理解为诗歌本身，也可以理解为一切充满诗性的创造活动。是啊，未来是未可知的将来，在某个未来的日子，这个世界终将毁灭，这是必然，所以在浩瀚无边的宇宙面前，一百年和一亿年没有任何区别。但即使没有区别，即使终将毁灭，我们个体的人类也应该在茫茫宇宙中留下属于自己的星辰般的光芒，诗和一切充满诗性的创造活动便是这光芒的源头。

所以，让我们一起，连同《晚潮拍岸的声响》的作者，连同阅读过这本诗集和正在阅读这些文字的你，用诗以及内心的诗情，去探寻自然界和人类的声响，创造烙上自己印记的那缕光芒，哪怕微弱，哪怕转瞬即逝。

（作者是上海市作家协会会员、《东方剑》编辑部主任）

阳光化作七色彩虹

——读胡永明咏物诗有感

张　蓉

世间万物纷繁芜杂，但如果其中某样东西引起了你的注意，你甚至有停下来琢磨它的意愿，那么，它一定打动了你；再进一步，如果你的目光业已离开它却还一直想着念着它直至将它付诸笔端、化为诗句，那么它，或与你自己的心灵有相通之处，或它身上的某样特性暗合了你的某种期许，或者寄托了你的某样情怀……也就是说，物引发了诗，而诗又通过对物的形象描绘，赋予物以美感，借以抒发情志。这便产生咏物诗。

近日，有幸读到胡永明的新诗集《阳光化作七彩虹》（作家出版社，2014 年 10 月），特别是其中的二十三首咏物诗，纯真，质朴，不矫饰，读来令人有如咀嚼过青橄榄般的颊齿生香。譬如《梧桐》：

梧桐解人意，
应时叶稀繁。
暑夏遮阴凉，
寒冬透日暖。

梧桐，曾被无数文人骚客吟咏过，最著名、最经典的恐怕要数南唐后主李煜的《相见欢》：“无言独上西楼，月如钩，寂寞梧桐深院锁清秋。剪不断、理还乱，是离愁，别是一番滋味在心头。”温庭筠的《更漏子》亦广为流传：“梧桐树，三更雨，不道离情正苦，一叶叶，一声声，空阶滴到明。”毋庸多言，《相见欢》和《更漏子》所创造的经典，无人堪比肩，也无人能超越。但胡永明的这首《梧桐》却另辟蹊径，他从树叶的稀与繁读出了他眼中梧桐树的人格和心性。暑夏时，它枝繁叶茂，为的是遮挡阳光，给大地带来阴凉。寒冬时，它枝稀叶疏，为的是让阳光更多照进，为人们送来温暖。读完整首诗，再回看首句，“梧桐解人意”，我们便会发现，它对全诗起到了统领和点化的作用。诗即诗人。读过这首《梧桐》，有没有感觉到诗人的暖男特质？

我国历史上著名的文学理论家刘勰在《文心雕龙》中写道：“人秉七情，应物斯感，感物吟志，莫非自然。”大千世界，日月星辰，风云雨雾，江河湖海，花草树木，鸟兽虫鱼，莫不是诗人描述和抒发情志的对象。可以说，没有世间万物，就不会有咏物诗，而优秀的咏物诗，又给世间万物以诗性的生命。我们再来看胡永明的另外一首咏物诗，《油菜花》：

从南到北次第开，
黄海香波涌春来。
一棵独长不流金，
万株丛生方溢彩。

油菜，实在是一种可爱的植物，极有美感，又极为实用。这点，乾隆皇帝在《菜花》诗里已经“指示”过了，“黄萼裳裳绿叶稠，千村欣卜榨新油。爱他生计资民用，不是闲花野草流。”毕竟是皇帝，念兹在兹的是社稷民生，但纯粹从诗的品格来看，杨万里的《菜花》高出很多，“篱落疏疏一径深，树头花落未成阴。儿童急走追黄蝶，飞入菜花无处寻。”春的乡村，正在红将瘦绿未肥时，儿童追蝶未果的伤心和失落，令人忍俊不禁。同样是油菜花，胡永明有自己独到的视角。“从南到北次第开”，首句便像是打开一张油菜花地图，春风从南到北拂过，将油菜花田一一激活，接着，“黄海香波涌春来”，花如海香如波挟裹着春天奔涌而来，有些霸道，有些不由分说，但满心喜悦。一棵独长不流金，万株丛生方溢彩。后面两句，我初始的理解是，一木不成林，百花方为春。但细细咀嚼，我突然读出了命运的苍凉。在种植油菜时，农人并不会只种一棵。但我肯定见过单独的油菜花，在路边，在田畔，看上去有些孤独有些寂寞，如果在它的不远处就是千株万株的油菜田，那么这种孤独和寂寞便会倍之、三之。因为农人的粗心或者随意，它流落在路边或田畔，可以想见，在不久之后的收获季节，亦无人肯收获它结出的那几个菜籽荚……同样的生命，却截然不同的际遇。此处，一棵独长不流金；彼处，万株丛生方溢彩。孤独和热闹。命与运。如此咏物，是不是诗味和诗境会阔大浑厚起来？

诗贵在形象和意趣，咏物诗尤甚。诗人在创作时，要着眼于物，挖掘物的妙处，但不能仅仅停留在物之上，要借物去抒发诗人的情思、感慨和寄托，但咏物和抒情须似水中着盐，水乳交融，物我一境。我们不妨一起读胡永明的《夹竹桃》：

灌木也能成大树，
笑迎寒暑春常驻。

红霞白雪耀枝头，
丹心洁身传芳馥。

前面三句，诗人的笔触主要在夹竹桃上。即使灌木，亦可长成大树，无论寒暑，对于它都是春天，初夏季节，红若霞、白若雪的夹竹桃花开满枝头……最后一句，丹心洁身传芳馥，就是诗人的志向和寄托。前面三句咏物，最后一句抒情。这种写作方法在咏物诗中非常常见，于谦的《石灰吟》："千锤万凿出深山，烈火焚烧若等闲。粉身碎骨浑不怕，要留清白在人间。"郑板桥的《竹》："一节复一节，千枝攒万叶。我自不开花，免撩蜂与蝶。"可见，这种模式，如同我喜爱的侦探小说一样，它有它的规则，我们进行创作，遵守这些规则，戴着这些镣铐，方有翩跹之舞。回到这首《夹竹桃》，我们可以读出，前面三句和后面一句并不割裂。红若霞的花，是丹心；白若雪的花，是洁身自好，夹竹桃靠的是这丹心和洁身自好，来散发属于自己特有的芬芳。而且，我尤为喜欢首句，"灌木也能成大树"。灌木是比乔木低一等的植物，但只要心怀梦想，虽不能改变自己仍然是灌木的性质，但它依然可以长成大树。的确，有梦想谁都了不起。

胡永明将新诗集取名为《阳光化作七彩虹》，固然是因为它是他诗作中的一句，但我觉得，这里还应该寄托着他的一个梦想，就是愿为一滴水，将阳光折射成七色彩虹，愿有一双慧眼，发现和书写生活中的真、善和美。

（作者是上海市作家协会会员、《东方剑》编辑部主任）

爱到地老天荒

——读胡永明爱情诗有感

张　蓉

关于诗歌最好的定义，应该是情动于衷而形于言。一首好诗，必得先有内心的感动。而人世间最容易引发人内心感动的，无疑是爱情。“关关雎鸠，在河之洲。窈窕淑女，君子好逑”；“在天愿作比翼鸟，在地愿为连理枝”；“我必须是你近旁的一株木棉，作为树的形象和你站在一起。根，紧握在地下；叶，相触在云里”……多么脍炙人口，多么荡气回肠。

爱情，之所以最容易引发人内心的感动，除却它的美好，我觉得，另外一个重要原因是它的稀有和善变。难能而贵，乃至“此曲只应天上有，人间能得几回闻”。但是，读完这本《给远方的至爱》，恍然发觉它现身了，现身在这纷纷扰扰的尘世，现身于一对恩爱男女之间。

初恋的滋味是什么？诗人写到：

来到你家后窗下，
开口欲叫，
心儿乱跳。

徘徊，
犹豫，
正月圆花俏。

转到你家边门前，
举手轻敲，
脸儿发烧。
欣喜，
羞涩，
入林间小道……

初恋少年的心之切和情之怯，都在这几行诗里面了。但这首诗的更好处，还是它上下两阙的最后一句。我一直喜欢古诗十九首的质朴和丰美，最喜欢的当数《行行重行行》。这是一首写别离的诗，可是写着写着突然出来两句："胡马依北风，越鸟巢南枝。"初看，你会觉得这两句不怎么搭调。可是，细细品味之后，你又会觉得这两句不搭调的诗，使全诗有了回旋起舞的空灵之态。这首《初恋》中的"正月圆花俏"和"入林间小道"，也具备了这个意味。它不再去说少年的情和态，而是转而写景，你看，月正圆，花正俏；你看，林间有小道，羞涩的我可以躲进去吗？景语即情语。花好月圆，象征着爱情的美好；而林间小道，又是那么的静谧和悠长，令人向往，也令人留恋。

再美好的爱情，也离不开烟火的气息。一对佳偶，分一只月饼吃，本是再平常不过的事情，但一经入诗，便陡然平添了诗意。一首《团圆》：

掰开月饼来，
和妹各一半。
月可自团圆，
人岂能失伴。

前面两句很直白，几近口语。但读到第三句，月可自团圆，便有了“月亮代表我的心”的意味。以月喻人间情事，是诗歌的传统。“人有悲欢离合，月有阴晴圆缺，此事古难全。”诗人说，月亮缺了，过些时日，又自己会圆的，但人不能失去伴侣，所以，我要和我的爱人长相厮守。

当你爱一个人，眼里所有的东西都会和他（她）有关，他（她）可以是天上的云影、山间的小溪，可以是一声鸟鸣，或者万顷碧波。在这本《给远方的至爱》中，诗人眼中的爱人，是梅，是兰，是竹，是菊，是荷花，是桂花，是栀子花……是一切馨香和美丽。曾奇怪，鄙夷功名利禄、守志不阿、独立率真的陶渊明，怎么写得出那么肉麻的《闲情赋》？如果允许我粗暴地翻译一下，大概意思是，我愿意是你的衣领，我愿意是你的裤带，我愿意是你鞋子的丝线，我愿意是你头发上的光泽，我愿意是你眉间的黛色……。还有谢霆锋谱曲并演唱的那首至为经典的《玉蝴蝶》：“恋生花也是你，风之纱也是你，夫斯基也是你，早优生也是你。”真的，全心全意爱一个人时，上天是你，入地也是你；佛是你，魔也是你。所以，你弹琴，我写《小萍弹琴》；你唱歌，我写《小萍唱歌》；你种花，我写《小萍种花》……就是这么质朴，就是这么深情。吟咏你千遍也不厌倦。

感性如爱情，科学家也研究得出它产生的原因，它保鲜的方法，甚至什么样的人喜欢什么样的人也能用数理的方法分析得出。这说明，爱情感性的后面，一定有理性在支撑。换句话说，有理性支撑的爱情，才有可能长久。在《给远方的至爱》中，《爱情的滋味》《找对象》和《可别嫁给小心眼呀》三首诗，应该归作是对爱情原理的诗性探究。

以《找对象》为例。对象应该找什么样的？一个月貌花姿的姑娘对“我”很多情，“我”却嫌人家不聪明；一个对“我”有心的姑娘才华横溢，“我”却嫌人家不够俊；到了后来，我想迁就时，一个既不聪明也不俊的姑娘却嫌“我”额头有皱纹。更为悲催的是，等“我”回去找前面两个姑娘时，已经物是人非。这首带着淡淡谐谑色彩的诗，有点逗，但背后的意蕴不容小觑。其实，不仅找对象，我们的人生也都想要找到自己想象的那只最大的麦穗，但惟有智者才能实实在在地抓住眼前的机遇。

维系一份感情，从来都是两个人的事情。最好的感情，是一起成长，一起进步。探究这份我前面称之为“人间能得几回闻”的爱情，仅仅从《给远方的至爱》这本诗集中，就可以看出果真是这样的。且看这首《偕妻冬日红园寻芳》：

天蓝日红云飘，
草青树绿花娇。
鸳鸯冬园寻芳，
心随鸣禽凌霄。

之后，是一首和诗，《随夫冬游红园》：

日暖风和林茂，
湖清亭秀花俏。

夫妻冬游故地，
触景回忆年少。

同一个红园，同一次出游，夫妻二人的视角虽有不同，但却读得出琴瑟相和与两心相悦。世间最美好的感情，就应该是这样：我们在同一个空间，我知道你在，你知道我在，彼此专注着自己眼前的事，偶尔抬起头对上对方的眼神，悄然一笑，静谧安好。

但其实《给远方的至爱》中最让我感动的，当属《我的宝贝“小鸭子”》。妻子患病后，走路不稳当，常常会摇摇摆摆，自然令人心疼。诗人给她起了一个雅号，叫做“小鸭子”，三个平常的字，令人爱意顿生。

杜拉斯在《情人》的开篇，有一段很受文青们追捧的话：我已经老了，有一天，在一处公共场所的大厅里，有一个男人向我走来。他主动介绍自己，他对我说：“我认识你，永远记得你。那时候，你还很年轻，人人都说你美。现在，我是特为来告诉你，对我来说，我觉得现在你比年轻的时候更美。那时你是年轻女人，与你那时的面貌相比，我更爱你现在备受摧残的面容。”爱青春的面容易，爱备受摧残的面容难；爱健全易，爱残缺难。当你老了，丑了，瘸了，牙齿掉了，还有人这么爱你，那么，你和你的爱人，已经向世人证明，爱真的可以直到地老天荒。

（作者是上海市作家协会会员、《东方剑》编辑部主任）

语言精练优美　形象鲜明生动

——读胡永明诗选《晚潮拍岸的声响》

胡金标

最近，读了永明的一本诗集《晚潮拍岸的声响》，感到他的诗很有特色，语言精练优美，形象鲜明生动，有很强的艺术感染力。

现在，我们来看一首《惜别》：

春江情脉脉，
南岭愁重重。
渡口俩依依，
黄昏雨濛濛。

这首诗很短，二十个字，刻划的形象却十分生动。题目是惜别，惜别是分别，但不想分别，却不得不分别，这是矛盾。因此惜别的人物情绪十分复杂。如何以诗的形式刻划出这种情绪，是需要诗人有扎实的功底的。且看永明是如何做到的。

头一句“春江情脉脉”。开篇言情，以春江喻之，表示感情悠长。因为“情”所以“别”就“惜”，就有了“惜别”。

“江”源远流长，不可阻挡，表示感情深远不可阻挡。

下一句“南岭愁重重”。“重重”，表示南岭不是孤峰，而是群峰起伏、绵延远去，这就增加了环境场面的气势。“愁重重”，南岭也愁，也为分别的人愁，最好不要让他们分别，他们的感情太深了。写“愁”为的是突出“情”，为什么“愁”？因为“情”深。

在这里人物并没有出现，诗人主要渲染气氛，把山水环境赋予感情，突出感情的深厚，分别实在是难分难舍，所以是“惜别”。

接着是“渡口俩依依”。这是分别的地点，在渡口分别。在春江边上，分别的人物出现了。什么人分别呢？诗人没讲，让读者去想象。我想应该是一对恋人吧？因为是“俩依依”，“俩”，是两人，“依依”是相互依偎的意思，所以理解为一对恋人。诗人把一对恋人的难分难舍用“俩依依”三个字刻划出来，实在难得。试问，如果用另外三个字如何？很难替代。

最后是“黄昏雨濛濛”。黄昏是时间，雨濛濛是天气，这种时间和天气都渲染了一个“愁”字。这首诗的“愁”，就是情，越是“愁”，说明情越深。全诗只有一个“情”字，而“情”却是统领全诗的。

看到这里，读者可以看到这样的情景：在一个雨濛濛的黄昏里，南岭群峰绵延，春江静静东去，一对恋人在渡口相互依偎难分难舍，这是一幅美丽的图画，形象鲜明生动，表现手法层层展开，给读者留下了深刻的印象。

如果仅是一幅画，那么“黄昏雨濛濛”与“渡口俩依依”应该对调，这样前三句写景，最后写人，顺序上比较合理，但诗人将“黄昏雨濛濛”置于最后，原因何在？如果将两句对调，把“渡口俩依依”放在最后，所表现的只是两人在黄昏到渡口离别的情景。而现在的写法，则让人感到，两人难舍难分，到了黄昏仍未分开，说明情之深。而“雨濛濛”既是写景，又是写情，有隐示恋人含泪惜别之意，艺术效果大不一样。

这首诗每句尾字用的都是叠词，这些叠词用在尾部更显得缠绵难舍，使朗读也变得“愁重重”。这是内容与形式的统一，有强化感情色彩的效果。

这首诗仅二十个字，但画面清晰，形象生动，语言精练优美，字字精准难以替代，确是一篇佳作。

这本诗集里有一首最短小的诗，《摘梅解馋》。是这样的：

风和日暖，
梅已紫红。
摘球解馋，
笑道酸浓。

这首诗简单直白，却描绘出一幅生动活泼的画面。读后让人想到，一群年轻人在风和日丽的天气里郊游，他们看到了一片梅林，梅已紫红，料已成熟，于是摘梅解馋，推到嘴里却大出意外，酸味难忍，于是皱着眉头，这个说：“酸，酸得不行！”那个说：“不行，太酸了！”大家哈哈大笑，“笑道酸浓”。人物形象十分生动。

这首诗一个“馋”字用得相当好，不仅幽默，而且暗示了人物一定是年轻人而不会是老年人。如果用“尝鲜”“尝新”“解渴”等，不用“解馋”，其艺术效果将黯然失色。

《摘梅解馋》简单直白，读一遍就能记住。它和《惜别》不同，《惜别》是层层展开，本诗是一气呵成。由于内容不同，形式也就不一样。有人可能会认为简单，一共十六个字，其实简单是这首诗的特色。用尽可能少的笔墨，描绘出尽可能丰满鲜明的形象，这就是艺术。《摘梅解馋》做到了。

《太湖晚景》也是一首好诗，他是这样写的：

远山衔落日，
湖水吐余晖。
渔火芦边闪，
潮声月下回。

前两句写夕阳下的太湖。太阳要下山了，晚霞倒映在湖水里，景色十分漂亮。一个“衔”、一个“吐”，使本来的静物山水都动起来。在表现手法上，诗人是倒过来写的。明明是太阳慢慢落下山，诗人却说山“衔”；明明是晚霞倒映在水里，诗人却说晚霞是水“吐”出来的。“远山衔落日”，是远景，让读者极目远眺；“湖水吐余晖”，是大景，而湖水“吐”出的霞辉从远山脚下闪耀到读者眼前，又是近景，使读者如临其境。这些表现手法，无疑都增强了艺术感染力。

后两句写月光下的太湖。“渔火芦边闪”，一个“闪”字使整个画面生动起来。渔火是渔民晚上捕鱼或照明用的灯火，它本来不会闪，诗人为什么说它“闪”呢？因为渔民的船停在芦边，有几支芦苇挡住了渔火，湖水把渔舟轻轻地摇，晚风也将芦苇轻轻地吹动，于是便有了“闪”，形象十分生动。“潮声月下回”，描绘了湖水的声音，与上面一句结合起来，使读者既可以看到一幅月光下太湖的美景，又能在这静谧的月夜里听到潮声“哗——哗——”作响的大自然美的旋律。船儿轻轻摇，渔火闪闪亮，那是一个平静美好的夜晚，从一个侧面反映了太湖渔民平静美好的生活。

读这两句诗，让我想到王维的千古绝唱："大漠孤烟直，长河落日圆"。在表现手法上，"渔火芦边闪，潮声月下回"与其是一样的。在内容的气势上，两者各有侧重。王维写得豪放壮美，永明则表现得细腻甜美，至于对仗工整方面、形象刻划方面，两者相差无几。然而王维的两句诗也有瑕疵。在大漠孤烟直的地方，不会有长河落日圆。诗人是因为艺术需要，把它们扯在一块了。有点评这两句诗的学者说，王维在大漠中看到了"孤烟"，同时也看到远处有一条大河，红日已徐徐落下，于是就有了这千古绝唱。我还真见过不知是哪位画家画的一幅"大漠孤烟直，长河落日圆"的画，画得不错，可惜大漠中是找不到长河的，有长河的地方形不成大漠。

《太湖晚景》为我们描绘了两幅优美的图画。一幅是夕阳下的太湖，一幅是月光下的太湖。宁静、安详、美丽，这是美丽的太湖——美丽的祖国，美好的生活——美好的人生。

好诗还有，如《莫干山观日台上观日出》：

登高望，
晓日雾中戏。
时掩时揭含羞态，
一瞧一躲正忸怩。
尽被多情迷。

这首诗写的是诗人在莫干山观日台上看日出，看到的情景是太阳慢慢升起，晨雾不断飘过。就是这么简单的一个景，只要读过这首诗的人都会明白的。然而，诗人把太阳和晨雾都拟人化，把太阳比作一个情窦初开的少女，把晨雾比作轻纱罗

帐，少女看到了自己心爱的人，不看又想看，想看又不好意思看，心里矛盾，十分害羞难为情，所以把轻纱罗帐当遮挡物，"时掩时揭"，生怕别人发现。看还是想看的，但是难为情，所以"一瞧一躲"。"时掩时揭含羞态，一瞧一躲真忸怩"，把一个情窦初开的少女，看到意中人后的复杂心理惟妙惟肖地刻划出来。诗人本来看到的是薄雾遮挡太阳这个情景，现在把它写成一个少女看到意中人的心态和神态，并将这种复杂心理活动展现在读者面前，足见诗人想象力之丰富。

在"喜看东方红——建设诗篇"这一编中，诗人热情地讴歌了各条战线上的时代先锋、劳动英雄，歌颂了我们今天的社会主义社会的美好，为读者展现了一幅幅生动的画面。其中有一首《插秧》，反映的是农民在夕阳下插秧的美丽图景和愉快心情。且看：

日西垂，
水田映斜晖。
青苗撒落红霞飞，
一退六插秧歌随。
抬头舒笑眉。

我是水乡的儿子，对插秧很熟悉，读《插秧》这首诗感到特别亲切。全诗五句，头两句"日西垂，水田映斜辉。"说的是在风和日丽的天气里，西边的太阳快要落山了，水田里的水面平静如镜，晚霞倒映在水里，非常漂亮。这里的"垂"和"斜"用得好。这首诗很通俗，"垂"和"斜"是在通俗中显高雅。

"青苗撒落红霞飞"，优美简洁。"青苗"是秧苗，"红霞"

是晚霞。诗人用青苗和红霞代替秧苗和晚霞，形成了色彩鲜明的对比，增加了美感。这句诗没有明写人物，但人物出现了。没有人物，青苗怎么会撒落？事实上农民在插秧之前，先要把秧苗均匀地撒落在水田里，然后再把它插到泥土里。所以总是先有人挑着秧苗走到田埂上或水田中把秧苗一把把均匀地抛撒在稻田里，抛得要均匀，间距要适当，这样插秧的人插完一把，刚好接到下一把，这抛秧就是“青苗撒落”。当秧苗抛出后落在水田里，本来平静的水面被打破，倒映的晚霞也随之波动，这就是“红霞飞”。诗人 18 岁时曾到位于崇明岛的上海市徐汇区“五七”干校参加劳动，对生活作了细致观察，才能对农民插秧的情景描绘得如此生动贴切，从中也可见他当时已经掌握了娴熟的表现手法。

“一退六插秧歌随”。这句写插秧和劳动中有歌声，不仅画面活跃，连气氛也活跃了。插秧时，农民每退一步就插六束秧苗。这时，农民也常会唱山歌，不过一般不叫唱，叫“喊”,“喊山歌”。为什么是喊山歌而不是唱山歌？我问过一位农民，他说:“就那破嗓子还能唱？就喊吧！”也许是这样吧！诗人在这里没有去纠缠这个问题，而是用了一个“随”字，说歌声是跟插秧一起的，边插边唱，这不仅避免了是唱是喊的复杂问题，而且还解决了一个诗歌的押韵问题，又显得比较高雅，其内涵就丰富多了。

最后一句是“抬头舒笑眉”。插秧是“面朝黄土背朝天”的活，插累了抬起头来，喘口气，歇息片刻，这时，看到眼前一片已经插好的绿苗，舒心地笑了。这是插秧者看到大家的劳动成果，从心底里透出来欣慰感，也表现了农民在劳动中的愉快心情，从一个侧面反映了农民的幸福生活。

读这首诗，让我想到唐朝诗人李绅写的《悯农》:“春种

一粒粟，秋收万颗子。四海无闲田，农夫犹饿死。”这首诗反映了当时农民的悲惨生活。农民把能种的地都种了，收成也是好的，但最后还是饿死。李绅的诗揭露了当时社会的黑暗，永明的这首诗则反映了今天社会主义社会里农民的劳动态度和愉快心情。两种社会制度，两种农民生活，形成了鲜明的对照。

这首诗虽然短小，但声情并茂，色彩缤纷。绿色的秧苗、红色的夕阳与晚霞，还有那插秧嫂多彩的服装，以及她们清脆的歌声与笑声。这是一幅水乡农民美好的劳动图景。你站在东边，可以看到夕阳西垂，满天的晚霞倒映在水田里，一个农民正在抛秧，绿色的秧苗撒落在水田里，击碎了红色的晚霞；而插秧嫂们穿着多彩的衣服，整齐地弯腰插秧，在她们面前，一片翠绿徐徐展开，时不时传来歌声笑语，回荡在这红霞与翠绿之间——这就是《插秧》。

永明的诗，语言精练优美，形象鲜明生动，极富艺术感染力。上面只是举了几个例子，仅作了一点粗浅的探讨，还有许多地方值得进一步深入挖掘。

（作者曾任苏州木渎中学高中语文教师）

愿君识我花之意

——读胡永明的咏花诗有感

胡金标

永明的诗题材多样。他在两本诗集《晚潮拍岸的声响》和《阳光化作七彩虹》中，选入了大量描写花草的诗歌。这些诗，短小精悍，道理深刻，值得一读。

古今的诗海中，咏花作品众多，却很少有人写油菜花。永明眼光独到，写了一首《油菜花》，寓意深刻。看他是怎样写的：

从南到北次第开，
黄海香波涌春来。
一棵独长不流金，
万株丛生方溢彩。

油菜花是春天开花的。经过一个冬天，到了春天，气温回升，油菜就开花了。南方先暖和，先开。气温从南到北逐渐升高，所以油菜花“从南到北次第开”。诗人把油菜花放在一个从南到北的广阔空间里，并将花朵与花香同时表现出来，气势宏大。读这首诗，仿佛感到在一个风和日丽的天气里，油菜

花在不断地开放，由少到多，由近及远，茫茫一片，香波阵阵，香随花涌，花涌香发，黄橙橙、香喷喷，从南到北，涌流而去……其气势之磅礴，远非牡丹、芍药等花能比。

诗中的“涌”字十分生动，不仅给人动感，而且很有气势。至于是花海涌、是香波涌还是花海、香波一起涌，就让读者自己去想象了。“涌春来”十分生动，似乎在说油菜花涌动着春天，和春天一起过来；又似乎是油菜花把这个春天涌出来了。确实，我一向认为，油菜花盛开的春天，是最美丽的春天。

后两句是诗人的感慨。诗人对着茫茫一片油菜花，不仅看到一种美丽，而且看到一种精神，那是万众一心、奋勇向前的精神。有了这种精神，就能干出轰轰烈烈的事业来。而单打独斗，又有多少力量呢？所以诗人感慨：“一棵独长不流金，万株丛生方溢彩。”

这首诗很短小，但道理深刻，读过后让人深思：单独一棵油菜花是微不足道的。然而，许多“单独”联合起来，茫茫一片，其奔涌而去的气势又有谁阻挡得了呢？团结就是力量，把自己融入集体之中，大家一起努力，就一定能够“流金”“溢彩”。这就是这首诗讲的道理。

与《油菜花》的表现手法不同的是《绣球花》。《油菜花》从大处着眼，《绣球花》从小处落墨；《油菜花》写了茫茫一片，《绣球花》写的仅仅一朵；《油菜花》最后点道理，《绣球花》句句有深意。现在看《绣球花》是怎样写的：

百花相聚簇成球，
绚烂馨香满院收。
适应土壤多变色，
酸蓝碱赤显春秋。

全诗四句。第一句“百花相聚簇成球”，写绣球花花朵的结构特点。绣球花与其他花不同，它的花朵不是由花瓣组成的，而是由许多小花组合而成的一种球状花朵。诗句粗看状其貌，细品有深意。绣球花为什么会有如此精美的球状花朵呢？那是许多小花团结在一起相互协作、共同努力的结果。这句反映了一种团结协作的精神。有了这种精神，就一定能把事情办好。这就是这句诗的深意。

下一句“绚烂馨香满院收”，写绣球花把美丽和芳香带给人间，赞美绣球花对人类、对社会的奉献精神。是花就有花的美丽和芳香。绣球花其实也很平凡，它把美丽和芳香带给人间，只是做了能够做到的事情。我们都很平凡，每个人只要做好能够做的事，对社会做出一点小小的贡献就可以了。

第三句“适应土壤多变色”，写绣球花为了适应环境不断改变自己。有些人总认为环境不好，怨天怨地，老是跳槽，结果浪费时间，一事无成。绣球花则不同，它能不断根据环境调整自己。这对有些人来说，不是一个很好的教育吗？

最后一句“酸蓝碱赤显春秋”，写绣球花在酸性的土壤里开蓝色的花，在碱性的土壤里开红色的花，虽然环境不同，但一样可以开出花来，不管是蓝花还是红花，一样美丽，一样芬芳，一样成功。所以，我们不管在什么环境里，都要自觉适应环境，认真做好工作，坚持下去，就一定能做出成绩来。

《绣球花》只有四句，每句都讲一种道理，传播一种精神，那就是团结协作的精神，无私奉献的精神，不断根据环境变化调整自己的精神，以及在不同的岗位上安心工作、努力干出成绩的精神。这些精神都是我们提倡的精神，是我们实现中国梦所需要的精神。我们应该像绣球花一样，不管在哪里，都要让自己的生命之花开放得绚丽多彩。

在诗歌的海洋里，写桂花的诗不少。桂花又称“木犀”“木犀花”，花小如粟，色无娇艳，然芳香馥郁，令人心旷神怡。古代诗歌独赏其香，赋诗填词不离香字，有的还将吴刚、月宫扯进诗里，增加一点神话色彩，也算是想象丰富了。永明写了一首《桂花复开更芬芳》的诗，虽然也写桂花，但很有新意，虽然也提桂花之香，但并无独赏香气之意。这首诗与众不同，写的是桂花的一种精神，一种不怕困难、战胜困难、赢得胜利的精神。看他是怎样写的：

秋来桂花满城香，
暴雨无情遭重创。
群英零落树滋润，
复开茂盛更芬芳。

这里第一句就写桂花的香。“满城香”，说明香味浓烈，香波飘散面之广大。不过，永明这样写香并非专门赞赏桂花的香气，而是渲染桂花的甜美生活。桂花盛开，满城飘香，一幅安详甜美的生活景象。这样写是为下文作铺垫，下一句是“暴雨无情遭重创”。暴雨对桂花来说是一场灾难，破坏了桂花幸福、美丽、安详的生活。

桂花在暴雨打击下，“群英零落”。但是，桂花并没有倒下，而是凭着自己的智慧，尽可能找到有利因素，设法壮大自己，所以虽然“群英零落”，但“树滋润”了。桂花树趁暴雨之时吸收了大量水分，使自己更加生机勃勃，因此，最后是“复开茂盛更芬芳”。桂花与一般的花不同，可以花谢花开多次，最多可以连开七次。这句是写桂花经过暴雨的侵袭，和化不利因素为有利因素，结果重开时，花朵开得更加茂盛，花香也更加芬芳了。

这首诗给人很多启发。在人生的道路上，难免有困难和曲折，我们如何面对？这是个现实问题。是从此倒下，还是战胜困难，继续前进？诗人在这里，赞扬了花小如粟的桂花不拍困难，最后赢得胜利的精神。这种对桂花的肯定和赞扬，实际是告诉大家，每当遇到困难和挫折的时候，一定要像桂花一样，勇敢挺立，决不倒下，经过风雨的洗礼之后，使自己"复开茂盛更芬芳"。可以看出，这是一首催人奋进的诗，提供正能量的诗。

永明的咏花诗众多，诗人用他独到的眼光和朴素自然的语言，将这些美丽的花朵刻划得形象生动，并把深刻的道理寄予在这些形象之中。他的诗，粗粗一读，不作为奇；细细一品，令人顿悟。所以，阅读时，除了欣赏这些花朵的美丽之外，还应细细品味其中的道理。

娇艳飘逸不为奇，愿君识我花之意。

（作者曾任苏州木渎中学高中语文教师）

语言精练　寓意深刻

——读胡永明的新风诗《善卷洞》

胡金标

诗歌是语言的艺术，只有做到语言精练，才能更好地塑造生动的形象，抒发澎湃的感情，容纳深刻的思想。永明的诗短小精悍，寓意深刻，语言就非精练不可了。下面，通过《善卷洞》这首新风诗，来探讨诗人是如何做到语言精练、寓意深刻的。

善卷洞位于江苏宜兴城西南螺岩山中，洞分三层，里面有上洞、中洞、下洞、水洞四个洞。入口处是中洞。中洞是个大石厅，高大宽广，可容纳上千人，洞口有一钟乳石，高七米多，称砥柱峰；石厅内有巨石，形如狮象，形态逼真。上洞终日云雾缭绕，气温常年在23度左右，洞中有奇石形成的倒映莲花等景观。下洞是瀑布洞，洞天相接，悬崖飞瀑直泻而来，奔放澎湃。水洞实际是一条暗河，天穹压顶，曲折幽奇，轻舟一叶，荡漾其间，其乐无穷……这就是善卷洞的大致情况。现在，我们来看《善卷洞》这首诗是如何来描述的：

飞瀑轰鸣呼客来，
三层四洞任徘徊。

砥柱峰寒狮象凝，
云雾洞暖荷花开。
雨后水声辨四门，
地下古溪疑龙宅。
绝妙洞天哪里来，
轻滴缓流千万载！

可以看出，《善卷洞》把“三层四洞”的壮美景色一一呈现在读者面前了，语言精练，形象生动。下面，就颔联“砥柱峰寒狮象凝，云雾洞暖荷花开”两句作一分析，欣赏其中语言精练的奥妙。

出句“砥柱峰寒狮象凝”写的是中洞的景观。中洞高大宽广，可是诗里没有直接写洞的高大宽广，而是写砥柱峰，容峰之洞不可谓不大；句中的“寒”与“凝”，也给人以空旷的感觉。

对句“云雾洞暖荷花开”写的是上洞的景观，表现手法上与出句“砥柱峰寒狮象凝”相同，刻划的形象同样鲜明。这里描写的是云雾、荷花，展现在读者面前的是一个云雾缭绕、气候温暖、荷花盛开的世界，这是一个美丽的世界。

这两句诗句，因为描写的对象不一样，所以给人的感受也不一样。“砥柱峰寒狮象凝”突出势，石厅宽广、石柱擎天、气势宏伟，有天然之势，体现出一种刚性；“云雾洞暖荷花开”突出美，云雾缭绕、气候温暖、荷花盛开，有仙境之美，体现出一种柔性。这两句组合在一起，刚柔相济，让人感到这宏伟的擎天柱上面有一个天宫，那里云雾缭绕、气候宜人、荷花盛开……令人遐想。

描绘这样的形象，达到如此的艺术效果，诗人仅仅用了

两句十四个字，这就是精练。

为什么能做到如此精练？就要看句子的结构技巧了。这两句诗句，都有前因后果关系的特征。“砥柱峰寒狮象凝”，“寒”与“凝”是因果关系，“凝”是“寒”的结果；“云雾洞暖荷花开”，“暖”和“开”是因果关系，“开”是暖的结果。一般的句子往往是单纯地对事物的形象进行描摹，平铺直述地画下来，句子中词与词之间的前后关系是并列的，这样的句子组织得好也不错，但是如果句子在准确描绘事物的同时，又能使句子的前后关联紧密，产生某种关系，或递进，或因果，则整个句子的结构就更为严谨，描绘的形象就更为生动。如上面两句，所描绘的形象都会让人感到是动的，狮象在渐渐地“凝”，荷花在慢慢地“开”。

这两句除了本句内部是因果关系之外，两句之间的又是对偶关系，这更为诗句锦上添花。“云雾洞”对“砥柱峰”，“暖”对“寒”，“荷花”对“狮象”，“开”对“凝”。一般来说，对偶句，只要在同一位置上词性相对就好了，可是这两句不仅词性相对，而且词义相反。“云雾洞”对“砥柱峰”，洞为凹陷之物，峰为突兀之物；“荷花”对“狮象”，荷花为水中植物，狮象为陆上动物；“开”对“凝”，开是开放之意，凝有收缩之象，开呈动感，凝有静意。至于暖与寒，不仅词义相反，还在“云雾洞”“砥柱峰”“荷花”“狮象”和“开”“凝”等视觉、动感的基础上，又增加了体感、温觉。对仗工整的句子，易读、易记，节奏感强。读者阅读后，能在头脑里较快地建立起形象，从而达到身临其境的良好艺术效果。

造句如此，用字又如何呢？这两句诗句中“寒”“凝”“暖”“开”四个字用得十分巧妙。这两句诗句刻划的形象之所以鲜明、生动，实际上是这四个字起的作用。这四个字在各自的句子中有着因果关系。因果关系，就是从原因到结果的关系。而从原因到结果是有一个过程的，这个过程是事物发展的过程、运动的过程。有了运动的过程，那事物不就动了么？于是，作者要刻划的事物形象就动了、活了，所以生动由此而来。不是么？因为“寒”，所以“狮象”在慢慢地“凝”；因为“暖”，所以“荷花”在渐渐地“开”，这就有一个过程，有这个过程就动了、活了。

句中的“凝”字用得更为巧妙。“凝”的位置上，用这个字的要求相当高，它要和前面的“寒”构成因果关系，与下句的“开”词性相同，又要词义相反，体现静态。用哪个字好呢？除了“凝”外，其他字很难完成这项任务。据说，最初用的并非“凝”字，是最后修改定为“凝”的。

这种对一个字反复思考、修改的过程，称为“炼字”。“炼字”自古有之。唐代诗人贾岛，骑驴想推敲，竟然没有看到迎面而来的浩浩荡荡、鸣锣开道的队伍，挡了人家的去路，冒犯了长安府尹韩愈，幸韩愈是文豪，一听原委，转怒为喜，否则惹下大祸。宋代王安石的名句，“春风又绿江南岸”的“绿”，也是反复修改而来的。原来用过“到”“过”“入”“满”等，都不满意，修改了十余次后，方找到一个“绿”字。永明“炼字”的决心和韧劲，令人钦佩。永明从24岁写了这首诗到56岁最终改定这个“凝”字，时隔32年。为了这个位置上的一个字，苦苦寻找了32年，终于觅得一个“凝”，一石三鸟，恰到好处，实属不易。

《善卷洞》这首诗，语言十分精练，除了上述谈到的两句诗句外，其他各句也各有千秋，同样精彩，在此不一一罗列。值得注意的是，诗的结尾写的是善卷洞的成因，没有顺着神奇壮美的景色去歌颂祖国山河的美好，或者去赞美大自然的鬼斧神工。这就涉及到这首诗的立意问题了。文艺作品应该向读者传播怎样的思想，这是作者在写作之前就要认真考虑好的。《善卷洞》要向读者传播怎样的思想呢？就在最后的诗句里：“绝妙洞天哪里来，轻滴缓流千万载！”这说的当然是善卷洞形成的原因。这个原因写的是对的。善卷洞是岩溶地貌，是水流常年冲刷而成的，所以是“轻滴缓流”造成的。善卷洞形成于两亿一千万年前，所以确实需要“千万载”。写善卷洞的成因，目的是说明一个道理：坚持到底，永不放弃，就一定能成功。这对每个人来讲都是十分必要的。大多数人坚持一阵子以后，根据情况，就放弃了，另找其他方向，又坚持一段时间，又放弃，这样，一生就变得一事无成。《善卷洞》告诉我们，做一件事只要坚持到底，永不放弃，是一定会成功的。只要长期坚持，即使是“轻滴缓流”，也能创造出一个“绝妙洞天”来。这就是这首诗深刻的寓意。

永明出版了两本诗集《晚潮拍岸的声响》和《阳光化作七彩虹》，像《善卷洞》这样的诗不少，值得一读。

（作者曾任苏州木渎中学高中语文教师）

夫妻情　人间爱

——读胡永明诗歌《警察心声》和《警嫂心声》有感

胡金标

《警察心声》和《警嫂心声》是胡永明创作的两首诗，收录在他的新诗集《给远方的至爱——胡永明爱情诗选》里。我以为，这是一组出色的爱情诗篇。《警察心声》表现了警察对妻子的牵挂、感激和赞扬，对因为工作原因“相聚少”的歉疚心情，以及积极工作的情形;《警嫂心声》表现了警嫂与丈夫的深厚感情，大力支持丈夫的工作，柔肩挑起家庭、工作两付重担。现在，让我们先来欣赏这两首诗：

《警察心声》

娶妻子，恋妻子，
心愿常守相聚少。
有你理解和支持，
执法热情高。

爱妻子，夸妻子，

事业有成家业好。
别太辛苦甭牵挂，
身体最重要。

《警嫂心声》

爱警察，嫁警察，
聚少离多我不怕。
敬老抚幼有我呐，
安心工作吧。

想警察，助警察，
做好事业顾好家。
捷报传来高兴啊，
注意安全呀。

这两首诗，一样的句式，一样的结构，一样的风格，一样的节奏，语言朴素，情真意切，夫妻情深，跃然纸上；奋发有为，溢于言表。

先看《警察心声》。第一句“娶妻子，恋妻子”，一个“恋”字反映出警察对妻子强烈的爱，和由此产生的爱恋、眷恋、思恋之情；下一句“心愿常守相聚少”，反映了人民公安“白加黑”“五加二”的工作特点，解释了因为“相聚少”而恋恋不舍分开、依依不断思念，并流露出警察对妻子的歉疚心情。第三句“有你理解和支持”，是警察对警嫂的肯定和赞扬，显示了警察妻子以国家利益为重的精神；下一句“执法热情高”，是请妻子放心，在她的理解和支持下，自己热情高涨、执法为民，工作做得很好。接下来，“爱妻子，夸妻子，事业有成家业好”，是警察对妻子的夸奖。妻子不仅是位贤妻良母，而且是个事业有成的新女性。最后两句“别太辛苦甭牵挂，身体最重要”，是警察对妻子的嘱咐，也表达了他对妻子的关爱。妻子又要忙工作、又要忙家务，很劳累；妻子因为公安工作艰辛而危险，又要时刻牵挂着丈夫，所以，警察嘱咐妻子要劳逸结合，不要搞得太辛苦；我没问题的，别放心不下我；健康最重要，你要保重身体。这首诗展现了人民警察正确处理工作和家庭关系，反映了警察也反映了警嫂以国家利益为重的高尚品质。

《警嫂心声》是对《警察心声》的应和，进一步表现了警嫂的高尚品质。该诗开头两句“爱警察，嫁警察，聚少离多我不怕”，是对《警察心声》中的“娶妻子，恋妻子，心愿常守相聚少”的回应，表现了警嫂嫁给警察早有思想准备、心理准备，所以对“聚少离多”无怨无悔，因为她理解丈夫的工作性质，甚至还把能让丈夫安心地“聚少离多”作为自己对丈夫应有的理解和支持。第三、四句“敬老抚幼有我呐，安心工作吧”，是警嫂对丈夫说，家里的一切事务我都会处理好的，你就放心吧，只管好好工作，千万不要为我为家分心而影响工作。这里可以再一次看出，妻子在以自己的行动和言语支持、鼓励丈夫忠诚履职，真是一个好妻子！警察的“执法热情高”，是与警嫂的“理解和支持”分不开的。歌曲《十五的月亮》中有句歌词写得好:“军功章呵，有我的一半，也有你的一半”。对于警察和警嫂，又何尝不是如此呢？！为了“助警察”，警嫂“做好事业顾好家”都觉得是应该的，所以警察夸妻子是“事业有成家业好”，真的感到妻子可敬可佩！当丈夫要妻子“别太辛苦甭牵挂”时，诗人没有写妻子因为丈夫的关心而感激丈夫，而用了一句“捷报传来高兴啊”来回应。意思是一次次的捷报，传来你工作上取得的成绩，作为妻子是何等地为你而高兴、为你而自豪啊，我怎样辛苦都是值得的，进一步表现出警嫂的高尚品质。丈夫嘱咐妻子“身体最重要”，妻子叮嘱丈夫“注意安全呀”，话语虽然简单，感情却很深厚。

这组诗像夫妻对唱，我们也可以将这两首诗交替着来排列阅读、来增进理解。

警察、警嫂心声

警察：

娶妻子，恋妻子，
心愿常守相聚少。

警嫂：

爱警察，嫁警察，
聚少离多我不怕。

警嫂：

敬老抚幼有我呐，
安心工作吧。

警察：

有你理解和支持，
执法热情高。

警嫂：

想警察，助警察，
做好事业顾好家。

警察：

爱妻子，夸妻子，

事业有成家业好。

警察：

别太辛苦甭牵挂，

身体最重要。

警嫂：

捷报传来高兴啊，

注意安全呀。

这组爱情诗篇，在这样的对唱中，充分展现了警察夫妇的夫妻情爱，同时在他们互相爱恋、心心相印的感情中，又融入了人间大爱。他们舍小家、为大家，共同报国为民，表现出了警察夫妇的高尚品质和崇高爱情。

爱情是生活和文艺永恒的主题，对爱情的歌唱和赞美自古就有、历来都有。各种人物的爱情都可以写，但是我们更应该去写那些为了中华民族的崛起，奋斗在祖国最需要的地方、领域和岗位上的那些人的爱情。也许他们是一栋梁，也许他们是一根柱，也许他们仅仅是一块砖，然而因为有了千千万万个他们，才有了今天的社会主义大厦。他们中的许许多多人，“心愿常守相聚少”。夫妻分隔两地，妻子遥望丈夫，丈夫思念妻子，一年一年又一年。为了中华民族的振兴，为了祖国的繁荣富强，他们无怨无悔。他们的品质是高尚的，他们的爱情是崇高的。他们是新时代最可爱的人。让我们的文学家、艺术家为他们放声歌唱吧。

写爱情并不一定写如何爱、如何想，只要表现手法得当，几件平凡小事反映出的爱情远比“爱你一万年”这样的空话更能打动人。这两首诗就是这样，内容简单，语言朴素，却情真意切，令人感动。诗人自己就是警察，诗中的内容是他的经历

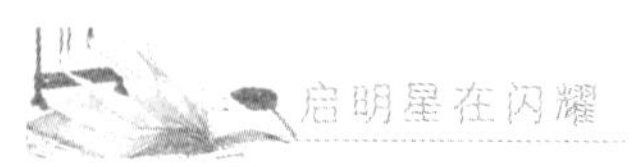

和写照，是有感而发，这也是这两首诗成功的重要原因。

结构上的对称是这两首诗的特色之一。这种对称使诗富有节奏上的美感，给人以夫妻唱和、互相呼应的感觉，唱的都是家常事，涉及的是国家和人民的利益，平凡中见不凡，令人感动。

运用语气词表现女性柔美的性格特征，也是这两首诗的特色。我们可以发现，《警嫂心声》与《警察心声》相比，多了“呐”“吧”“啊”“呀”这些语气助词。这些词的运用并非完全是为了押韵，真正的目的是用来反映警嫂的温柔多情，表现出女性的性格特征。《警察心声》中的主人公是男性，当然就用不着这类词了。这两首诗放在一起，形成一种对比，读后的感觉是，《警察心声》让人体会到男性的刚强，但刚而不烈；《警嫂心声》让人体会到女性的柔美，但柔而不弱。诗人的表现手法，都恰到了好处。

这组爱情诗从形式到内容都是一个整体。诗人将它们分开写成两首诗，这是艺术。但是如果只读其中的一首，会感到缺了点什么似的。现在把它们放在一起，增强了整体性和感染力。

（作者曾任苏州木渎中学高中语文教师）

真人方能咏真情

——读胡永明诗选《晚潮拍岸的声响》

王家泉

在世风日下、社会诚信度几乎降到冰点的今天，忽然读到胡永明的诗选《晚潮拍岸的声响》，犹如扑面一阵春风，精神为之一振。

诗歌作为文学艺术范畴的一种体裁，当属文化产品。创新是社会发展的硬道理，同社会赖以发展的这个硬道理一样：文化产品的核心也就是创新。没有创新，没有标新立异，一切文学作品都是没有生命力的。在胡永明的诗歌创作中，我们欣喜地看到了这一点：他在想象力和形象比喻上的创新力度。劳动人民的汗水和在衣服上留下的汗渍，应该是人们司空见惯的吧，可是到了诗人胡永明的笔下，却化成为他“最爱的花”！请读一读《汗盐花》：

我爱火红的榴花，
我爱清香的桂花，
可我最爱的花呀，
是工农衣上的汗盐花。

诗人在集子的《咏物诗篇》中对梅花、迎春、兰花、菊花、荷花等等鲜花都有歌唱，而唯独对这个“汗盐花”情有独钟，给予了倾情的咏唱：

姑娘们称它花上花，
小伙们叫它光荣花，
花自红心发呀，
根在炉前田头扎。

昔日汗盐花，
迎来生产跃进花；
今天汗盐花，
催开“四化”理想花。

在这里，诗人通过对“汗盐花”的赞颂，把人类劳动推到了至高无上的境界，尽显了诗人想象力的丰富及其创新力度。

文学艺术的社会功能，从来就是真善美与假丑恶的较量，古今中外，概莫能外。这个定律，我们在胡永明的诗选中，获得了深刻的感受，就以文学艺术这个领域向来引以为自豪的永恒主题爱情和生与死来说吧，在胡永明诗中我们看到了一份真挚的爱情：

掰开月饼来，
和妹各一半。
月可自团圆，
人岂能失伴。

多么深挚的爱，多么难舍的情！诗人胡永明还为牛郎织女咏叹："若能并蒂长相守，纵入地狱胜天庭　。"联想今天有些青年男女，没有产权房就不结婚，真不知当今中国男婚女嫁，还有没有爱情？！

诗人还把爱，贯注到好人好事中去，在《赞公交司机刘银宝》中，他唱道：

途中突发脑出血，
安全靠边乘客保。
手握脚踩刹车器，
昏后形象显崇高。

而对假丑恶，诗人通过对《蛇》的描绘，进行了深刻的鞭挞：

虽会蜕壳，
万变不离其宗。
虽然有毒，
不会自行灭亡。

正因为真，胡永明才处处放歌咏真情！不论他的爱情诗、山水诗、咏物诗……，我们都感受到了诗人胡永明的真！从《二十周岁自勉》直到《我们是新一代农场卫士》，诗人从"为国为民甘为牛，无名无利乃无愁。感叹二十贡献少，幸有数倍在后头。"终于，诗人：

戴上帽子警徽闪耀着光芒，
穿上制服蓝色象征着永恒，
我们打击犯罪犹如剑出鞘，
我们服务群众好比夏日风。

读到这里，我为诗人的真，而深深折服。

言为心声。从胡永明的诗篇中，我感受到了他的真善美，而作为一名公安战士，正是诗人的真善美，为他熔铸了作为战士的一身刚正不阿的正气。

真人方能咏真情。祝愿诗人胡永明的警旅生涯，如同他歌唱的那样：

同心共圆中国梦，
人民幸福国富强。

（作者是香港《中国文化市场》杂志总编辑）

洁身向阳终不悔

——读胡永明的诗

王家泉

胡永明的第二本诗集《阳光化作七彩虹》由作家出版社出版了。他继出版处女作《晚潮拍岸的声响》还不到一年的时间，就再续新篇章，可见他的执着和勤奋，使他在诗歌创作的道路上矫健如飞，且满载收获。

面对书桌上这一页页散发着油墨香的诗稿，要说的感想太多太多。记得 2013 年春夏之交的一天，我应邀去胡永明和舒爱萍伉俪家做客。那晚，胡永明与我谈起他创作的诗歌，并给我看了他的诗稿。我一首首翻阅吟诵着，突然被其中两首诗深深吸引了，一首是《汗盐花》，另一首是《晚潮拍岸的声响》。我不禁说道：晚潮拍岸的声响—— 多有意境的画面，多有意蕴的遐想啊！根据我的提议，这首诗的题目后来就成为胡永明第一本诗集的书名。

那晚，我边看诗稿，边不断地感慨，胡永明的这些诗，数十年来，竟然存于家中无人识！这些诗，比起那些让人迷失方向的所谓朦胧诗，比起那些无病呻吟的所谓爱情诗，其蕴藏和将发挥的正能量，该是何等巨大！我立刻向胡永明和舒爱萍夫妇建言，这些诗篇应该结集出版。而他俩还是那样谦虚和低调。经过我再三努力，他俩最终同意将部分诗稿交付文化艺术出版社。诗集付梓问世后，获得了广泛好评。

现在，胡永明的又一本诗集呈现在读者面前，仍然延续着第一本诗集的内涵，依然散发着强烈的正能量。诗人即使吟诵花草，我们也能从绚丽的色彩中看到他傲然而立的正气：

居深林，
伴众草，
剑叶挺立，
玉花妖娆。
聚正气，
常回报，
天地之间香如潮。

——《芝兰》

绿叶剑气贯长虹，
栗茎柱势凌九重。
褐花仙姿出沃壤，
金香逸质犹腾龙。

——《墨兰》

诗同其人。我们从胡永明的诗句中，能充分感受到诗人满怀着崇高的理想和为事业奋斗的精神！请听听诗人在《秋菊心语》中吟诵而出的心声吧：

非傲不春来，

花谢占秋开。
不怨清季种，
甘愿献芳海。

在这里，诗人一扫旧时诗人“秋风秋雨愁煞人”的悲秋情绪，而为我们展现了诗人“甘愿献芳海”的宽阔胸怀。

正如胡永明的诗一样，我在和胡永明的长期接触中，也感受到了他为人处世的正直之道。比如，因为他在公安战线工作，所以我常向他述说或反映社会上的一些阴暗面、一些不良现象。每当此时，他总是从正面、从国家的法治层面乃至从社会发展的高度，来给我解答，为我解困释疑，使我心境豁然开朗。而这同样表现在他的诗篇中，请看《自立自强自豪》：

莫羡富二代，
做人当自立。
生活宜简朴，
创造最甜蜜。

莫羡星二代，
做人须自强。
轻名宽心胸，
为民最荣光。

莫羡官二代，
做人贵自豪。
德才要兼备，
报国最崇高。

这对生活在当今社会的人们，尤其对年轻人，多么富有启迪和鼓舞作用啊！诗人就是以他正直质朴的品行为基础，创作出这一首首自立自强自豪之歌！

再说诗言志。诗人胡永明，处世行事，一步一个脚印，追求完美无缺，我感同身受。现在，从他的吟唱中，我再一次深受感染：

天山云杉蓬勃时，
四千万年长青史。
林海银装列军阵，
树琴绿键颂英姿。
新苗破土嫩枝正，
古木参天主干直。
扎根岩石不动摇，
向上实现栋梁志。

在这里，诗人借天山雪岭上的云杉树，抒发了他“向上实现栋梁志”的豪情壮志！

胡永明的爱情诗也很有特色。爱情诗从来多是风花雪月、卿卿我我，充塞着生死痴迷的呢喃情调。而到了胡永明的笔端，流淌洋溢着的却是灿烂昂扬的心语：

日出花舒皎为美，
月来英卷姿亦磊。
生于淤泥清水中，
洁身向阳终不悔。

胡永明是诗坛上的一位厚积薄发的新秀，一棵茁壮成长的新苗。在这里，笔者祝愿胡永明正如他在诗中抒写的“圆梦诗中天地宽”，不断地诗潮如泉涌，不断地在华夏诗坛上长歌行。期待着诗人胡永明再为我们吟唱，再给我们鼓舞！

（作者是香港《中国文化市场》杂志总编辑）

飞来飞去比翼鸟

——喜读《胡永明爱情诗选》

王家泉

那天，听胡永明说起，有友人建议他把已经出版的两本诗集（《晚潮拍岸的声响》，文化艺术出版社出版；《阳光化作七彩虹》，作家出版社出版）中的爱情诗与新写的爱情诗专门精选出来，合成一集为《胡永明爱情诗选》出版发行，以飨广大读者特别是青年读者。我觉得这个主意出得好！之所以好，是因为如今我们的社会是多么需要爱情、婚姻、家庭方面的正能量，而在胡永明的爱情诗中，就可以深切感受到满满的正能量！

建立在纯真感情基础上的爱情价值观，绝对是永恒不变的，是万古长青的。还是让我们来看看诗人胡永明所表达的他的爱情价值观吧。在《给亲爱的萍萍》中，诗人发自内心地唱道：

有的人对待爱情不专一，
有的人结婚离婚当儿戏。
喜新厌旧，水性杨花，
这种人一生也无真情意。

高山流水，知音最难觅；
天上人间，有情才有义。
愿我们相亲相爱永不分离，
愿爱情地久天长甜甜蜜蜜。

正是这样纯真的爱情观，一个勤劳踏实贤慧的姑娘，走进了白马王子的视野，终于成就了诗人伉俪的美满良缘。诗人在《诗赞爱妻》和《庆珍珠婚》中倾情颂扬了贤慧的妻子：

萍萍人小志气大，
品学兼优干部当，
能歌善舞多才艺，
助人为乐众夸奖。

自幼柔肩挑重担，
做饭洗衣一人扛，
照顾长辈尽孝心，
疼爱弟弟感上苍。

毕业留在军工企，
后改上海三菱厂，
财务当上会计师，
统计名震电梯行。

陪弟遇郎得佳缘，
夫妻恩爱如鸳鸯，

节俭购房兴家业，
帮助女儿圆梦想。

——《诗赞爱妻》

梅竹奇遇结良缘，
并蒂比翼三十载，
共苦同甘兴家业，
齐乐协为向未来。

——《庆珍珠婚》

从这些诗行中，我们可以感受到诗人胡永明在纯真朴实的爱情观下缔结的家庭，是一个不为世俗利禄所侵蚀的幸福之家，是一个令人羡慕的幸福港湾。这正反映了我们中华民族对爱情、婚姻、家庭方面优良传统的继承和发扬。而也正是有着这种纯爱，有着这种对纯爱的追求，我们从诗集中几乎与诗人同步感受了他们的初恋、他们的婚姻乃至他们的幸福生活。看，这是一幅多么令人“心儿乱跳”的《初恋》的情景：

来到你家后窗下，
开口欲叫，
心儿乱跳。
徘徊，
犹豫，
正月圆花俏。

转到你家边门前，

举手轻敲，
脸儿发烧。
欣喜，
羞涩，
入林间小道……

诗人在工作以后参加了七七年高考，他读大学期间，也正是与姑娘恋爱的时候，但是每年的绝大部分日子是与姑娘分开的。在叙述与女友离别的诗句中，诗人让我们感受到他的浓浓情意，他的无限恋念：

春江情脉脉，
南岭愁重重。
渡口俩依依，
黄昏雨濛濛。

——《惜别》

遥知妹生日，
欲表多少情！
采花捧手上，
惘然踱前庭。

——《忧伤》

精选在本诗集中的爱情诗，还让我们看到了一幅幅新时期的一对飞来飞去的比翼鸟的动人形象。

当我们久别重逢，
明眸是那么传情。
满腹话还未相诉，
心灵已引起共鸣。

——《当我们久别重逢》

向着玫瑰色的晚霞，
走进火红的枫树林。
在这艳丽的自由王国，
迎接幸福的翩然降临。

——《我们手拉着手》

向着朝阳荡起双桨，
我们的前程闪着金光。
我们会到达理想的彼岸，
那是红日升起的地方。

——《向着朝阳荡起双桨》

因为有着纯真的爱情，因为有着美满的婚姻，所以诗人的家庭生活是幸福的。请看：

我们从相恋到结婚以来，
已经携手走过数十年，
一直像比翼鸟并蒂莲，
爱情花朵越开越鲜艳。

我们不论住在卫星城还是市区，
七片月季花瓣紧随身边。
它们见证我们爱情的忠诚，
见证我们生活的甘甜。

——《七片月季花瓣》

虽然说比翼鸟是一种传说中的鸟，但它们是人世间每一对爱侣百年好合的象征。“比翼双飞”是人们追求美满姻缘、幸福人生的最生动的写照。

愿我们的时代，有更多更多像诗人胡永明伉俪那样的比翼鸟，成千上万羽地飞翔在中华神圣的大地上，为复兴伟大的中国梦而增色添彩！

（作者是香港《中国文化市场》杂志总编辑）

心灵智慧的化身

——读胡永明新诗集《启明诗》

汪　欣

胡永明先生以其精心创作之《启明诗》稿嘱余为之评述。诗稿分为咏物诗、山水诗、建设诗、人物诗、爱情诗、随感诗等。遍览其诗作，无论所歌咏之题材如何，面对所歌咏之对象，都能写出作者的一片真挚的情感，所谓“诗缘情”者也，从而体现诗人对当今热火朝天的时代生活的挚爱。

唐代大诗人白居易在《与元九书》中，谈到他对诗歌本质、特点的认识：“圣人感人心而天下和平。感人心者莫先乎情，莫始乎言，莫切乎声，莫深乎义。诗者，根情，苗言，华声，实义。”白居易指出，诗歌的根基是人的感情，诗歌通过和谐的声调，比兴等表现手段，美好地表现了思想内容（义），因而诗歌能起到感动人心的作用。

诗人对于大千世界的观察与体验是多种多样的，因而形成了诗歌的多样化的内容。古人曾根据诗作的含义与作用，而有讽谕诗、闲适诗、感伤诗之类的分类。而胡永明先生的诗歌取材，无论大小，无论花卉、山水、人物、科技新事物、情感等能入诗者，皆能从对诗歌对象（内容）的描述吟赏中作出直抒胸臆的评价。

在咏物诗中，例如《红梅》：“湖清花映红，风稠香溢浓。堤斜脊梁直，雪重春色融。”《荷花》：“莲蕾凌波立擎志，荷华向阳圆馨梦。身为水草不自贱，藕洁花婷最清正。”《睡莲》：“日出花舒皎为美，月来英卷姿亦磊。生于淤泥清水中，洁身向阳终不悔。”诗人点出花儿的色彩香气与其生长环境，描述其美丽的形态，并赋予它们一种高贵的气质。

在山水诗中，例如《黄河壶口瀑布》：“黄河澎湃入壶口，金瀑倾泻降九州。巨浪滔天响惊雷，长虹戏水舞群鸥。峡谷千里镇汹涌，孟门两岛立中流。大禹劈山治洪灾，利水兴国壮志酬。”《藏布巴东瀑布群》：“雅江本有冰川愫，宁静东流变群瀑。悬河咆哮落碧霄，深潭轰鸣腾白雾。野马发狂正跃下，岸崖震动欲倾覆。阳光化作七彩虹，辉映浪花向远处。”两首诗取景都为气势极为壮观之自然景观，“悬河咆哮”“深潭轰鸣”“金瀑倾泻”“峡谷千里”都点出了黄河壶口瀑布与藏布巴东瀑布之特征。由此可见，胡永明先生在此类“山水”诗歌取材上属于“全景式”的宏观一类，在描写角度与用词造句上的着眼点在于大处着眼而不拘泥于小处。

“建设诗”，则为诗歌分类上的另一类，反映当今时代中的交通、科技、军事等方面的新成果新事物，并予以点赞。如《动车组和谐号》：“静似巨箭卧高铁，动如离弦穿疾风。”《贺嫦娥三号探月成功》：“巨龙腾飞上太空，嫦娥轻降访月宫。”《贺深海饱和潜水成功》：“饱和潜水三百米，首次漫步南海底。”比拟恰当，真实地写出高铁列车、宇宙飞船、深海潜水艇这些新发明的科技含量。

胡永明笔下的人物诗，所歌咏的古今人物，包含如《杜甫》：“忧国忧民作史诗，镕古铸今传经典。”客观地评价唐代伟大的现实主义诗人杜甫一生的贡献，突出了杜甫“忧国忧

民”的爱国精神。《贺敬之》:“奠基新剧白毛女，传世民歌南泥湾。”对在新体诗的创作方面作出重大贡献的老诗人贺敬之，给予高度的评价。其实，我们稍微熟悉新诗发展的读者，都知道贺敬之在创作上，往往以敏锐的目光去抓取时代的最重大的历史事件、最主要的生活内容，作为题材来反映生活。例如，贺敬之所写的《回延安》《雷锋之歌》《三门峡》等诗歌。《李梓》:“声厚色美学表演，译制配音臻纯青。”表达了对电影配音艺术家李梓的崇敬心情。

胡永明笔下的爱情诗，《惜别》:“春江情脉脉，南岭愁重重。渡口俩依依，黄昏雨濛濛。”真切地写出与恋人分别时的感受。随感诗，如《神奇汉语诗》:“寥寥数千方块字，源源不断古今诗。排列组合无穷尽，传世佳作出真知。”诗思敏捷，七步成诗，概括出汉语诗作的民族特征。

还是大诗人白居易说得贴切:“大凡人之感于事，则必动于情，然后兴于嗟叹，发于吟咏，而形于歌诗矣。”

胡永明先生之《启明诗》，正是他心灵智慧的化身。

（作者是《浦江文学》杂志社编委）

看到一个崭新的美妙世界

——《晚潮拍岸的声响——胡永明诗选》

顾茂青

十年动乱后的70年代，是百废待兴的年代，也是从严寒走向春天、百花齐放的日子。是年，我与海年、永明相逢于闵行图书馆文学创作组，海年立志于小说，永明专攻诗歌。图书馆中的诗歌书、散文书大都是永明所借。郭小川、贺敬之、闻捷的诗歌，杨朔、秦牧、刘白羽的散文，他像“饿汉”扑在“面包”上，爱不释手。连普希金、拜伦、海涅、泰戈尔的诗集，也都被永明研读过。至今，海年成了中国作家协会会员，永明成了中国诗歌学会会员，均修成正果。作为当时文学创作组发起人的我，如今仅是个编书匠。永明的努力，是我学习的楷模。

如今社会高速发展，诗歌却处于低潮。网络文学的掀起，无聊的打油诗，轻浮的愤青作品，污染了清澈的诗歌园地。出污泥而不染的《晚潮拍岸的声响》的出版，无疑如一汪清泉。

诗人咏物言志，歌颂建设，忘情于山水，陶醉于爱情，拈手而来的随感，使人清新。

诗人从抢收、插秧的劳动中能吟颂出：“水田映斜晖。青苗撒落红霞飞”的诗句。改革开放初期，诗人大声欢呼“春天到了，小河解冻了”。他自称是“热爱大地和阳光，有着不屈的个性”的小草。他崇尚“为理想燃烧不息”的太阳，想做追逐太阳的夸父，愿像鲜花“尽情地吐露芬芳”、像星辰“放射出全部光芒”。

我更喜欢诗集中的山水诗篇。我也想与诗人携手共游“山峦出芙蓉，江湖映峰云”的桂林，“日出披霞光，月升顶云烟”的江郎山，“九曲碧水贯群峦，两岸丹霞衬风帆”的武夷山，“攀崖揽月走峭壁，登顶摘星游云天”的华山，“玉溪涌泉出灵石、银瀑泻珠入神匣”的黄山翡翠谷，“巨浪滔天响惊雷，长虹戏水舞群鸥”的黄河壶口瀑布，并共赏“远山衔落日，湖水吐余晖。渔火芦边闪，潮声月下回”的太湖晚景。

诗人有着公安战士的刚和柔——爱国报国的志向和亲民为民的情怀，又有着文人的大和小——飘逸高远的心胸和芬芳盈神的细赋。在当今浮躁的世间，读一下永明的诗集，你能找到甘甜荡胸的感觉。它不是浓得化不开的蜜，也没有桃花盛开、芭蕉滴翠的画面，他只是潺潺的溪流，是“留恋地牵起你的罗衣”的黄昏轻风，他使人心灵能得到小憩，如喝上一杯淡淡的“碧螺春”。

（作者是《企业诚信》杂志主编）

我是一棵小草[①]

——读胡永明先生诗有感

沈慧敏

先后两次收到胡永明先生和夫人舒爱萍女士寄来的永明先生的诗集和《诗歌创作手册》。手捧他们辛勤耕耘的成果，欣喜万分，无限感慨涌上心头。

诗，自古以来，是文学中很时髦，也是很流行的一种类别。它直接反映着现实生活中人们的所看所想、所喜所忧。读诗，学习诗人是如何捕捉人们现实生活的时态，是一件十分有意思的事情。胡永明先生的诗题涉及面很广，他的《晚潮拍岸的声响》（以下简称《晚潮》）中，除去编外篇，分有："爱情诗篇""咏物诗篇""随感诗篇""言志诗篇""建设诗篇"五部分。而《阳光化作七彩虹》（以下简称《阳光》）中，除去与上述同样的篇以外，还增加了"山水诗篇"和"人物诗篇"（含"现当代人物篇"与"古代人物篇"）。

读胡宝华老先生在《晚潮》的代序中所说，知道胡永明先生从小爱诗、习诗、作诗。如今能成为诗坛上的重镇，是他数十年来辛勤耕耘的结果。我认真地读了这些跨洋渡海的书，

① 本文的题目借用的是永明先生的诗题。

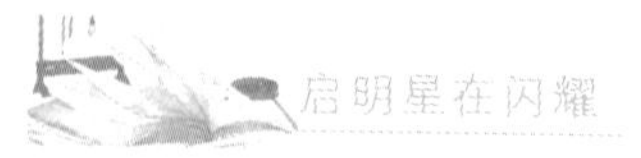

边读也边记下一点感想，现略作整理，愿与大家共勉。

一、读永明先生的爱情诗——以《初恋》为中心

胡永明先生的两本诗集共收入诗歌302首（以诗题计算）。其中爱情诗61首（《晚潮》36首，《阳光》25首），占全体比例百分之二十强。这些爱情诗产生的背景，爱萍夫人在《晚潮》的代序《诗缘 情缘》中说得很明白，这无疑是对我们读这些诗作的最好的注释。

爱情诗是中国诗之产生的源头，颂情咏爱题材的诗自古以来就持续不断地推动着诗的发展。现存最早的《诗经》也不乏其颂情咏爱。自有婚姻以来，男婚女嫁就浓厚地反映着金钱上的功利意识。说当今社会亦是如此并不过分。永明先生是如何在诗中表达爱情的呢？

他在《桂花》诗中说“花俏难长久，圣洁千古扬”。只用十个字，永明先生就十分简洁地阐明了自己的婚恋观，即与其取难长久的“花俏”，毋宁取千古扬的“圣洁”。他还有一首题为《团圆》的诗：“掰开月饼来，和妹各一半。月可自团圆，人岂能失伴。”每逢佳节倍思亲，中国人中秋吃月饼，每个人并不是以“个”为单位吃的，而是将各种类的月饼分别切开，以分尝各种味道，这是习惯，也符合当今保身健康的科学理论。诗人把日常生活中情人之间分吃月饼之景，用一个“掰”字作了富有人情味的描述。紧接着，诗人把读者的思路引向“高山流水，知音最难觅；天上人间，有情才有义”。要说“掰”月饼是具体的图景描写，那么此处的高山、流水、知音；天上、人间、情义则可说属于抽象性的理念上的概念。这些词语在让我们面视日常生活的同时，又让我们回味它所富有

的“情与义”。永明先生用他的笔，平铺直叙着现实生活中的常见小景，却赞叹着纯朴、深厚、高贵的爱情！同时也向我们展示了他对爱情的真情与纯朴之情。

从永明先生诗的字里行间，我们可充分感受到永明先生是一个质朴诚实的人。如果没记错的话，“诚实”这个词在小学生的语文教材中就已出现了。但是曾几何时，在我们的现实生活中，“诚实”这个词变得陌生了，在有些场合它似乎与“傻瓜”“阿呆”等单词混同着使用，使之意思有些模糊。但是当我们读了永明先生的这些诗句时，我们是否感到，这个似乎已经沉入记忆底层的词又从我们的心底开始复苏了。

爱萍夫人在《晚潮》的代序中写了她与永明先生的初识：刚满 18 岁的永明，“中等个子，脸庞英俊，穿着白衬衫、蓝裤子配双白跑鞋，看上去青春干练……”记忆中的七十年代，这种穿着色彩可以说是一种“诚实”的符合时代的色彩。在这种“诚实”的色彩中，诗人活真活鲜地向我们描绘了“诚实”的《初恋》之画。

《初恋》，收于《晚潮》。诗人说，那是“月圆花俏”之时，初恋的少年悄悄地“来”到了热恋中的少女家的“窗下”。“开口欲叫”，却“心儿乱跳”。“徘徊，犹豫”之后，他显然还是没有勇气呼叫，于是他又悄悄“转”到少女家的“边门前”。请注意，这里是“边门”。——既然少年悄悄地来到“后窗”，没能鼓起勇气呼叫，那么他只能悄悄地“转”到少女家的“边门前”。但是当他欲以“举手轻敲”代替“开口欲叫”时，他还是无法摆脱“羞涩”之感，因为他“脸儿”在“发烧”。他“徘徊，犹豫”了多久？诗中没提。诗的结句直叙为“入林间小道”。虽然是“月圆花俏”，但是只有进入了“林间小道”，才会有树荫遮挡住热恋人的羞涩的脸色，才不会

让别人听到热恋人“心儿乱跳”的鼓动声。诗人同样也没明说进入“林间小道”的只是“怯生”的少男，还是也有与自己已经相会的少女。但是“欣喜”一词，给读者带来了安心。这是对少男与少女相会成功的描述。

读到这里，别人是怎么想的，我不知道。对本人来说，眼前浮起的，且是怎么也挥赶不掉的是莎翁作品中的“罗密欧与朱丽叶”的身影。他们俩欲相约相会，却又不被允许，于是到了那一天，出现在窗台上的朱丽叶与站在窗台下的罗密欧只能相互呼唤着对方的名字。自古以来，表现少男少女谈情说爱的故事有多多少少，即使千遍万遍道说“罗密欧与朱丽叶”，谁也不会嫌啰嗦。今天读到永明先生的这首诗，大家可能也会与本人一样，禁不住地“嗤”声而笑吧。要说诗人描写的当今少男少女之恋，同“罗密欧与朱丽叶”真是何其相似乃尔。可见热恋的模式都有不尽相同之处也。

永明先生的这首短诗，一共不过12句48字。语言没有矫揉造作之感，感情的表达也没有故弄玄虚之态，诗文的写作更没有阿谀奉迎之意。他描写的是实际生活的情态，表露的是发自心中的真情。永明先生的老父胡宝华先生，是上世纪五十年代著名的工人作家，他在给《晚潮》作序中这样说道：永明“从学生时代到职业生涯，一以贯之。他为人正直，爱憎分明。反映在诗行上，无雾起霾升之朦胧，无造作伪饰之酸涩，犹如在朗朗晴日之下，见真山，显活水，出真情。文如其人也。”天下有道之，知子莫过于父。鉴于我对胡老先生的熟识，我不得不说一句的是，有其父才有其子。当然说有其父必有其子亦并不过分！——对不起，在此这显然已经是走题之话了。

二、读《太阳》有感

前不久开始读郭沫若先生的诗文，他的诗《太阳礼赞》虽然已是将近百年之前的作品，可是今天读来，依旧是那样的打动人心。在黎明之际，“青沉沉的大海，波涛汹涌着，潮向东方。随着光芒万丈地，将要出现了哟——新生的太阳！天海中的云岛都已笑得像火一样的鲜明！”郭老描写的太阳“新生”的一刹那，是何等磅礴气势，何等激动人心，给人以何等振奋之感啊！那一气呵成的气概可以说是千古不朽的。郭老的《太阳礼赞》是五四时期年轻人对太阳新生的渴望，反映了他们企盼祖国新生的强烈愿望。

胡永明先生也有一首歌颂太阳的诗，收于《晚潮》。他是这样描写太阳的：“你燃烧自己，/发出全部的光和热，/驱散黑暗，温暖山河，/带来生机与欢乐。/从喷薄东升，/到壮烈西沉，/你为理想燃烧不息，/光明一世，奉献一生。”永明先生描写的是生存于宇宙之中经久不衰的恒常的“太阳”的姿态。如果说郭老先生是以磅礴气势的描写讴歌了太阳的“新生”，那么今天读的永明先生的诗——晚于郭老先生的《太阳礼赞》将近百年的《太阳》，我们感受到的是什么呢？也许我们在日常生活中感受不到宇宙中永恒太阳的变化，但是当读了郭老对“新生的太阳”的讴歌之后，再读永明先生对“成熟的太阳”的赞美，我们是否会联想到历时百年，时过境迁，“新生的太阳”已经成熟。——让我们静下心来听一听，那不是祖国迈着稳健的步伐，在前进的脚步声吗？再次回到读诗的感想上来说吧。通过诗人对“太阳”的礼赞，我们又想到的一点

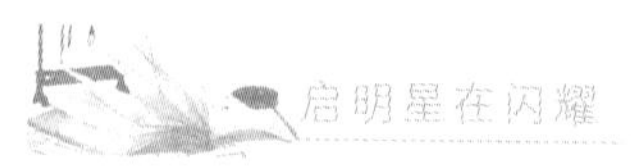

是：尽管年代不同，但是诗人的心是有相通之处的。

三、我，宁愿当一棵“爬山虎”——兼与永明先生商榷

虽然与永明先生的直接接触不能说多，但是通过读他的诗，本人感到他不仅是一个诚实的人，而且是一个十分谦虚的人。本人很欣赏他的咏物诗。他的咏物题材并不是呼之于难求之物，几乎都是随地可见、随手可拈的。我觉得他的《爬山虎》写得很有趣味。

爬山虎是一种极为常见的植物。它绝不追求生长的自然环境，勿须替它浇水施肥，它一味地靠着上帝赋予的生命力，顽强地生出那小小的不显眼的藤芽，攀着凡是它能攀住的——发挥着它的生命力，伸展着它的藤芽。本人曾在室内“放”过一盆，忙于生活，记忆中似乎没给它加过水，甚至也没朝它投过一目吧。没想到不知在哪一天，它突然吐出了新芽，伸出了蔓枝，开始了自己的生命旅程。于是它引起了本人的重视，开始关注起它的起居饮食。……

对我来说要写爬山虎的话，我会把笔触于此。我要歌颂爬山虎的这种不屈不饶、不追求环境、只依靠上帝所赐予的生命力，仰望着高处、勇往直前、不断攀登、奋斗不息的情怀。永明先生对爬山虎的这部分也作了类似的描写，但是在我读来，他的诗的主题却是在最后部分：当它爬到最高处，“到了身无依靠之时，/ 却不能自立，/ 拼了命，/ 也超不过周围的荆棘”。于是在它“待回头”时，发现“已经陷在峭壁上，/ 只见辽阔的蓝天上，/ 鹰在自由翱翔”。

读至此，是否可以得到这样的结论：山外有山，高空无止境，爬山虎毕竟是“身有依靠”时，才能实现“爬”的命

运。可是本人想，如果爬山虎一辈子不努力、不奋斗，那么它看到的岂不永远只是自己周围的一片荆棘。如果像井底之蛙那样地度过一生，那么它能目睹到“辽阔的蓝天上，/鹰在自由翱翔”的壮观吗？与其当一辈子的井底之蛙，那还不如当一棵孜孜不倦、活着就要奋斗的爬山虎？一旦到了看见自己“陷在峭壁上”的那一天时，也应该会是看到蓝天、看到鹰在自由飞翔之景的时候，那时如果你还能举起自己也许已经衰老的无力的手，朝向蓝天挥舞的话，你的脸上难道不会浮现出欣慰的笑容吗？那难道不可以说是人生的最后的“浪漫”吗？

写到这里，想起了该是十年前的一次旧友相聚吧。在互聊别后之况后，一位友人这样说，在判断一件事、一个人的成功与否时，不能只看其“结果”，更重要的是应该视其“过程”。这是一句很富有哲理性的话。在读《爬山虎》时，同时想到了这么些，且记上，仅是为了共勉。

四、关于“言志诗”篇别名的提法——再与永明先生商榷

永明先生的两本诗集里，都有“言志诗”的篇别。“言志诗”源于“诗言志”，这是一句相当古老的话，最早可见于《尚书》舜典篇。本人认为“诗言志”是论诗时所持的概念，给自己的诗分类，编之为“言志诗”稍有斧印之感。胡老先生评永明先生《叶》诗时，称此诗是永明先生的一首“叙志诗”，本人觉得这实在是难得的确切不过了！

胡老先生在《晚潮》序言中说到，《叶》和《我是一棵小草》是永明的自喻诗，“抒发了贡献一生，鞠躬尽瘁的抱负，精神可嘉”。确实如此。读永明的诗，你可以感觉到，他的自我起点都是从普通、平凡出发。但是他树有雄心，他在喻己为

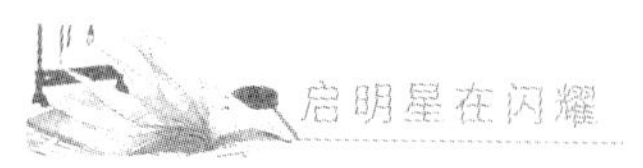

小草、小叶之外，突然又声明“我是夸父”，“迈出的每一步，都是对太阳的追逐。纵然渴逝，也要倒在前进的征途，化作一片桃林，为后人造福。”

胡老先生称其子胡永明先生是“儒雅的战士，佩剑的诗人”。细细品味，确是如此。感谢胡永明先生夫妇给我寄来了好书，让我能通过读诗，引起思考，使自己在异国他乡的生活激起一层波浪。作为友人，为胡永明先生在祖国诗坛的建树喝彩，同时希望，也相信以后会读到他更多更好的诗。在对他的希望和相信之余，对自己来说，不也有激励和鞭策吗？！

最后，请允许再说一句，在本稿整理过程中，又收到了永明先生的第三本诗集《给远方的至爱》。在表示感谢之外，不能不为他的硕果累累喝彩！收获在于辛勤耕耘。这是必然的。

二零一六年十月记于日本

（作者是在日本大学讲授中国文化、文学课程的学者）

以热爱诗歌事业为乐 以促进诗歌发展为荣

——胡永明为人、做诗和治学

舒爱萍

在永明出版《启明诗》之际，作为诗人的妻子，我很愿意比较全面、系统地介绍永明的为人、做诗和治学，以使大家对永明其人和他的诗歌创作、理论研究、韵书创编等方面的情况有个基本的了解。

永明从小与诗结缘，迄今已在诗歌事业上取得一定成绩。

2016 年，永明先后获得第二届诗词世界杯中华诗词大赛一等奖、第三届中外诗歌散文邀请赛一等奖和“2016 年全国诗书画家创作年会”一等奖，并分别被授予“中华优秀诗人词家”、“中外诗歌散文精英人物”和“2016 年全国诗书画精英人物”称号，获奖诗歌分别被收入《第二届诗词世界杯中华诗词大赛精品典藏》《2016 年第三届中外诗歌散文精品集》《中国时代文艺名家代表作典籍》《2016 年全国诗书画家作品年选》等书籍。据中华散文网报道，第三届中外诗歌散文邀请赛共有全国各地和港澳台地区及美国、加拿大、俄罗斯、瑞士、马来西亚、德国、韩国、澳大利亚、日本、新加坡等国家的 16236 位作家参赛，显示出大赛的全国性及国际性，经初评、复评、终评评出一、二、三等奖和优秀奖。参加第二届诗词世

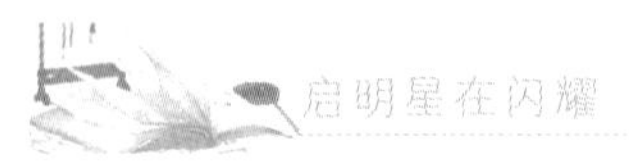

界杯中华诗词大赛的，有著名诗人丁芒、中国文化艺术发展联合会副主席严光瑞、人民教育出版社副总编辑刘征、《诗刊》编委刘章、陕西师范大学文学研究所所长霍松林和中华诗词学会副会长杨逸明等名家大师。

近年来，永明的作品在《文学报》《组织人事报》《华夏诗报》《华星诗谈》《羲之书画报》《秘书》《上海诗人》等报刊上发表，并被收入文汇出版社出版的《我的自选作品》《心灵霞光》和中国书籍出版社出版的《中华诗词学会2013年度会员入会作品集》等书；他已出版诗集《晚潮拍岸的声响》《阳光化作七彩虹》《给远方的至爱》《启明诗》和诗歌工具书《诗歌创作手册》，近期还将出版他的诗歌论文、杂文和评论集《诗歌新论》；他创编的《通用规范汉字诗声韵》，可以帮助诗歌作者在创作诗歌时有效解决所需的选字、用韵、押调和确定平仄等问题。对于永明创作的诗歌、出版的书籍，不少诗人、作家和评论家都写了评论文章或在研讨会上作了精彩发言，我编著了《启明星在闪耀 胡永明诗书评论集》，把这些闪烁着智慧光芒的有助于诗歌事业发展进步的资料呈献给社会。

2015年12月5日，胡永明《诗歌创作手册》研讨会在沪举行，与会人员对该书作了高度评价，《文学报》以《上海研讨胡永明诗歌创作》为题作了报道。该报编辑、记者郑周明在本报讯中写道：他“文学创作上的幸运来自作家家庭，也来自他从小热爱诗歌，即便从事公安工作三十余年，依然把诗歌创作与本职工作放在同等重要的位置，连续出版了《晚潮拍岸的声响》《阳光化作七彩虹》《给远方的至爱》《诗歌创作手册》等多部原创诗歌集、诗歌创作理论著作，这使得他超越了一般文学爱好者，成为一个有持续创作力的诗人。……或许也正因深知自己的创作历程不易，当他在诗歌创作上摸索出一些心得后，他结合传统理论，以大量实例分析创作出了《诗歌创作手册》这样一本让诗歌爱好者颇受启发的工具书。”2016年12月1日，《文学报》又发表了著名诗评家吴欢章教授撰写的诗评文章《胡永明的诗》。

永明于2000年入选《中华百科英才大典》，2004年被中国管理科学研究院学术委员会聘为特约研究员。作家在线、上海作家网等网站与百度词典、百度百科、百度学术和360百科、搜狗百科等网页都建立了他的词条，北京、上海、浙江等地的一些实体书店和中国图书网、读书网、书问网、开卷新书网、广购书城网、比购网、京东网、亚马逊网、聪明点网和生活便利网等网站都在销售永明的书籍。

永明爱诗、学诗、写诗，有着家庭、学校、单位和社会等方面的良好条件。

永明出生于书香门第，父亲胡宝华是著名工人作家，创作发表了不少小说、散文、诗歌、报告文学、儿童文学和《红楼梦》研究等文章，还在上海电机厂工人大学创办文科班，培养了一批文学栋梁之才，曾出席第二届全国青创会和第四届全国人大，并善于用文史哲教育孩子；母亲江美英是知书达理之人，既严格管教又悉心照料孩子，父母亲成了永明走上文学道路的引路人和帮助者。我和永明从青春岁月起就一起谈诗论文，我们先后加入了中国诗歌学会、中华诗词学会和中国现代作家协会，永明还加入了上海市作家协会，我和永明结婚后更是全力支持他的学习、工作和创作；女儿胡俊晴爱好绘画、摄影，利用她的一技之长帮永明设计了3本诗集的封面、绘制了精美LOGO和插画，并坚持自立自强，使永明能有更多的时间和精力安心发展事业。

永明接受过系统的教育尤其是对他影响深远的“诗教”，

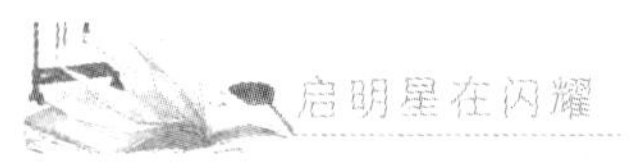

他从1岁半起就被放到上海电机厂托儿所培育，以后在上海电机厂幼儿园、上海电机厂职工子女小学、上海市闵行第二中学和上海体育学院接受了幼教、小教、中教和高教，并先后在上海体育学院和复旦大学获得了教育学学士学位和法律硕士学位。永明从中学到大学的语文成绩都很优秀，其中大学语文成绩是上海体育学院77级2个优秀之一。这与中学、大学语文教师悉心教育有很大关系（当时，上海体育学院都是邀请复旦大学中文系教师来给学生上大学语文课的），尤其是永明中学时的副班主任兼语文老师韩焕昌从中学开始到在上海教育出版社当编审到退休以来一直关心帮助着永明的成长。

永明从小学开始就显示出对学诗特别的兴趣和对写诗特有的天赋，中学期间系统学习了语法、修辞、逻辑和哲学，并参加了上海市闵行区图书馆文学组的学习和创作，后又先后参加了新创作刊授文学院第2期、诗刊社全国青年诗歌刊授学院第3期的诗歌刊授学习。工作以后，他曾先后任上海市公安局闵行分局指挥处调研科科长、上海市公安局研究室副主任和上海市公安局纪委办公室主任等职近14年，期间还借到公安部工作了一段时间，专职从事文字等工作。他先后发表论文39篇次，获奖13次。他还在《新民晚报》《上海法制报》等报刊上发表了一批新闻稿，在《中华武术》上发表了《散打要言》。扎实的公文、论文和新闻基础又助推了他的诗歌创作和研究，使他成为文学创作和理论研究比翼齐飞的诗人、作家和学者。

永明成年以前已经学会了写格律诗，走着一条从古体诗到新体诗到创新发展的创作道路。

诗言志。永明从童年时代起就积极要求进步，政治上先后加入了少先队、共青团和共产党，学习上先后通过全国统考、联考成为77级本科生进而获得法律硕士学位，工作上始终忠诚履职、敢于担当，文学上坚持创作实践与理论研究同步推进、良性互动，形成了积极、乐观、向上的性格。在诗歌创作中，永明写过不少言志诗，有专门言志的，也有在写人物诗、事物诗、景物诗中言志的。永明17岁时写了《中学毕业前夕与同学涉海滩》:“迎霞挽手下粼滩，沙厚风狂作笑谈。晃晃相搀一步步，齐观乳燕逐征帆。”29岁时写了《叶》:“春添一抹绿，夏展一片荫。黄了不居高，愿当炉内薪。”57岁时写了《与妻共勉》:“银发伴年长，赤情随历增。志高心不老，携手乐攀登。”从这些言志诗中，我们可以看到诗人尚未成年就有克服困难、实现理想的勇气和锐气，不到而立之年就有为祖国、为人民奉献为乐、献身为荣的抱负和行动，而到了知天命的中年，诗人的报国为民之情更是随着年龄的增长、经历的增加而与日俱增，还要与伴侣携手攀登、同作贡献。诗人的这些志向都不是直露地表白出来的，而是形象地描述出来的，表现的手法也是多种多样的，第一首诗是通过叙事来言志，第二首诗是通过象征来言志，第三首诗是通过随感来言志。其中“乳燕逐征帆”形象动人，“愿当炉内薪”精神感人，“志高心不老”警言励人，都充满着正能量。

诗缘情。永明是个本色之人、性情中人，表现在诗中就是有真情实感。永明创作的爱情诗，有写情人分别、团圆的爱情诗，有写警察夫妻的爱情诗，有写牛郎、织女的爱情诗等等。永明读书的大学、工作的单位与我生活的地方都相距很远，所以我们从恋爱到现在经常聚少离多。永明24岁时写了《团圆》:“掰开月饼来，和妹各一半。月可自团圆，人岂能失伴。”58岁时写了《中秋偕妻拍月》:“昔年相思望圆魄，今夕依偎沐清辉。趁着月近云飘离，拍得婵娟话回归。”前诗就像是在和妹说话一样平实，但是其中所蕴含的感情却是炽热的；后诗从夫妻一起拍摄月亮写起，却以“话回归”（即谈论台湾回归祖国）来使中秋团圆的意义得以升华。永明当了30多年的人民警察，对警察夫妻的特殊情况感受很深。为此，他写了一组警察夫妻的爱情诗。《警察心声》：“娶妻子，恋妻子，/心愿常守相聚少。/有你理解和支持，/执法热情高。//爱妻子，夸妻子，/事业有成家业好。/别太辛苦甭牵挂，/身体最重要。”《警嫂心声》：“爱警察，嫁警察，/聚少离多我不怕。/敬老抚幼有我呐，/安心工作吧。//想警察，助警察，/做好事业顾好家。/捷报传来高兴啊，/注意安全呀。”（/为分行，//为分段）这组诗写了警察在妻子的支持下“执法热情高”，工作上取得了成绩从而“捷报传来”；警嫂“做好事业顾好家”，不怕“聚少离多”而支持丈夫“安心工作”。这里既有夫妻情爱，更有报国为民的大爱。这组诗既是我们自己真实情况的反映，也是所有警察夫妻的写照。永明因为自己经常与妻子离别，所以特别同情分居两地的情人。他根据两个不尽相同的关于牛郎、织女的传说，写了两首寄托自己的情思的诗歌。《雨后》：“我想那王母挥出的一河波浪，已在春雷声中倾入长江；我想那雨后明丽的蓝天上，牛郎织女正悲喜异常；我想那轻盈的流霞，定是前去祝福的六位仙娘；我想那神奇的彩虹，定然通向他们富丽的天堂。”《七夕节祝愿》：“天帝变慈父，郎女得幸福。鹊桥助相聚，花屋供同住。银河齐沐浴，玉宇共信步。七夕来祝愿，情人成眷属。”他以自己丰富的想象和富有张力的语言，使两个传说由悲剧变喜剧，牛郎、织女终于可以幸福地生活在一起了。诗人还在七夕节当天，借处在团圆之喜中的牛郎、织女，表达了对全天下有情人都能终成眷属的美好祝愿。

诗纪事。永明认为人是人类社会的主角，他崇敬伟大人物，学习先进人物，并善于从古今中外英杰和群众身上吸取智慧和力量。他还认为重大事件对人的生存发展和社会文明进步有重要影响，所以他一直关心着国内外的重大事件及其发展变化。永明创作的人物诗，有写马克思、恩格斯、列宁、毛泽东、周恩来等伟大人物的，有写雷锋、焦裕禄、孔繁森、李斌、任长霞等先进人物的，有写鲁迅、贺敬之、林徽因、张存浩、邓丽君等杰出人物的，也有写孔子、李世民、冼英、李白、杜甫等古代人物的，都是从整体上来记叙和评价人物的。如《杜甫》:“一生好学多游历，两次科举皆落选。参军被俘安史乱，拾遗遭贬肃宗嫌。家贫屋漏儿饿逝，船小洪大自难全。忧国忧民作史诗，镕古铸今传经典。”《焦裕禄》:“历尽苦难找到党，革命建设创佳绩。除奸打豪炸敌军，剿匪反霸分田地。矿厂攻关为国富，兰考治灾谋民利。壮志未酬身先逝，精神永存正接力。”这两首诗都将唐代诗圣杜甫和党的好干部焦裕禄一生中最重要的经历和贡献概括进去了，并以“忧国忧民作史诗，镕古铸今传经典”和“壮志未酬身先逝，精神永存正接力”作了客观的评价。永明创作的事物诗，涉及经济建设、政治建设、文化建设、社会建设、生态文明建设和党的建设各个领域，既有国内的也有国际的，反映出诗人的境界和眼界。如《贺嫦娥三号探月成功》:“巨龙腾飞上太空，嫦娥轻降访月宫。观天看地测卫星，绕落助回定成功。”《中国援菲》:“台风重创菲律宾，中方速派三精锐。方舟穿越风浪区，飞机送来医疗队。羊水破裂接男婴，股骨粉碎复原位。异国援灾爱无疆，救死扶伤辛也慰。”前诗反映我国科技创新新成果，从长征三号乙运载火箭发射升空到嫦娥三号月球探测器在月球实现软着陆，从着陆器、月球车的三大功能到我国探月三期工程及其对

取得成功的信心与祝愿，写得点面结合、振奋人心；后诗反映我国国际主义、人道主义精神，面对超强台风“海燕”袭击菲律宾造成重大人员伤亡的情况，我国速派中国政府应急医疗队、中国红十字会国际救援队和海军“和平方舟”医疗船赶赴救助，写得层次清晰、生动感人。

诗咏景。永明热爱生活，热爱自然，热爱一切美好的事物，并善于用诗人的眼光发现美、用诗歌的形式表现美。他爱写景物诗，并习惯于将景物分为小景和大景，小景为生物，大景为山水，所写之诗分别称之为咏物诗和山水诗，写法上也不尽相同。在咏物诗中，永明主要写植物，有时也写动物，往往是咏物抒怀。如《夹竹桃》：“灌木也能成大树，笑迎寒暑春常驻。红霞白雪耀枝头，丹心洁身传芳馥。”《梧桐》：“梧桐解人意，应时叶稀繁。暑夏遮阴凉，寒冬透日暖。”《蝉》：“为蜫不自卑，忍辱未觉微。汁露化成宝，梦圆歌晚晖。”前诗首句“灌木也能成大树”具有哲理性和警策性，全诗从夹竹桃的形写出它的神，更歌颂了“丹心洁身传芳馥”的精神，四句诗都是2-2-1-2的节奏，其中1、2、4句尾字都押韵又押调，因此诗的节奏感强、韵律性好。中诗将梧桐拟人化，梧桐酷暑时节长满树叶是为人们遮挡烈日的暴晒，严寒季节落尽树叶是为人们透出暖阳的光辉，引申到人那就更应与人为善、助人为乐了。后诗写蝉不为自己生为昆虫而自卑，也不为人们把自己当做“害虫”而感到卑微，照样坚强地生存、努力地圆梦，为人们不停地歌唱，真是反“害虫”其意而咏之，塑造了忍辱负重、自强不息的形象。在山水诗中，永明既有抓住特征进行描写的，也有“全景式”描写的，也有拟人化描写的。如《太湖晚景》：“远山衔落日，湖水吐余晖。渔火芦边闪，潮声月下回。”《雅鲁藏布大峡谷》：“山水运动创奇观，高原通道雾气茫。两峰对峙耸云霄，一江长绕涌大洋。四瀑鸣泻落银河，九带香绿变炎凉。举世无双大峡谷，地球秘境多宝藏。"《莫干山观日台上观日出》："登高望，晓日雾中戏。时掩时揭含羞态，一瞧一躲正忸怩。尽被多情迷。"前诗抓住夕阳下、月光下太湖的特征，描写了太湖的美丽景色和渔民的美好生活。中诗从雅鲁藏布大峡谷的形成写起，写了南迦巴瓦峰、加拉白垒峰和雅鲁藏布江，绒扎瀑布群、秋古都龙瀑布群和藏布巴东瀑布Ⅰ、Ⅱ等4处大瀑布群与峡谷具有的从高山冰雪带到低河谷热带季雨林等9个垂直自然带，并点出了世界第一大峡谷被科学家看作是"打开地球历史之门的锁孔"。后诗用拟人化的手法，描写了在莫干山观日台上看到的"晓日雾中戏"，把日出时云雾的变幻莫测写成了旭日主动地"时掩时揭""一瞧一躲"，这种"羞态"、"忸怩"还真是将人们都迷住了。

一些诗人、作家、评论家对永明的诗歌给予了充分肯定。中国作家协会副主席、著名作家**叶辛**在为《给远方的至爱——胡永明爱情诗选》所作的序《扑捉"诗眼"》中写道："我感到胡永明的这些诗，有的是描景，有的是寻趣，有的则注重联想，各有入诗的角度，各有可咀嚼之处。"中国作家协会会员、著名作家和文学评论家**吴欢章**在为《启明诗》所作的序《胡永明的诗——〈启明诗〉序》中写道："能敏锐抓住自然景观的独特之点，进而营造出情景交融的艺术境界，就是胡永明写景诗值得称道的地方。……永明的咏物诗，不仅表现了他热爱自然的秉性，而且由他特意挑选的喜爱之物，抒写了一种高尚的人生情怀和独到的生活感悟。……他的爱情诗写得婉约含蓄、情在言外。……永明的阅读涵盖古今，写作不论新旧，他把诗歌的悠久传统贯通了起来。正缘于此，所以他的新体诗含有古韵，旧体诗具有今意。"上海社会科学院文学研究所研究员、诗评家、上海文史馆馆员**孙琴安**在为《启明星在闪耀 胡永明诗书评论集》所作的《序》中写道："胡永明对古诗、新诗两种传统均加兼顾，从而形成自己的写诗方式。"中国作家协会会员、上海社会科学院文学研究所研究员、诗评家**潘颂德**在《学习、继承中国诗歌两个传统的华章——简评胡永明的诗歌创作》中写道："胡永明学习、借鉴、继承我国新诗和古典诗歌新老两个传统的努力和成效是多方面的。"中国作家协会会员、著名"钢铁诗人"**刘希涛**在《我与"父子作家"的情谊——记胡宝华、胡永明》中写道："读永明的诗，如饮一杯绿茶，养神益心，回味津津。"中国作家协会会员**宋海年**在《关于〈诗歌创作手册〉之三言两语》和《向上生长的诗歌——我读〈启明诗〉》中写道："永明是诗歌创作和诗歌理论比翼齐飞的诗人"，"永明诗歌的生命力在于诗歌本身所产生的正能量"。上海市作家协会会员**陆新**在《诗潮涌动家国情——永明的诗永明的人》中写道："永明是一个具有历史责任感与文学使命感的诗人。他的诗歌，字里行间涌动着浓浓的家国深情；他的心里，蕴藏着对祖国对人民的无疆大爱。"永明父亲、著名作家**胡宝华**在为永明的诗集《晚潮拍岸的声响》所作的序中写道："他是公安战线的一名战士，儒雅的战士；他又是一个热爱生活的诗人，佩剑的诗人！"

永明善于将自己的学习成果和创作经验上升为新的理论，迄今已在诗歌理论和韵书研究方面作出一定贡献。

在诗歌理论研究方面，永明提出了一些新概念、新标准、新思想、新观点、新倡导。

永明提出了旧诗、新诗的新概念。永明认为：旧诗、新诗都是普遍概念，旧诗是"新文化运动"以前全部诗歌的统称，其中古诗是1840年以前全部诗歌的统称，新诗是"新文化运动”以后全部诗歌的统称。新诗包括“新文化运动”以后产生的诗、词、谣、歌、赋等各种形式的诗歌，是普遍概念；自由诗是新诗中的一种形式，是单独概念。自由诗是新诗，但新诗不仅是自由诗，因此，不能将自由诗简单地称之为“新诗”。那种以自由诗为大而否定古体诗、以格律诗为尊而歧视自由诗的看法和做法都是有害无益的，应当使新诗中各种形式的诗歌共同繁荣发展。

永明提出了评判诗歌质量的新标准。永明认为：诗歌的质量取决于诗歌的思想境界、艺术意境、社会作用，为此应当用思想性、艺术性、社会性标准来衡量。诗歌境界应以大小、高低、真假分优劣：爱国爱民是大境界，个人情思是小境界；文明进步是高境界，愚昧落后是低境界；真情实意是真境界，虚情假意是假境界。一个人只有境界大、境界高、境界真，才能写出大境界、高境界、真境界的诗歌；而个人主义、愚昧落后、虚情假意之人，只能写出小境界、低境界、假境界的诗歌。所以，我们要不断提升自己的思想境界，努力创作出壮丽的人生诗篇，才能为创作出优美的文字诗篇奠定思想基础和提供实践前提。诗歌意境应当做到情景交融、形神兼备、动静相宜、虚实相生，并能产生“言有尽而意无穷”的效果。诗歌作用应当体现在适应时代发展的要求，有利于满足人民精神需要、推动社会文明进步。其中评判诗歌质量的社会性标准是永明首先提出来的，将思想性、艺术性标准与社会性标准结合起来也是永明的一种创新。

永明提出了诗歌的本质属性是实用性、语言基础是大众化的新思想。永明认为：诗歌从产生以来，其本质属性都是实用性。诗歌没有实用性就不会产生和发展，现在学诗的实用性可以概括为“学诗可以情飞扬、志高昂、人灵秀”（习近平语

录）诗歌从产生以来，其语言基础都是大众化。诗歌产生于文字形成以前，口头语言是诗歌产生的基础；民歌是诗歌的源头，民间语言是诗歌发展的基础。文言文产生以后对诗歌发生过一定的影响，但是从来没有从根本上动摇过诗歌语言大众化这一基础。

永明提出了诗歌产生和诗歌概念、形式、风格的新观点。永明认为：远古劳动号子具有押韵、节奏、表意等特征，是诗歌产生的源头；民间歌谣脱胎于劳动号子，是诗歌发展的基础。诗歌是作者用精巧乐美的语言文字反映客观世界、人的精神的一种文学体裁，重在表现生活的本质真实。毛泽东倡导的"新诗"、"新体诗歌"可以称为"新型风格诗"（简称"新风诗"），新风诗的主要特点是结构上严宽相济、音乐上韵律相和、技巧上古今相辅、内容上近远相通。自由诗是结构自由、节奏自然、用白话创作的诗歌，不会形成定型的可以被广泛复制的格律。格律诗、词是古体诗，一旦融入现代元素就成为新律诗、新词等新诗了。诗歌从风格上来看，除了有现实主义、浪漫主义的诗和婉约、豪放的词，还有现实主义与浪漫主义相结合的诗、婉约与豪放相结合的词。

永明提出了诗歌语言通俗化、押韵时代化的新倡导。永明认为：诗歌语言是创作诗歌使用的精巧乐美的语言文字。诗歌语言宜通俗，忌艰涩；宜优美，忌粗劣；宜凝练，忌臃散。诗歌应用最少的语言表现最多的内容，使诗句更凝练、形象更准确、感情更鲜明、主题更突出。新诗应押当代韵。诗歌一般以押韵为优，无韵为次；以押韵又押调为优，押韵不押调为次；以押严韵为优，押宽韵为次；以押同韵为优，押随韵、交韵、抱韵为次（格律规定的除外）。

永明已先后参加了张冠城、罗维平、吴振兴、刘希涛、黄玉燕等诗歌研讨会，并参加了朱渊澄小说研讨会。每次与会前，他都认真阅读作品，挤出时间撰写评论文章，并在会上主动发言。在这些评论文章和发言中，永明都充分肯定诗人、作家的劳动成果，并提出了诸多自己对于诗歌创作乃至文学创作的见解，积极倡导为人民创作、为时代放歌。

在诗歌韵书研究方面，永明创新编制了一套最佳诗歌韵书《通用规范汉字诗声韵》。

上海辞书出版社经组织专家评审通过，于2015年1月出版了永明编著的《诗歌创作手册》，其中第二编是《通用规范汉字诗声韵》。这部诗歌韵书在我国自古以来的韵书中创造了多个之最：一是选字最规范。该韵书是完全根据国务院于2013年6月5日公布的《通用规范汉字表》（国发〔2013〕23号）编制的，所选之字全部是该《通用规范汉字表》一至三级字表所列的规范汉字。二是选字最多。该韵书共选用规范汉字8105个，加上多音字，共有9056个字次，分别比《平水韵》《词林正韵》和《中华新韵》多了3444字、3411字和1861字。三是注音最好。该韵书是根据《汉语拼音方案》和《普通话异读词审音表》标注读音的，并且对每个字都标注了辅音、元音和阴平、阳平、上声、去声、轻声等声调，而其他韵书只能查到韵部，却查不到每个字的辅音、元音和声调。四是韵部划分最科学。该韵书按照韵母同一分韵部、韵尾相同归韵部、韵头相同并韵部，实现了韵部划分的科学性。《平水韵》《词林正韵》的韵部问题已随着语音的发展越来越明显，而《中华新韵》存在着将相同的韵母分在不同韵部、将不同的韵母并入同一韵部和将韵尾相同而韵效不同的韵母并入同一韵部等问题。五是系统最完善。该韵书是成套韵书，具有声调韵、平仄韵、新基韵和新宽韵四套韵书的系统性。

而其他韵书都是单独的一种韵书，难以满足创作诗歌各不相同的需要。这套韵书的推出，为创作诗歌提供了选字、用韵、押调和确定平仄等便捷。

一些诗人、作家、评论家对永明的诗歌理论研究和韵书创编给予了充分肯定。中国作家协会会员、著名作家和文学评论家**吴欢章**在“胡永明《诗歌创作手册》研讨会”上指出：“要普及我们的诗歌、普及诗歌的创作，要提高群众性的诗歌创作水平，提高业余作者的理论素养是一个很重要的问题。而胡永明同志的《诗歌创作手册》正适合了当前中国文化的需要……胡永明同志的《诗歌创作手册》出来以后，……很多研究诗歌的人也很有兴趣。胡永明的《诗歌创作手册》，……有三个优点应该肯定的。第一个特点，简明扼要。……第二个特点，它有诗歌的实例，跟理论讲解结合起来，……第三个特点，它有全面性。……这是‘文普创作’。”中国作家协会会员、《上海文学》资深编辑**张斤夫**在“胡永明《诗歌创作手册》研讨会”上说：“看了这本书很感动：一是作者的写作勇气。……二是作者的钻研精神。……三是作者关于诗歌写作一些观点、体会，比如诗歌的要素、技巧和修辞等等，既是诗歌创作的普遍规律，也融入了作者自己的经验体会，十分可贵，不仅业余作者可以从中学到很多东西，也值得专业作者借鉴、参考。”复旦大学教授、博士生导师**张文贤**在《诗意·诗眼·诗品——读胡永明〈诗歌创作手册〉》中指出：“《诗歌创作手册》可以说是《诗品》现代版。”上海市创意产业协会创意旅游专委会主任**朱渊澄**在《诗歌创作的学问——读胡永明〈诗歌创作手册〉》中指出：“胡永明先生《诗歌创作手册》的问世，不仅仅是诗歌写作爱好者的福音，应该也会引起写作学研究者的重视，从而在散文、小说、戏剧领域里，更多地出现写作研究的著作，让文艺青年和爱好者们得到更多的教益。这应该是《手册》问世的另一层积极意义吧！”上海市委党史研究室原副主任、研究员**吴振兴**在《一本简明实务的诗歌创作普及读物——评胡永明的〈诗歌创作手册〉》中指出：“指导写诗读诗的普及读物几乎看不到。现在好了，胡永明先生经过多年研究而出版的《诗歌创作手册》，终于弥补了这个不足。……作者这种刻苦钻研、敢啃硬骨头，为诗歌事业砥砺前行的精神，值得我们好好学习。”上海市作家协会会员**陆新**在《诗潮涌动家国情——永明的诗永明的人》中写道：“永明是个学者型的诗人，又是个诗人型的学者，因而他的专著多了一份诗人的激情，他的诗作又多了一层学者的严谨。”

永明将公安工作、理论研究、诗歌创作视为自己的三大事业，坚持“不忘初心、继续前进”。他从小爱诗，童年时代就写出了令老师赞不绝口的好诗，少年时代就将学习诗歌佳作与学习诗歌理论并举互补，青年时代形成了诗歌创作的第一个高峰，壮年时代开始注意总结前人、他人诗歌创作的经验和自己诗歌创作的心得，中年时代形成了诗歌创作、诗歌研究、诗歌评论结合发展的第二个高峰，并始终以与诗结缘为人生之大幸，愿意终生与诗为伴、永葆艺术青春。他创作诗歌不为倾吐一己私情，而为弘扬人间人爱，歌颂伟大的祖国，展现美好的生活，所以他的诗歌都是有诗魂的，都充满着激励人向善、启迪人向上的正能量。他迄今在诗歌方面取得的成绩，包括艰辛编著《诗歌创作手册》，潜心创编《通用规范汉字诗声韵》，都是在为祖国诗歌事业乃至文学事业的发展进步发光发热、添砖加瓦。我为有这样志向高远、奋斗不息的丈夫感到自豪，我愿与他携手迈步诗歌路、同心谱写幸福诗。上海市文联原党组书记李伦新在“胡永明《诗歌创作手册》研讨会”上的讲话中热

情洋溢地预祝永明创造新的辉煌。让我们祝愿永明艺术生命长青，创作出更多无愧于时代和人民的精品力作。

（作者是中国诗歌学会会员、中华诗词学会会员、中国现代作家协会会员）

为人求实 为诗求新

——浅淡胡永明诗歌艺术

舒爱萍

永明酷爱文武之道，深受中国优秀传统文化尤其是诗歌的影响，并长期从事诗歌创作、评论和理论研究，已分别出版了诗集《晚潮拍岸的声响》《阳光化作七彩虹》《给远方的至爱》《启明诗》和《诗歌创作手册》。作为他的妻子和诗友，我全力支持他献身文学事业，在不断为他取得成绩感到高兴的同时，也非常愿意向大家介绍永明其人其诗其艺。

诗同其人，只有了解其人才能更好地了解其诗。永明是个理想主义者，力求德才兼备、文武双全、诗理皆通。他从小习文练武，成年之前，不但练就了多门武功，而且学会了写格律诗，还通过钻研语法、修辞、逻辑和哲学，打下了坚实的文字功底，掌握了基本的思想方法，并在日后的发展中越来越显示出基础扎实终生受益。74 届中学毕业、77 级本科毕业后，他两次留校工作。17 岁工作以来，他始终爱岗敬业，尤其是 26 岁入警以来，他先后从事严打、经保、特警、指挥、纪检、政治等工作，一直把本职岗位作为增长才干的平台、施展才华的舞台，致力于维护社会治安和队伍建设，并在职考入复旦大学，获得了法律硕士学位。工作之余，他勤于理论研究，迄今已发表论文39篇次，获奖13次，2004年被中国管理科学研究院聘为特约研究员；乐于诗歌创作、评论和研究，先后加入了中国诗歌学会、中华诗词学会、上海市作家协会和中国现代作家协会，还被入选《中华百科英才大典》。现在，他继续在公安工作、理论研究、诗歌创作三项事业上继往开来。永明的人格、志趣、基础、经历、勤奋和方法，对他的诗歌创作与研究产生了深远影响。

艺同其诗，只有了解其艺才能更好地了解其诗。我觉得永明的诗歌艺术，因为做到了六个坚持，才充分体现出他的独特之处。

坚持传承与创新相承接。永明把诗歌当作精神食粮，如饥似渴地阅读古今中外的诗歌作品、理论与评论，并按照他的“古为今用时代化、洋为中用本土化”理念，去粗取精、去糟取华。永明的诗歌创作走的是一条从旧体到新体、从格律到自然、从有我到无我的发展之路，在传承创新中开始了以新风诗、自由诗为主的创作。永明把毛泽东倡导的新体诗歌称为新风诗，并创新了新风诗的理论与实践。与青春岁月的诗歌相比，永明现在的诗歌特点是：关注小我少了，放眼大我多了；重视形式少了，着眼内容多了；追求文采少了，确立诗魂多了；意蕴薄浅少了，内涵厚重多了。如他写的新风诗《山与雪》：

暴雪袭青山，
见雪不见山。
青山本岿然，
雪化绿如染。

这是他于 2014 年初途经安徽山区时触景生情即兴创作的新风诗，既是山水诗，又是哲理诗；既是实写，又是象征；其中“袭”“本”等词用得自然而巧妙。又如他写的山水诗《藏布巴东瀑布群》：

雅江本有冰川愫，
宁静东流变群瀑。
悬河咆哮落碧霄，
深潭轰鸣腾白雾。
野马发狂正跃下，
岸崖震动欲倾覆。
阳光化作七彩虹，
辉映浪花向远处。

这是永明用新风诗写的山水诗，句式、结构整齐，用词通俗美妙，采用起承转合的经典写法，颈联、颔联对仗工整，首句、偶句押韵又押调，全诗整体描写与局部刻画相结合，使用了铺叙、描摹、渲染、通感、夸张、比喻、象征、对偶、对比等多种修辞手法，创造了情景交融、形神兼备、动静相宜、虚实相生的意境，看了有一定的震撼力，也有余味。这是永明提出并倡导的新风诗的典型表现方法，在民歌与古典相结合的基础上具有明显的创新性。

坚持实践与理论相促进。永明坚持在诗歌创作实践的基础上，深化诗歌理论研究；在诗歌理论创新的基础上，推动诗歌创作创新。如永明以逻辑上的普遍概念与单独概念，提出了规范旧诗与新诗的整体方案；认为自由诗不存在成型问题，通过民歌与古典相结合所产生的新风诗不应取代自由诗，而应与自由诗一起成为现代诗歌的主力军和引领者，并坚持诗坛上的与时俱进，呼吁废止沿用与当代声韵不同的古声、古韵，倡导诗歌时代化、通俗化、大众化。如他写的新风诗《早春昱岭好风光》：

早春昱岭落彩霞，
梯田连绵好风光。
迎春叠边挂金瀑，
油菜逐层灿黄乡。
红花纷开秀桃色，
绿树间栽飘茶香。
新燕剪出艳阳天，
牧歌声中入山庄。

这首诗看似古风诗，实际是博采众长形成的新风诗。它取民歌贴近民众、形象生动等优点，取古风诗形式自由、韵律自然等长处，取格律诗起承转合、对仗映衬等经典。又如他写的新风诗《贺嫦娥三号探月成功》：

巨龙腾飞上太空，
嫦娥轻降访月宫。
观天看地测卫星，
绕落助回定成功。

这首诗第一句写长征三号乙运载火箭发射升空，第二句写嫦娥三号月球探测器在月球实现软着陆，第三句写着陆器和月球车的三大功能，第四句写我国探月工程第一期实现绕月探测、第二期实现月面软着陆的成功为第三期自动巡视勘察、月球无人采样返回的成功奠定了基础，并祝愿探月工程圆满成功。短短 28 个字，既全面地描写了嫦娥三号探月，又把三期工程联系起来写了整体探月工程。可见，新风诗具有广泛的包容性和超强的表现力。它体现了永明从实践到理论再从理论到实践，循环往复探索前进的新成果。

坚持新体与古典相借鉴。永明面对写自由诗的唯我独尊、写格律诗的自视其高的状况，提倡在新诗大家族中的诗、词、谣、歌、赋包括诗中的新风诗、自由诗、新律诗、小诗、散文诗等诗歌百花齐放，互相学习，共同满足人民精神需要、推动社会文明进步。他认为各种诗体各有优长，民歌生动感人，新风诗、新律诗、新词长于言志、抒怀、写景，自由诗利于抒情、记事，只有取长补短，才能互利共赢。为此，他兼收并蓄，各种诗体都写，什么题材适合使用什么体裁就写什么诗体。如同样是写春，他写《春风》用的是新风诗，写《春天在哪里》用的是自由诗。

《春　风》

催生万蕾迎春天，
剪出百花竞娇妍。
染成秀色满人间，
传来馨香醉心田。

《春天在哪里》

春天在艳阳燃起的激情里，
春天在暖风带来的热望里。
春天在杨柳嫩绿的生机里，

春天在桃花粉红的活力里。
春天在麦子青翠的成长里，
春天在油菜金黄的收获里。
春天在幸福生活的创造里，
春天在美好愿景的实现里。

永明在《诗歌感言》中写道：“诗歌要形式，外在不偏重，关键是内容，用词不害意。”他是这样写的，也是这样做的。在这两首诗中，我们还能看到，永明善于使用诗歌特有的变型手法，使表达更亮丽、更灵动、更幽默并增强风韵、情趣、新鲜感。在日常生活中，春风能“剪出百花”“染成秀色”吗？不能，但在诗中这样表现，人们不但不会感到荒诞，反而会觉得趣味无穷。还有“艳阳燃起的激情”“暖风带来的热望”等，也是永明的诗歌所具有的“作者表达超现实、读者理解合现实”的特色。这种变型手法早已有之，只是永明将其注入了当代元素。

坚持境界与形象相交融。永明认为：人的境界决定诗的境界，诗的境界决定诗的质量和作用。他在《诗歌艺术》中写道“诗歌境界以大小、高低、真假分优劣。”他赞同写诗要用形象思维，同时肯定逻辑思维在写诗中的重要作用。所以，他认为：“诗歌境界，是作者通过诗歌的形象、意象所表达的意蕴。”在诗歌创作中，他把形象作为创造境界的主要方法，把意象作为创造境界的重要方法，使诗歌可以全覆盖地表现客观世界和人的精神。其中，用形象创造境界的，如新风诗《油菜花》：

从南到北次第开，

黄海香波涌春来。
一棵独长不流金，
万株丛生方溢彩。

用意象创造境界的，如仿古诗《仿〈伊耆氏蜡辞〉祈福》：

世返其和，
国复其兴，
家葆其福，
人归其清。

前诗，作者通过对油菜花万株丛生得以流金溢彩的描写，形象地表达了新时期“合作共赢”等新理念；后诗，作者用逻辑思维所形成的意象，巧借仿古表达了对于世界、祖国、家庭、人民的美好期盼和祝愿。从这些诗中可以看出，永明在创造诗歌境界中，一以贯之的是崇尚形象，不废意象。

坚持现实与浪漫相结合。诗有现实主义和浪漫主义之分；词有豪放和婉约之别。永明的诗歌以现实主义为基础，以浪漫主义为特色；偏于豪放，兼有婉约。我们就以他的爱情诗为例，先看他写的自由诗《牵牛花的心曲》：

每当我告别你离开家，
我的情爱便化作形形色色的牵牛花，
在我们的住地和你经过的沿途，
向着太阳——你的微笑盛开竞发。

你看，花的色彩多绚丽呀，

那是我在向你展示忠诚无价；
你闻，花的芬芳多淡雅呀，
那是我在向你吐露思念情话……

那瓣儿展开的花朵，
是我撑起的“雷达”，
黄的接收你的平安健康，
红的发射你的快乐荣华。

那冠儿圆拢的花朵，
是我吹起的“喇叭”，
白的赞美你的纯洁无瑕，
紫的歌唱你的贤惠可嘉。

那蔓儿缠绕着枝桠，
是我们恩爱得浪漫潇洒，
我们的精神永远亲密无间，
哪怕你我远在海角天涯。

再看他写的自由诗《让我们插上音乐的翅膀》：

我可爱的姑娘，
让我们插上音乐的翅膀，
披着霞光向着春色，
欣喜地比翼飞翔。

在浪漫的乐曲声中，

我们先来增添爱情的芬芳。
我们在樱花树下采集艳丽诗意，
我们在玫瑰园中谱写华美乐章。

在快乐的乐曲声中，
我们再来增添爱情的韶光。
我们在碧波湖中晓悟鸳鸯恩爱，
我们在彩云天上领略凤凰吉祥。

在高昂的乐曲声中，
我们更来增添爱情的激扬。
我们在大自然里感受山欢水笑，
我们在银河系内沐浴日辉月光。

这些爱情诗既是写给我的，更是对人类纯洁、甜蜜爱情的歌颂。爱情是现实的，但是到了永明的诗中，便显得非常浪漫，既很深情，又很豪放，充分显示出爱情的甜美、真情的幸福和想象的神妙、诗歌的魅力。

坚持修养与艺术相提升。永明努力加强自身修养，不断提高诗歌艺术，写出来的诗歌都充满着正能量，能够发挥正效应。且看他写的人物诗《焦裕禄》：

历尽苦难找到党，
革命建设创佳绩。
除奸打豪炸敌军，
剿匪反霸分田地。
矿厂攻关为国富，

兰考治灾谋民利。
壮志未酬身先逝，
精神永存正接力。

再看他写的叙事诗《马娇弃赛救人》：

四川妹子名马娇，
十六始练帆船板，
十八城运得第四，
二十全运佳话传。

眼睛大大眉清清，
肤色黑黑立亭亭，
扎着一条马尾辫，
身穿赛服俏盈盈。

大连海面风浪狂，
赛手个个斗志昂，
一声令下板齐发，
小马奋勇向前方。

辽宁选手郝秀梅，
不慎落水腿抽筋，
眼看帆板被卷走，
面对危险呼声紧。

小马毅然弃比赛，

"我来救你"震海天，
舍生忘死战激流，
智勇双全皆脱险。

小马彰显道德美，
胜过获奖千百倍，
誉为最美运动员，
破格招进国家队。

永明认为，写诗要有灵感和激情，写好诗则要靠综合素养，而诗的立意就是作者思想境界的反映。诗歌作为最古老又最年轻的文学体裁，应该担负起应有的历史使命。

（作者是中国诗歌学会会员、中华诗词学会会员、中国现代作家协会会员）

读你千遍也不厌倦

——浅谈胡永明爱情诗的生活基础和艺术特点

舒爱萍

苏联作家尤里·留利柯夫在《爱的三角洲》中写道："爱情是人类整个感情世界中欲望最为强烈的一种情感，爱得越深，爱情在人类心灵中所占据的位置也就越大。"爱情在人类感情中处于显要位置、具有重要分量，而爱情诗能给予人们美的享受、情的陶冶、爱的启迪。永明创作过许多爱情诗，作为永明的妻子，我想谈谈永明爱情诗产生的生活基础，和永明爱情诗创作的艺术特点。

一、源于实感，写出真情

永明从小热爱诗歌，成年之前已学会写作格律诗，走的是一条从格律诗到古风诗再到自由诗、新风诗的创作道路，并坚持诗歌创作与理论研究良性互动和创新推进。永明从来都是情之所至，诗之所成；不会无端写诗，无病呻吟。所以要理解永明的爱情诗，先要了解永明的爱情经历。永明和我是在巧遇中相识的，且以诗为媒。1975 年 4 月，永明因高烧不退住院，正好和我弟弟强华住在同一病房。那时，我每天去照顾、陪伴弟弟，有一天在读诗给弟弟听时，永明过来与我交谈，我们就这样相识了，并逐渐成了好朋友。永明于 1977 年高考入取后开始了大学的学习，同时与我恋爱，并在 1982 年大学毕业留校工作后与我登记结婚，但我们直到 1983 年举行婚礼后才一起生活。不久，永明又调到公安机关工作至今。从恋爱到结婚以来，我们经常聚少离多。因为我们各自的学校、单位相距几十公里，每天住在一起不方便；永明和我又经常出差，时而天各一方。我们虽然不能天天在一起，但一直很幸福，有时还有点浪漫。所以，永明所写的爱情诗都是歌颂美好爱情的，即使是写《爱情的滋味》《找对象》和《可别嫁给小心眼呀》等诗歌也主要是通过各种方式来表达自己的爱情观。

我们爱情史上的第一首情诗和情歌是《盼望》。1978 年初春，他第一次约我，在上海长风公园等我时写了那首诗并送给我，我即兴谱了曲，还经常唱给他听。

手中带露的山花，
何时插在你云鬓上？
眼前映霞的湖中，
何时荡起我们的桨？

远来的一个个姑娘，
已使我一次次失望！
欢快的一对对游客，
仍使我一回回遐想……

永明收进诗集《给远方的至爱》中的最后一首情诗，是于 2015 年中秋节当晚写的《中秋偕妻拍月》。这首诗真实反映了当晚我们一起用各自的照相机和手机拍摄大月亮的情形，追昔抚今，并从夫妻团圆写到期盼祖国统一。

昔年相思望圆魄，
今夕依偎沐清辉。
趁着月近云飘离，
拍得婵娟话回归。

有真情方有真诗。明代戏曲家、文学家汤显祖在《耳伯麻姑游诗序》中写道：“情生诗歌”。清代诗人费锡璜在《汉诗总论》中写道：“诗主言情”。也就是说，感情既是诗歌产生的原因，也是诗歌表现的特色。纵观永明收入《给远方的至爱》中的80余首爱情诗，都是源于生活、高于生活的产物，灵感来自实感，作品充满真情。

二、既有情爱，也有大爱

永明一方面在公安工作中以自己的实际行动报国为民奉献爱，另一方面在文学创作中以自己的艺术才华歌颂弘扬真善美。永明创作的爱情诗，既有写自己情爱的诗，反映诗人的情感经历和心路历程等；也有写人间大爱的诗，表现相爱的人齐心协力报国为民等，都充满着正能量、正气场。

在抒写自己情爱方面，永明于1982年我们登记结婚不久，在两人分别的日子里，写了《给远方的至爱》等诗歌。

你远在天涯，
就像明月挂在天际；

你在我心中，
就像明月映在水里。
我的祝福是清晨的鸟鸣，
为使你快乐千啭百啼；
我的召唤是黄昏的轻风，
留恋地牵起你的罗衣；
我的相思是不尽的流水，
长年缠绵在你的住地；
我的情爱是不落的太阳，
环绕着你永远不会偏离。

——《给远方的至爱》

在抒发人间大爱方面，永明写了《警察心声》《警嫂心声》等诗歌，其中这组诗在展现夫妻情深的同时，表现出警察夫妇报效祖国和人民的崇高情怀。

娶妻子，恋妻子，
心愿常守相聚少。
有你理解和支持，
执法热情高。

爱妻子，夸妻子，
事业有成家业好。
别太辛苦甭牵挂，
身体最重要。

——《警察心声》

爱警察，嫁警察，
聚少离多我不怕。
敬老抚幼有我呐，
安心工作吧。

想警察，助警察，
做好事业顾好家。
捷报传来高兴啊，
注意安全呀。

——《警嫂心声》

诗的内容有小我和大我之分，在表现感情上就有小情和大爱之别。我国近代享誉国际的著名学者王国维在《人间词话》中指出:“词以境界为最上。有境界则自成高格，自有名句。”诗词同理。永明的思想境界和艺术境界都是比较高的，创作的诗歌都是有魂的。反映在爱情及其诗歌上，情爱和大爱是交融的。正如现代诗人闻捷在《告诉我》中所写的“我永远地忠实于你，象永远忠实于祖国一样”。就上述例诗来说，《给远方的至爱》虽然是写自己情爱的爱情诗，但是所有的情侣读了也都会深受感染、产生共鸣的;《警察心声》《警嫂心声》虽然有写人间大爱的普遍性内容，但其实也是我们自己真实情况的写照。

三、想象丰富，形象生动

永明走上文学之路，有着得天独厚的条件和基础。他出生于作家家庭，从幼儿园到大学接受了良好的“诗教”，少年时代起就积极参加上海市闵行区图书馆文学创作组的活动，青年时期又连续参加了由湖南省作家协会举办的新创作刊授文学院和诗刊社举办的全国青年诗歌刊授学院各为期一年的诗歌创作培训。永明在长期的诗歌创作实践和理论研究过程中，逐步形成了自己对于诗歌的较为系统的看法，并编写了《诗歌艺术》，作为上海辞书出版社出版的《诗歌创作手册》的重要组成部分。永明认为，创作诗歌应当做到现实主义与浪漫主义相结合，以现实主义为基础，以浪漫主义为特色，并以形象来表现。而浪漫主义的主要特点就是注重使用想象、夸张、对比等手法表达思想感情，追求自由奔放。永明的想象力是很强的，经常有奇思妙想通过各种形象表现出来。

牵牛花本是一种很普通的花，永明却移情寄意于它，写了《牵牛花的心曲》，把他的爱、他的情表现得非常形象生动。

> 每当我告别你离开家，
> 我的情爱便化作形形色色的牵牛花，
> 在我们的住地和你经过的沿途，
> 向着太阳——你的微笑盛开竞发。
>
> 你看，花的色彩多绚丽呀，
> 那是我在向你展示忠诚无价；
> 你闻，花的芬芳多淡雅呀，
> 那是我在向你吐露思念情话……
>
> 那瓣儿展开的花朵，
> 是我撑起的“雷达”，

黄的接收你的平安健康，
红的发射你的快乐荣华。

那冠儿圆拢的花朵，
是我吹起的“喇叭”，
白的赞美你的纯洁无瑕，
紫的歌唱你的贤惠可嘉。

那蔓儿缠绕着枝桠，
是我们恩爱得浪漫潇洒，
我们的精神永远亲密无间，
哪怕你我远在海角天涯。

永明在我们举行婚礼之前，根据我们自由恋爱的经历，写了《一见钟情》，其中颔联、颈联是这样写的：

对诗巧露鸳鸯意，
通信直说郎女心。
柳下握别云落泪，
山间笑语水弹琴。

德国最伟大的哲学家之一黑格尔在《美学》中写道：“诗所特有的因素是创造的想象，而创造的想象对于每一种美的创造都是必要的，不管那种美属于哪一个类型。”现代诗人艾青在《诗论》中写道：“写诗有什么秘诀呢？——用正直而天真的眼看着世界，把你所理解的，所感觉的，用朴素的形象的语言表达出来。不这样将永远写不出好诗来。”永明认为，形象是创造诗歌意境的主要元素，而想象是实现从现实形象到艺术形象飞跃的重要方法。因此，写诗的过程，就是从客观世界及其主观感受激发的灵感出发，运用丰富的想象，获得一系列有关的艺术形象，并用精巧乐美的语言文字表情达意的过程。永明也是这样身体力行的。从《牵牛花的心曲》和《一见钟情》等诗歌中，我们都可以看出永明的爱情诗具有想象丰富、形象生动的特点。

四、古为今用，洋为中用

对永明来说，持续受益最大的，还是从小打下了语法、修辞、逻辑和哲学等方面的坚实基础，并阅读了大量古今中外的文学作品。在诗歌创作中，永明根据毛泽东提出、习近平倡导的“古为今用，洋为中用”的思想，针对当前存在的“仿古”“媚洋”等问题，提出、践行并倡导“古为今用时代化，洋为中用本土化”的理念。

1982 年春，永明根据我国古代关于牛郎织女的传说，发挥想象，写了《雨后》，使传说的故事有了出人意料的圆满结局，借以表达他对全天下有情人都能终成眷属的良好祝愿。

我想那王母挥出的一河波浪，
已在春雷声中倾入长江；
我想那雨后明丽的蓝天上，
牛郎织女正悲喜异常；
我想那轻盈的流霞，
定是前去祝福的六位仙娘；
我想那神奇的彩虹，

定然通向他们富丽的天堂。

记得在我们登记结婚的前夕，永明邀我去踏春，并根据当时的情形，引用匈牙利著名诗人裴多菲的诗句“我们无须等候死亡，我们要活着飞上天堂”，写了《让我们到野外去游玩》。该诗写得很轻快、很优美，也是永明自己非常喜欢的一首诗。

我美丽的姑娘，
快穿上活泼的春装，
在这晴朗的周末，
让我们到野外去游玩。

小鸟哲哲地鸣叫，
那是在向我们召唤；
鲜花悄悄地开放，
那是在把春天打扮。

我要编只最美的花冠，
给花的皇后戴上；
我要唱曲最美的歌儿，
把百鸟请来作伴。

让我们的生活比牡丹花更美，
让我们插上金凤凰的翅膀，
“我们无须等候死亡，
我们要活着飞上天堂！”

《雨后》侧重于“古为今用时代化”，《让我们到野外去游玩》侧重于“洋为中用本土化”。但是传承、借鉴和创新并非截然分开的，永明的诗歌往往同时体现了“古为今用时代化，洋为中用本土化”。清代散文家姚鼐在《题怀宁江七峰诗卷》中写道：“学古人在得其神理，不可袭其面目。”鲁迅在《关于知识阶级》中写道：“虽是西洋文明罢，我们能吸收时，就是西洋文明也变成我们自己的了。”毛泽东在延安文艺座谈会上的讲话中指出：“对于中国和外国过去时代所遗留下来的丰富的文学艺术遗产和优良的文学艺术传统，我们是要继承的，但是目的仍然是为了人民大众。”习近平在文艺工作座谈会上的讲话中指出：“传承中华文化，绝不是简单复古，也不是盲目排外，而是古为今用、洋为中用，辩证取舍、推陈出新，摒弃消极因素，继承积极思想，‘以古人之规矩，开自己之生面’，实现中华文化的创造性转化和创新性发展。”也就是说，要传承古代优秀文化，借鉴外国优良文化，关键是要取其精华、创新发展，坚持以人民为中心的创作导向，创作出思想精深、艺术精湛的文艺作品，更好地发挥文艺塑造美好心灵、陶冶道德情操、引领社会风尚的作用。永明是这样想的，也是这样做的。

五、文字优美，韵律和谐

永明创作的诗歌遗失了不少，其中最觉可惜的是小学期间写的得到老师充分肯定的红色诗歌、中学刚毕业在“五七干校”锻炼期间写的《金训华之歌》和恋爱阶段写的《翡翠镯子》等几首诗歌的不知去向。从至今保存下来的资料来看，永明最早是从1978年开始写爱情诗的。截止2016年，永明的爱情诗大体可以分为三个方面：一是用自由诗、新风诗、新律诗的形式所写的自己的爱情诗；二是赠给妻子的诗与写妻子、孩子、自己和家庭的诗；三是其他的爱情诗。永明创作爱情诗，不论是自由诗还是新风诗，不论是抒情诗还是叙事诗，都在文字上力求做到通俗不艰涩、优美不粗劣、凝练不臃散；在韵律上力求通过押韵、平仄、节奏等要素增强音乐美。

在我们谈婚论嫁之时，永明写了抒情爱情诗《我真幸福》，对我作了赞美，幸福之感、快乐之情溢于言表。

我真幸福，
我美丽的姑娘，
我爱春花的娇美，
那娇美就在你的笑靥上。

我真幸福，
我热情的姑娘，
我爱夏日的炽热，
那炽热就在你的赤唇上。

我真幸福，
我温柔的姑娘，
我爱秋月的柔光，
那柔光就在你的明眸上。

我真幸福，
我忠贞的姑娘，

我爱冬雪的纯洁，
那纯洁就在你的心灵上。

2015 年元宵节，永明写了叙事爱情诗《我的宝贝“小鸭子”》。诗中写的内容包括两次滑倒的地点、情形等，都是真实情况。我看了非常感动，不禁热泪盈眶。“执子之手，与子偕老”，永明不仅在情诗里更是在生活中做到了。

爱妻美尼尔症已基本痊愈，
但她前庭器功能仍然不好，
走起路来看似还稳健，
一不小心就摔跤。

晴天在火车站续点茶水，
雨天到小饭店参加社交，
地上有点凉水雨水，
她都脚底打滑猛然跌倒。

“啪”的一声，
使我心惊肉跳，
她虽然没有摔伤筋骨，
我已心疼难熬。

她白发增多身体欠佳，
还硬撑着操持全家的温饱，
常常买菜购物拎着重包，
我在外工作帮不到她更加心焦。

我觉得鸭子走起路来摇摆可爱，
就送了她一个“小鸭子”的雅号，
回到家喜欢叫着宝贝“小鸭子”，
把她揽入自己的怀抱。

真想时刻陪伴着她，
牵着她的手当她的保镖，
还要为她买几双防滑鞋，
让“不倒妹”迈步阳光大道。

《我真幸福》和《我的宝贝“小鸭子”》文字是通俗的、优美的、规范的，并且都是一韵到底的。其中《我真幸福》共四段，每段四句，句式相同，音乐性强，一是在押韵上每段偶句都是“娘”“上”，反复出现四次，形成了音乐回环的效果；二是每段各句音节相同，也反复出现四次，形成了强烈的节奏感；三是全诗采用了排比、反复等修辞方法，既起到了紧凑结构、突出主题、强化语势的作用，又使韵律更加优美。而《我的宝贝“小鸭子”》写得比较活，表情达意很贴切。唐代诗圣杜甫说：“语不惊人死不休。”永明写诗并不刻意追求令人拍案叫绝的效果，有时甚至故意写成“分行体日记”式的诗，还说诗人要走出“象牙塔”，诗歌要“大众化”，但是，永明最为看重的是：用真情写诗，以真情感人。

诗歌真是人世间最美妙的东西。永明和我的爱情乃至人生都深受诗歌的影响。就永明和我的相识来说，我们同在一个病房好多天，却互不认识，那天，我坐在小弟的床头，读着长诗《草原英雄小姐妹》给他听，不料，从小爱诗的永明对我产生了兴趣，主动走过来与我交谈，结果发现互相之间有着许多相同相通之处，比如我们都爱好文学等等。就这样，诗为媒，我们有缘相识了，并进而交友、初恋、热恋、结婚。如果那时擦肩而过，我们没有这段姻缘，两人的整个人生都会发生很大的改变，他和我也就都不会成为现在这样的他和我了。我们这段经历虽然纯属巧合，但诗歌对人们学业、事业、家业的重要影响作用真是不容忽视和轻视的。

由音乐大师梁弘志作词、作曲的歌曲《读你》中有句歌词“读你千遍也不厌倦”，很经典。情侣之间我对你、你对我，都应该过去是、现在是、将来永远是“读你千遍也不厌倦”的。而由爱情所产生的爱情诗，同样也是百读不厌的。真正的爱情是永恒的，经典的爱情诗是不朽的。只要人类还有爱情，就会需要诗性表达。古代《诗经》中的“一日不见，如三岁兮”，当代著名诗人舒婷《致橡树》中的“这才是伟大的爱情，/坚贞就在这里：/不仅爱你伟岸的身躯，/也爱你坚持的位置，足下的土地”等爱情诗及其名句，都一直流传着，无论何时读来皆会令人深感爱情的美好和爱情诗的魅力。永明的爱情诗是在爱的旅程中产生的，是情爱和大爱的诗意升华，展现的都是真情实感，奉献的都是爱的乐章。俄国哲学家、文学评论家别林斯基在《智慧的痛苦》中写道：“诗人用形象来思考；他不证明真理，却显示真理”。愿永明的爱情诗用形象所揭示的爱的真谛能给人们以珍惜爱的启迪，用真情所展示的爱的伟大能给人们以追求爱的鼓舞。

（作者是中国诗歌学会会员、中华诗词学会会员、中国现代作家协会会员）

诗缘　情缘

——随谈胡永明诗歌创作

舒爱萍

永明从少年时代起就一直酷爱诗歌，从青年时代起更立志成为诗人。我和永明相识始于诗、相知益于诗、相爱缘于诗、相伴乐于诗，真可谓是“诗缘”“情缘”。

我和永明相识始于诗。记得我17岁那年（1975年）初夏的一天，我在朗读叙事长诗《草原英雄小姐妹》，永明听到后主动过来与我交谈，我们就这样相识了。永明刚满18岁，中等个子，脸庞英俊，穿着白衬衫、蓝裤子配双白跑鞋，看上去青春干练、富有朝气。他钟爱诗歌，经常与我谈论诗歌，还给我看他写的诗。他有一首《中学毕业前夕与同学涉海滩》的诗是这样写的：

迎霞挽手下鄰滩，
沙厚风狂作笑谈。
晃晃相搀一步步，
齐观乳燕逐征帆。

这首诗是他17岁时写的。从中，我看到了他迎难而上的勇气和乐观向上的志向。我们是在相识多年后才开始恋爱的。永明写的《热恋》，把我们在一起谈诗的情形反映了出来：

折柳说竹马，
荡舟论古诗。
林中迷恋处，
月起不觉迟。

我和永明相知益于诗。可以说，我是读着永明的诗成长的。在他的言志诗里，我看到他有着纯净的心灵和高尚的人格。永明在《二十周岁自勉》中写道：

感叹二十贡献少，
幸有数倍在后头。

他在《假如》中又写道，假如我是昙花、流星，我将乐于一现、一闪，只要芬芳能沁人肺腑，只要光芒能照人心坎。这些诗句，不仅是他做人的准则，也引起了我强烈的共鸣，因此常常激励和鞭策着我们共同努力学习和工作。

通过他的诗，我们不断增进相互间的了解。永明写过一首《盼望》的诗表明了他的心迹：

手中带露的山花，
何时插在你云鬓上？
眼前映霞的湖中，
何时荡起我们的桨？

远来的一个个姑娘，
已使我一次次失望！
欢快的一对对游客，
仍使我一回回遐想……

我谱了曲附在信中回应了他。后来，永明又写了一首《桂花》送给我，其中后两联是这样写的：

玉容虽不艳，
天馥已无双。
花俏难长久，
圣洁千古扬。

我知道他不仅已经懂我、了解我，而且赞赏这样的美。特别是最后两句，我们的想法是那么的一致。永明每写好一首诗，都急着听取我的意见，可以说，他写的诗，都凝聚着我们的共识。

我和永明相爱缘于诗。我们爱诗，使爱情充满了诗意。我们有好多年都相距很远，当时没有电话，更没有手机和计算机上网，只能通信联系。为此，永明写了《你的每一封来信都使我狂喜》：

我是这样爱你，
你的每一封来信都使我狂喜；
我是那么痴心，
字里行间总能看到可爱的你。

从你秀丽的字体里，
我看到了你的月貌花姿；
从你温柔的话语里，
我看到了你的忠贞不移。

从你幸福的追忆里，
我看到你少时挽裙戏溪；
从你美好的憧憬里，
我看到你穿着新娘盛衣。

每每收到他写的思念诗，我都能体会到他的深情厚意，很是感动，也更增添了我对他的爱恋。而这首《给远方的至爱》，更让我深信，我们俩不仅都是初恋，而且能够成为相依、相爱一辈子的终身伴侣。他是这样写的：

你远在天涯，
就像明月挂在天际，
你在我心里，
就像明月映在水里。
我的祝福是清晨的鸟鸣，
为使你快乐千啭百啼；
我的召唤是黄昏的轻风，
留恋地牵起你的罗衣；
我的相思是不尽的流水，
长年缠绵在你的住地；
我的情爱是不落的太阳，
环绕着你永远不会偏离。

除了自由诗，永明用新风诗、新律诗写的爱情诗也是那么情深意切、富有韵味。他有一首《一见钟情》的诗中间两联是这样写的：

对诗巧露鸳鸯意，
通信直说郎女心。
柳下握别云落泪，
山间笑语水弹琴。

他写给我那么多深情而浪漫的情诗，让我体会到爱情的甜蜜与幸福；他的真情深深打动了我，让我得到了人世间真正的爱情。

我和永明相伴乐于诗。和诗人一起生活是快乐的。永明善于发现美、表现美，在他看来中国就是一个诗意国度，人生就是一首诗。

永明一直充满着激情，常常读诗、写诗，作品很多，却没有一首是雷同的，都很有新意和创意，常能令人感到意料之外、情理之中。如他写的《上海三菱电梯试验塔遐想》，想象力非常丰富，写得既符合实际，又很有气势，让人出乎意料，却是真实情况的生动写照：

你是正在腾飞的超级火箭，
鲜红的旭日见证你的上升轨迹，
漫天的朝霞就是你的磅礴气势，
更高更快更大更新不断刷新你的业绩。

永明注意兼收并蓄，厚积薄发。他的诗既有古风，也有欧风，更有时代精神。如他写的《夹竹桃》带有古典风韵：

茎似竹兮叶如柳，
花赛桃兮香逾酒。
红霞艳兮白雪灿，
英缤纷兮展灵秀。

他写的《让我们到野外去游玩》巧妙地融入了匈牙利著名诗人裴多菲的诗句：

让我们的生活比牡丹花更美，
让我们插上金凤凰的翅膀，
“我们无须等候死亡，
我们要活着飞上天堂！”

他写的《赞公交司机刘银宝》，讴歌了刘银宝在生命垂危之际以自己的实际行动彰显出的“乘客利益高于天”的崇高精神和人间大爱：

途中突发脑出血，
安全靠边乘客保。
手握脚踩刹车器，
危难时刻显崇高。

永明既有现实主义情怀，又有浪漫主义色彩，想象力非常丰富，勇于传承发展，写出来的诗形象鲜明生动，令人过目

难忘。如他写的格律诗《太湖晚景》：

远山衔落日，
湖水吐余晖。
渔火芦边闪，
潮声月下回。

这首诗的每一句都是一幅画，令人在看到类似的情景时，马上就会联想到这样的诗句，有时还会不知不觉地念出来。在他笔下的《郁金香》是：

一支擎玉杯，
万朵展云毯。

我到上海鲜花港和其他地方看到过许多郁金香，感觉很美，就像永明诗句里描写的那样，我真为他的诗句拍案叫绝。而永明写的《华山》又特别富有浪漫主义色彩：

攀崖揽月走峭壁，
登顶摘星游云天。
黄河披霞献哈达，
秦岭戏雾舞蹁跹。

永明的诗虚实相生，言近旨远，读来很有新意，而且会有常读常新之感。如他写的《绣球花》：

百花相聚簇成球，

绚烂馨香满院收。
适应土壤多变色，
酸蓝碱赤显春秋。

这首诗的最后两句，可以从不同的角度和层面去理解。从字面上来看，绣球花的颜色是由土壤的酸碱度决定的，土壤偏酸性，花就变蓝色；土壤偏碱性，花就变红色。进一步理解，绣球花是非常能适应环境的，不管土壤是怎样的酸碱度，它都会随着环境的变化而变化，做到适者生存。再从更深层次的哲理上来思考，我们看问题应透过现象看本质，就像看绣球花不能光看花是蓝的还是红的，关键要看到导致蓝和红的根源是什么，这样我们就能把握事物的规律，从而驾驭事物，如通过改变土壤的酸碱度，来改变绣球花的颜色。这首《绣球花》的诗可以引申出很多的道理，耐人寻味。

永明写诗，以意为上，不以词害意。他写过一些新律诗，也写过不少自由诗，但他更偏爱新风诗。原因是，新风诗有格律诗的整齐与凝练，而在节奏上、用词上比格律诗更加自然并富有变化，不仅每首诗都有自己独特的韵律和韵味，而且能更好地实现最佳词语的最佳排列；虽然在抒情上略逊于自由诗，但比自由诗易读、易记、易用，特别是更加符合汉字的特点，能够把汉字字数、句数、对仗、多义等优点发挥到极致。他不论是写新风诗、新律诗，还是写自由诗，在诗的形象上、用词上都是非常注意推敲的。记得他写的那首《善卷洞》第二联：

砥柱峰寒狮象凝，
云雾洞暖荷花开。

其中“砥柱峰寒狮象凝”的“凝”字最初为“僵”字，因“僵”不美，改为“冰”字，又因“冰”是固定不动的并且不能与“开”相对应，才改为现在的“凝”字。“凝”字好在比较雅，是动态进行中的，并且凝结起来与下句“开”所表现的开放出来对得很巧妙。但就最初用的“僵”字，直到现在改为“凝”字，时间已经整整过去了 32 年。

永明在诗歌领域中仿佛已从必然王国走向自由王国，人们熟悉的事物，到了他的诗里就改天换地、活灵活现起来。如他写的《亚龙湾》：

蓝天落地惠玡琅，
碧海升空罩四方。

竟把海写成天，把天写成海，多么惊人的想象力，多么神奇的灵感，真是海天“一色”了。他写的《七夕节祝愿》：

天帝变慈父，
郎女得幸福。
鹊桥助相聚，
花屋供同住。
银河齐沐浴，
玉宇共信步。
七夕来祝愿，
情人成眷属。

用美好的想象，使我国古代神话故事情节有了一个旧貌换新颜的颠覆性发展，织女的父亲天帝从每年只许女儿与牛郎相会一次的恶父变成了疼爱女儿的慈父，牛郎、织女终于可以永远生活在一起相亲相爱了。更为巧妙的是，诗人在这首小诗里表达了双重祝愿，在祝愿牛郎、织女得到幸福的同时，还通过牛郎、织女在七夕节祝愿天下有情人都能终成眷属。他写的《雨后》：

我想那王母挥出的一河波浪，
已在春雷声中倾入长江；
我想那雨后明丽的蓝天上，
牛郎织女正悲喜异常；
我想那轻盈的流霞，
定是前去祝福的六位仙娘；
我想那神奇的彩虹，
定然通向他们富丽的天堂。

同样通过想象，将另一个版本关于牛郎、织女的传说故事发展出一个美好的结局。

我问永明为什么那么迷恋诗歌，他说：诗能比其他文学体裁更简洁明快、淋漓尽致地表达思想感情，而且可以点石成金，使平凡事物富有神韵，使我们更加热爱生活。每当我看到永明写出新诗，总会兴奋不已。有时，我在单位的班车上，也会接到永明用短信、微信发来新写的诗，那一天我就会觉得更加快乐、更加充实。

我想，永明的诗歌应是诗坛上一朵永远盛开、美丽动人、色泽鲜艳、芬芳四溢的鲜花，但愿它的魅力能给读者带来欢快与共鸣。在如今生活节奏太快的岁月，朋友们不妨来读诗、写诗，因为诗短小精悍、易读易记，所以最容易发扬真善美。让我们在生活中发现诗意之美，让我们的生活像诗一般的美。

（作者是中国诗歌学会会员、中华诗词学会会员、中国现代作家协会会员）

第二集

书评

在胡永明《诗歌创作手册》研讨会上的发言

吴欢章

胡永明同志写《诗歌创作手册》是下了很多功夫的，作为公安战士在业余时间写出这样的《诗歌创作手册》是很不容易的。现在，我们很多专业搞诗歌理论的同志好像无暇顾及这种普及性的东西，而现在我们倒是最需要这样的东西。为什么？大家都知道，现在，民间写诗的人很多，全国民间诗社、创作者不晓得有多少，读诗的人也很多，尽管说诗歌有点边缘化，相对而言，中国读诗的人加起来，不比欧洲一个小国家的人少。但是，我们这些民间参与写作的业余作者有一个问题，他们有丰富的生活也有丰富的感情要表达，但在诗歌的理论知识方面是比较缺乏的，所以很多的民间诗人也读过一些诗人的作品，很长时间，三年五年，总是在一个台阶上跳舞，就没有很显著提高，这恐怕与他们理论素养的缺乏是有一定关系的，不是说完全是这个原因，但这恐怕是一个原因。所以，要普及我们的诗歌、普及诗歌的创作，要提高群众性的诗歌创作水平，提高业余作者的理论素养是一个很重要的问题。而胡永明同志的《诗歌创作手册》正适合了当前中国文化的需要，这一点上应该要指出的。胡永明同志的《诗歌创作手册》出来以

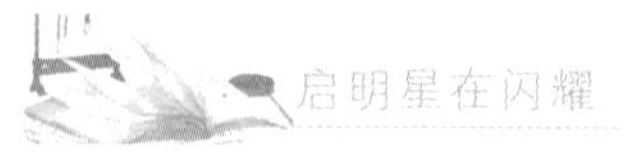

后，我也发现，很多研究诗歌的人也很有兴趣。潘颂德同志，上海社科院的，研究诗歌几十年了；葛乃福同志，复旦大学中文系的，也研究诗歌几十年了，他们两位就为了买这本《诗歌创作手册》，跑到上海辞书出版社去没买到，又跑到上海作家协会的上海作家书店才买到。这就说明民间的诗歌作者、专业的诗歌研究工作者、关心群众诗歌创作的人对这本书都很有兴趣。民间写作的、研究诗歌的人在这一点上，应该向胡永明同志学习，应该感谢他。

关于胡永明的《诗歌创作手册》，我看得也很匆忙，最近杂事特别多。它包括两个部分，一个是《诗歌艺术》，一个是《通用规范汉字诗声韵》。我就《诗歌艺术》部分讲一点想法。《诗歌艺术》包括六个部分，从诗歌总论一直到诗歌技巧，我觉得，有三个特点，或者说有三个优点是应该肯定的。第一个特点，简明扼要。他对诗歌的各种各样的知识跟表现技巧用条目的方式来表达，简明扼要。一般的特别是初学写作者或者诗歌的一般的读者容易掌握。因为现在我们有些学院派的写作，我虽然是大学的，说老实话，我对学院派的写作是不怎么喜欢的。高头讲章，但是很脱离实际、很脱离群众。而胡永明用条目的形式对诗歌各种各样的知识作理论的解说，一般的读者、一般的作者容易掌握。第二个特点，它有诗歌的实例，跟理论讲解结合起来，这也是一种特点。一方面，诗歌实例可以印证理论的解说，对理论的了解可以更具体化。另外，学习诗歌的人，从理论与实践统一的角度、相结合的角度，容易操作。第三个特点，它有全面性。《诗歌艺术》包括了很多部分，知识的覆盖面相当大。而这些知识是一般的作者和一般的读者都缺乏的。我觉得，把全面的知识给一般的作者、一般的读者还是需要的。这个特点也应该提出来。

我记得当年，我们也搞过诗歌辞典等等，一般都是集体搞的，有主编副主编，有很多作者，而胡永明一个人之力来完成这本《诗歌创作手册》，我觉得是很不容易的，而且他是业余进行的。我觉得这本书对一般的诗歌爱好者和群众的写作者是很有帮助的。因此，我想，这本书应该让它发挥更大的作用。在发挥更大的作用之前，这本书可以再版，我希望能够出修订版。我觉得，从目前情况来看，这本书要修订的空间还是比较大的。我一点不否定他的基本成绩，但是，有些东西提供胡永明同志参考。

第一个问题是准确性的问题。对一般的读者和一般的写作者来讲，对理论知识的介绍要准确，这点太要紧了。因为，他们的知识一般不是太丰富的，判断能力也不是很强的。这个时候，你讲得对，他也听你的；你讲得错，他也听你的。这样的话，你如果讲得不准确的话，有时候就会造成很多消极的东西。当然，胡永明同志这本书总体上是准确的。但是，还有些修订的余地。

第一，理论解说的准确性。这点也很要紧。因为你用条目的形式，篇幅很短，字数很少，你解释得正确不正确、完整不完整，效果大不相同。我随便举几个例子。

比如说，在诗歌总论中，讲到中国诗歌的发展方向，他是这么写的:“诗歌的发展方向是在民歌基础上，通过古为今用时代化、洋为中用本土化，以完善、推广新风诗、自由诗带动诗歌繁荣、发展，创作出无愧于我们民族、时代的优秀作品。”这概括大体不错，但不完整。因为毛泽东提出在民歌和古典诗歌的基础上发展新诗，而且要借鉴“五四”以来新诗的经验，也要适当借鉴学习外国的诗歌。所以对诗歌的发展方向要概括得完整，因为这是一个大的问题。中国诗歌到底向什么方向发展，这是一个定性的问题、定调的问题。所以，我觉得这种解说还要力求完整化、完善化。

我再举个例子，比如说，讲到旧诗和新诗这两个概念，他是这么写的："旧诗、新诗都是普遍概念。现在单独概念的所谓新诗原称白话诗，现称自由诗。"就对新诗的概括，原称白话诗，现称自由诗，这个概括就不够准确。因为"五四"以来的新诗，包括自由诗，是主体，但也有半格律体，也有格律体。而且将来这个新体诗歌应该包括新体诗和旧体诗两大部分，两者比翼齐飞。所以这种概括一定要准确。新诗不完全是自由诗，大量的是半格律体，四句一节，双句押韵，"五四"以来是最多的，不比自由诗的数目少，还有格律体。

我再举个例子，比如说，评判诗歌的标准，他是这么写的："衡量诗歌质量优劣的标准是思想性、社会性、艺术性相统一。"大体也不错，不过一般提到评判诗歌的标准没有提社会性，因为思想性就包括社会性了，一般提思想与艺术的统一，正确的内容与完美的艺术形式的统一。这样，这里面也有一个准确性的问题，因为作者很关心，好诗、坏诗的标准是什么？所以我们在这方面要考虑得比较周到，要精确一点。

我再来举一个例子，诗歌意象，胡永明同志是这样解释的："诗歌意象，是作者在诗歌中创造的舍弃具象、代用概念来唤起读者审美情感的艺术意象。"这个概括得不准确，因为诗歌意象是又形象化又抽象化，他不是具体形象，但不是用概念来反映现实。搞错的话，用概念来反映社会，这就不准确了。

胡永明提到诗歌境界、诗歌意境，王国维在《人间词话》中是提境界，以前的许多诗话、词话都是提意境，两者，我认为，其实是一个东西。把这两者分开的话，你对境界的解释就解释不清楚了。所以，诗歌意境和诗歌境界可以合为一个。这样就比较准确，这是中国美学名词的发展。所以，我觉得在理论解说方面一定要准确。在这方面还有空间，供胡永明同志参考。

第二，命名的准确性。也很要紧。胡永明在这里面有许多新的命名。有些命名是好的，是准确的，也是新颖的，但有些比较含糊，有的不够准确，这个问题也要注意。我也举些例子。

新风诗，我理解这个意思，但是不是用新风诗这样一个名称来概括，恐怕这个问题值得考虑。

书中还提到中风诗，跟中风词，这个提法恐怕要推敲一下。毛泽东在关于词的风格一封信中说，我是偏重豪放，不废婉约。他引的范仲淹的那首词大概属于中间派，他是用幽默的口气讲的，介于婉约与豪放之间，他不是科学的定名。胡永明是不是从那里得到启发，定了中风词，跟中风诗。恐怕这个概括不是很准确，至少是不明确。

这里面还有很多，像褒贬诗、书面歌谣。这些提法都不是很精确的。

我是从精益求精的角度来苛求的。

第三，分类的准确性。刚刚，张斤夫同志的意见，我基本上是同意的。因为知识面牵涉得很大、很全面、很细致，这是胡永明下了很多功夫的。但是，我总感觉到，不要太细，不要太琐碎。因为太细，束缚住了，反而，他不晓得怎么写诗了，他对号入座就麻烦了。这里面有一部分诗歌的分类，分类的标准就不统一，有的从内容，有的从篇幅，有的从风格。这样，给人感觉比较杂乱。而且，我觉得不要太细了，主观的、客观的。太细了，反而让读者有无所适从的感觉。这点，是不是希望注意。

这就是准确性的问题，一个理论解说的准确性，一个命名的准确性，一个分类的准确性。

第二个问题是诗歌实例选择的代表性问题。这个问题也请胡永明同志进一步去斟酌。

比如，在诗歌总论中，他用的是范例，旧诗范例是什么，新诗范例是什么。旧诗范例，有的是对的，有的不一定是有代表性的。特别新诗的举例啊，“五四”以来的名诗是很多的，包括到当代，引的都是好诗，都不坏。但是，作为范例来讲，恐怕远远不够。所以，我觉得在诗歌总论中，旧诗的范例、新诗的范例一定要选择名诗，经过时间考验的，经过历史淘冶的。一般性的好诗尽量不要作为范例。

另外，有些新诗范例，解说上有些不准确。如叶剑英《八十抒怀》，就是“满目青山夕照明”这一首，作为新诗范例，这是旧体诗，七律，它是旧体诗，它不是新诗。还有赵一曼的那首诗，它也是律诗，它也是旧体诗，但作为新诗范例，就有点不准确了。

所以，这些问题，希望能够注意。

总而言之，胡永明同志这本书，我是肯定的。现在，科学院也开始重视“科普创作”，这是“文普创作”。而现在我们很多的理论工作者对这个东西并没有花功夫，甚至没有在视野之内。而胡永明同志看到这一点，看到群众的需要，看到时代的需要，自己挺身站出来写，我觉得这是很不容易的。我举了很多例子，并不是说它问题很多，而是提供他精益求精的考虑的空间。

刚才，是张斤夫同志，还是哪位同志提出来的。我觉得，再版的时候，至少要有两篇好的序言，一篇专门关于声韵的，请声韵专家来写；关于《诗歌艺术》部分，也要请一位名家来写。因为诗歌创作不能对号入座的，不能像鲁迅讲的作为秘诀之类的东西，要活学活用的，要灵活对待，要作为参考的。所以，序言要起这个作用，如何读这本《诗歌创作手册》，如何应用它。如果这点弄得不好，他写诗，对号入座，那麻烦了，把灵感都束缚住了。有两个好序。而这本书，我觉得，应该修订再版。这一点，向辞书出版社提个建议吧。

（作者是中国作家协会会员、著名作家和文学评论家）

写诗的工具书

曹正文

由胡永明编著的《诗歌创作手册》已由上海辞书出版社出版了，这为写诗的朋友带来一部有益的工具书。

记得五十年前，我也在学写诗，当时读的是王力教授的《诗词格律十讲》与《诗韵新编》。读了这两本书，我知道了平仄、压韵与写诗的修辞方法。有了这几本小书，对我领悟唐诗宋词的精华，有了很大启发。

今天，胡永明编著这本工具书，既详尽介绍诗歌的类型、形式与修辞技巧，又提供了汉字诗声韵，对写诗爱好者提供了很大方便，尤其是对有志于写旧体诗词者，更为重要。

中国是诗的天国，从《诗经》到汉乐府，从唐诗到宋词、元曲，中国的诗歌艺术有几次腾飞。1997 年我赴瑞典参加诺贝尔奖颁奖仪式时，著名汉学家、瑞典皇家科学院院士马悦然教授就赞誉:“中国人有不少值得骄傲的地方，唐诗便是全世界最优秀的文学样式之一。”

（作者是中国作家协会会员、著名作家和文学评论家）

诗意·诗眼·诗品

——读胡永明《诗歌创作手册》

张文贤

自古有“诗无达意”之说。但是，诗歌作者总是为了表达某种意愿、感情或志向，所谓“诗言志”就是这个道理。因此，无论古诗或新诗，都有意念、意向、意气、意趣、意想、意象和意境。或曰诗意。可以说，诗意就是诗歌的灵魂。

诗歌怎样才算美?

胡永明在《诗歌创作手册》中对诗歌标准这样写道:“衡量诗歌质量优劣的标准是思想性、社会性、艺术性相统一。思想性标准是：以真鉴史，以善修德，以美爱国，以廉清风。社会性标准是：以情感人，以志励人，以智慧人，以趣怡人。艺术性标准是：以词美诗，以音谐诗，以神凝诗，以意兴诗。”由此可见，尽管由于读者有不同的生活经历或文化背景，可能对同一首诗歌有不同的理解，但是，诗歌的境界和意境却是客观存在的。所以，诗歌区别于其他文体，最重要的在于必须有诗意。没有诗意就不成其为诗歌。散文分行或者文字堆砌绝对不是诗。

徐太尉写道:“我诗有生气，须人捉著，不尔，便飞去。”这里的“生气”应该是诗歌的精华。这个精华正是诗歌生命

力的核心。于是我联想到《诗歌创作手册》中的“诗眼”。他说：“诗眼是一首诗中最能体现全诗主旨的关键诗句或词语。”他还列举了王安石的《泊船瓜洲》中“春风又绿江南岸”的“绿”字和毛泽东《七律·长征》中的“红军不怕远征难，万水千山只等闲”为诗眼的范例加以说明。我们知道，诗歌艺术如同绘画，需要画龙点睛。凡是经得起历史检验，千百年来在民间传播的诗歌，一定有诗眼，成为千古绝唱。

诗歌作为文学作品的象牙宝塔，应该具有真善美的特征。古今中外，概莫能外。我国古代就有梁·钟嵘的《诗品》，全书共品评了两汉至梁代的一百二十二位诗人。计上品十一人，中品三十九人，下品七十二人。他提出“诗品二十四则”：雄浑、冲淡、纤浓、沉着、高古、典雅、洗炼、劲健、绮丽、自然、含蓄、豪放、精神、缜密、疏野、清奇、委曲、实境、悲慨、形容、超诣、飘逸、旷达、流动。这里，主要是讲艺术性，但是也包含了思想性和社会性。比如，自然，精神，实境，飘逸，就是真善美的具体体现。

《诗歌创作手册》可以说是《诗品》现代版。

（作者是复旦大学教授、博士生导师）

诗歌创作的学问

——读胡永明《诗歌创作手册》

朱渊澄

一提到文学，诗歌、散文、小说、戏剧，四大板块就在眼前毕现。在我们古老中国，其实诗歌可以算是文学的源头。一部《诗经》，收录了西周初期到春秋中期（公元前1100-600年）的诗歌305首，都是公元前千把年的事情；难怪中国文学的排序，是从诗经、楚辞、先秦散文、汉赋，到唐诗、宋词、元曲以至明清小说，构成了几千年中华文化的历史长卷。

中国的读书人，未必都能说出几个古代散文家的名字，但一说起李白、杜甫、白居易，几乎是无人不晓；他们的诗句：床前明月光，八月秋高风怒号，离离原上草，可以脱口而出。中华文明的生生相息，就在于这亿万人口吟诵的诗篇，心口相连。我想，全球华人的凝聚力，绝对和华夏诗人群体发挥的作用有关……

流传千古的诗章不少，却也不多。面对“文无定法，神而明之”的困惑，难道写作真的没有什么规律、方法可寻？读到了胡永明先生的《诗歌创作手册》，解决了我心中一大半的疑问。

《手册》的第一编是《诗歌艺术》。就对诗歌的认识而言，

《诗歌艺术》让我们明白：原来诗歌是可以这样定义和分类的；原来诗歌有这样一些形式、功能、要素和优劣标准；原来诗歌的美和价值，是由其境界和意境决定的。

就对诗歌的写作而言，《诗歌艺术》让我们明白：诗歌的形象、思维、感情是如何表述的；诗歌的构思、结构和哲理是如何体现的；诗歌的语言、诗眼和妙语是需要如此这般讲究的。

就诗歌的技巧而言，《诗歌艺术》让我们明白：修辞的技巧有 40 种之多；而在诗歌的构思技巧中，“以小见大，超越时空，虚实相生，动静相宜”等方法，扩大了诗歌的内涵，开阔了作品的视野。

《诗歌艺术》更妙之处，是在概念名词的后面，有优秀的诗歌范文来做例证；而优秀范文选择面之广，有时候出乎想象。

比如，40 种诗歌修辞方法中的“第 29：变形”，在解释了“变形是有意突破规范运用语言、违反常规组合语句，使表达更亮丽、更灵动、更幽默，并增强风韵、情趣、新鲜感的修辞方法”之后，选择的诗歌范文，竟然是林徽因的作品《深夜里听到乐声》……

再如，修辞方法“第 26：反语”，选择了明朝吏部尚书魏骥的《老态诗》作范文。诗中把自己的年老多病调侃个够，“耳聋眼黯牙根蛀，腿软腰疼鼻泪多”，然而，这位敢于调侃自己的吏部尚书，却活到了 98 岁高寿哦。

凡此种种，趣味横生；不读不明白，读了才明白，呵呵！

《手册》的第二编是《通用规范汉字诗声韵》。这是一部继南宋《平水韵》、清代吴县戈载《词林正韵》、近代《中华新韵》之后的又一部新的韵书。正如作者所言，已有的三部韵书，都对我国诗歌事业的继往开来发挥过重大作用，但是随着语言文字的不断发展，不适应的问题也越来越有所显现。由是，作者创编了这部《通用规范汉字诗声韵》，希望以此填补现有韵书的不足。我们有理由相信，新的韵书一定会在实践中发挥它的作用，体现它的价值。

创作是一门学问，也就是“写作学”，它对初学写作者的重要性不言而喻。但不知道为什么，写作学的著作少而又少。胡永明先生《诗歌创作手册》的问世，不仅仅是诗歌写作爱好者的福音，应该也会引起写作学研究者的重视，从而在散文、小说、戏剧领域里，更多地出现写作研究的著作，让文艺青年和爱好者们得到更多的教益。这应该是《手册》问世的另一层积极意义吧！

（作者是上海市创意产业协会创意旅游专委会主任）

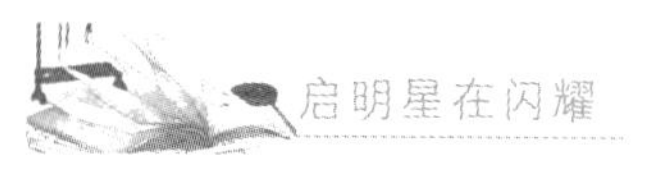

关于胡永明的《诗歌创作手册》

张斤夫

看了这本书很感动：一是作者的写作勇气。作者是一位在公安战线上的业余作者，却写出一部将近二十万字的诗歌创作著作，体现了不怕困难、勇于担当的“公安”精神，令人钦佩！二是作者的钻研精神。这样一部著作，即使是专家、学者、教授，也要花费相当的精力、几年时间才能完成。永明同志破除迷信，在繁忙的日常工作之余，看了很多书，融合了大量参考材料，短短几年就写完了。这种精神，很值得我们学习。三是作者关于诗歌写作一些观点、体会，比如诗歌的要素、技巧和修辞等等，既是诗歌创作的普遍规律，也融入了作者自己的经验体会，十分可贵，不仅业余作者可以从中学到很多东西，也值得专业作者借鉴、参考。

感觉是，本书的定位还不够清楚，重点还不够突出。是关于诗歌的工具（百科）书？还是指导诗歌创作的书？我认为，既然是“创作”手册，不必面面俱到，而应多收集一些有关创作方面的理论、经验、体会，特别是作者自己在诗歌创作方面的经验体会，更好地指导创作。希望定位更清楚些，分类重点更突出些，对词牌、词谱和举例的介绍更详细些。

（作者是中国作家协会会员、《上海文学》资深编辑）

通往诗国的铺路石

——读胡永明的《诗歌创作手册》

张谷平

读了《诗歌创作手册》受益匪浅。作者做了一件很有意义的事：编了一本可以全面了解诗歌艺术，又有一定实用参考价值的综合工具书。在众多文友出版的著作中，这本书确实可说是别开生面的佳作。

综合起来，创作手册大致有以下三个特点：

一、全面系统。创作手册分二编十二节。第一编《诗歌艺术》是有关诗歌的鉴赏创作理论。第二编《通用规范汉字诗声韵》，解决创作时所需的选字、用韵、押调、平仄等实务。以第一编首节诗歌总论为例，作者又分了十点：从诗歌发展、定义形式直到诗歌标准、境界、意境。这把中国诗学中最基本、最主要的知识都包容进去了，方方面面、自成体系。

二、简明扼要。诗学的内容繁复庞杂，要详细介绍是有困难的，因此只能简单扼要说要点，但是简单也须明了，因为太简单了，说不明白，也达不到目的。以诗歌发展为例，讲诗歌的发展史就简明扼要：“诗歌产生于原始社会，是最早的文学形态，历经奴隶社会、封建社会、半封建半殖民地社会，发展到社会主义社会，源远流长、博大精深、魅力无穷。诗歌起

源于劳动，脱胎于劳动号子，开始于民间歌谣，发展于文人诗歌，繁荣于唐诗宋词，复兴于现代诗歌。”知识点的概念准确，表述明晰。

三、实用性强。全面系统，简明扼要就是为日常检索服务的。作者别具匠心地把理论概述结合诗选实例，也是为了方便读者理解、参考、模仿而服务的。至于第二编《通用规范汉字诗声韵》，其中有不少作者开拓创新的心血，更是实用的宝典。

总之这本书基本上达到了作者预期的目的：既可学习诗歌的知识技巧，又可查到诗词格律中的诗谱、词谱，解决声韵用字问题；既可开拓眼界，读到名家精品力作 230 多首，又可受到启迪，拓宽创作思路。它适合的读者群很广泛，对大中学生，诗歌爱好者，语文教师，都是一本不错的综合工具书，是一块名副其实的通往诗国的铺路石。

最后为锦上添花，还有二点建议：

1. 手册中有 230 多首例诗，我意还可三言二语精要评点，使人看出优点所在，不少人还一下悟不出。

2. 书名既然叫《诗歌创作手册》，那就应加一节“诗歌创作”，专讲创作要点如学习、积累、苦吟、炼字、修改、常见弊病。弊病有：晦涩、说教、一览无余。帮助初学者摈弃图解政治、罗列现象的快板顺口溜，那岂不更实用了吗？

（作者是金秋文学社社长、《金秋文学》杂志主编）

关于《诗歌创作手册》之三言两语

宋海年

胡永明的《诗歌创作手册》，无疑是一本关于诗歌艺术和汉字诗声韵的工具书。对这本书的种种论述，刚才诗界的专家学者诗人已有真知灼见和专业论述。我不在高手面前狗尾续貂应该是明智之举。我想说的是，回顾一下这本书的文本目录以及给出我的一些建议。

《诗歌创作手册》的目录包括《诗歌艺术》和《通用规范汉字诗声韵》两大部分，加上前言、附录和后记，基本上符合一部工具书的特定编排要求。以第一编《诗歌艺术》为例，又分诗歌总论、诗歌形式、诗歌类型等六个章节。“诗歌修辞”条目凡四十例，包括了“比喻”“比拟”“对比”在内的诗歌修辞的绝大部分。在这里，我建议是否可以增加“比兴”“拟人”“白描”这几个条目。尤其重要的是“比兴”。比兴是古代诗歌常用的修辞方法或者说技巧。关于它对诗歌作用，无须我多言。至于“拟人”和“白描”，也是诗歌创作的常用修辞手法。

我的另外一个建议是，在六个章节之外，是否可以增加一个章节，即“诗歌流派”。《诗歌创作手册》通过对古今中外

的诗歌主要流派作介绍并配以实例，可以扩大读者和诗歌爱好者的艺术视野和对不同艺术风格的了解，进而对诗歌创作有借鉴和启发作用。我们知道，对一个区域或流域来说，创作有影响力的文学流派，那是要载入文学史的。如中国当代文学流派，有以赵树理、马烽为代表的山药蛋派，以孙犁、刘绍棠为代表的荷花淀派等流派。而对作家个人而言，如果在文学上形成了个人前无古人的流派，那就是那个流派的鼻祖或旗手。以诗歌为例，中国古代诗歌有十大流派，20 世纪上叶的中国，则有尝试派、湖畔诗派、新月派、七月派、九叶诗派等各大流派。欧美现代诗歌流派，则包括法国和德国的超现实主义，俄国的阿克梅派，意大利的隐逸派，英国的新启示派、运动派和火星派，美国的黑山派以及自白派等流派。当然，就诗歌流派来说，永明在“诗歌类型”的章节中已经注意到这个问题并有了部分介绍，如朦胧诗、抽象诗等等。

诗歌流派对诗歌创作尤其是有志于诗歌探索的诗人，其意义在于拓展了诗歌艺术的多样性可能，丰富了诗歌创作的多元化表达。从这个角度说，诗歌流派重要性甚至超过了诗歌艺术的其他章节。

建议三：关于平仄的范例。《诗歌创作手册》把平仄归纳在第一编“诗歌艺术”中的“诗歌形式”章节“新律诗”“新词”内。我建议把关于平仄的内容放在第二编中。理由有三：一、第一编《诗歌艺术》，所有的条目阐述都简明扼要，唯独“新律诗”“新词”条目体量庞大，风格或者规格上不统一；二、把平仄同声韵放在一起，从体例上说，可能更规范；三、便于读者检索。

综上所述，如果《诗歌创作手册》再版的话——我在这里插一句，目前中国诗歌圈内圈外，诗人、准诗人以及诗歌爱好者人数众多，大量的民间诗社、校园诗社、网络诗社、诗歌协会、诗歌朗诵协会以及微信诗歌群，让中国的诗歌运动呈大跃进之势。在这个背景下，永明的《诗歌创作手册》适逢其时，只要加以宣传和推广，市场前景看好。因此，《诗歌创作手册》完全有再版的可能。再版时，是否可以把建议中合理的部分增加进去或作相应的调整。

这些建议，仅供永明参考。

永明是诗歌创作和诗歌理论比翼齐飞的诗人。我知道，除了本书外，汇集了他最新研究成果的《诗歌新论》即将出版。我们有理由期待永明在诗歌领域有更多的成果。

（作者是中国作家协会会员）

在诗歌王国中行吟　在诗歌天空里翱翔

——胡永明《诗歌创作手册》读后

张春新

与胡永明先生相识在张冠城诗歌研讨会上，会后翻开他的新作《诗歌创作手册》，大吃一惊：一位体育学院教育学学士、复旦大学法律硕士、上海市公安局农场分局政委，怎能创作出如此诗歌宝典？从《前言》《后记》中可以了解到作者创作的初衷：他的目的就是想为爱好诗歌的初学者提供“一本必备的工具书”，也希望读者将此书当做“取之不尽、用之不竭的宝藏，能够活学活用，提高鉴赏和创作诗歌的能力、水平、质量和效率”。作者的用心可谓良苦，他希望“能以其自身独到的艺术性和实用性，对推动我国诗歌事业的发展进步发挥积极作用”。其志可嘉，其雄心可点可赞。

我一页一页翻读下去，如行“山阴道上，目不暇接”，丰富多彩，缤纷难收。似乎遇到一位良师，会到一位良友，娓娓交谈，滔滔不绝，话如流水，收获良多。读后恋恋不舍，有感想体会，概括为四个方面：

一、条分缕析，罗列错落有致

从第一编《诗歌艺术》前三部分中，我深感作者化了很大功夫，从诗歌总论、诗歌形式、诗歌类型中，条分缕析，罗列得错落有致，分析得头头是道。如总论中，他从诗歌发展谈到诗歌定义，从诗歌形式谈到诗歌分类，从诗歌特点谈到诗歌内容，从诗歌功能谈到诗歌标准，从诗歌境界谈到诗歌意境。洋洋洒洒十二页的论述，仿佛把我们带到了诗的花园、诗的丛林，在诗歌王国里行吟，在诗歌海洋里游泳，在诗歌天空里翱翔。

在诗歌形式中，他对诗歌形式的分类那么详尽，从新风诗谈到自由诗，从新律诗谈到小诗，从散文诗谈到新词，从歌词谈到戏词，从贺词谈到民间歌谣，从书面歌谣谈到儿歌，从童谣谈到新风赋。林林总总，汇集分类为十四种，真让人佩服作者的细致和耐心。对于诗歌的形式，我们往往视之过眼烟云，熟视无睹，作者却孜孜不倦，始终如一追求。从他书后附录中看出，他参考四十六本名家著作和四个网站，付出的汗水多矣，所下的苦功深矣。这也应了一句名谚："世上无难事，只怕有心人。"

在诗歌类型中，他又将诗歌分为短诗、长诗，抒情诗、叙事诗等四十种，对每一种诗在开头介绍了它的涵义，并且都举例说明，加深了读者的理解和认同。以哲理诗为例，他定义为"是反映哲学道理为主的诗歌，多将抽象哲理寓于艺术形象之中"。他列举苏轼《题西林壁》为例：

横看成岭侧成峰，远近高低各不同。
不识庐山真面目，只缘身在此山中。

妙哉，以哲理融在山的形象之中，通俗浅显，深入浅出。这对诗歌爱好者是指点迷津，对诗歌品鉴者确实助上了一臂之力。

二、探幽入微，鉴赏掷地有声

作者在探讨诗歌要素中，共分了二十种。从形象意象到感情思想，从哲理语言到押韵声调，从体察灵感到思维想象，从虚构构思到结构立意，从典型风格到诗眼妙语。可以说对诗歌探幽入微，出神入化。诗的元素似乎从分子原子到了质子中子，甚至粒子了。

可贵的是在诗的要素探索中，他能一语中的，击中要害。比如诗的灵感，它确实是诗歌创作的主要动因之一，作者在自身基础、经历、处境等条件下，因受到外界事物的触发而“豁然贯通”，瞬间产生创作诗歌的神思妙想，实在是只能意会，难以言传。据说诗人郭沫若年轻时留学日本，灵感来时浑身颤抖，一吐为快，一气呵成。《炉中煤》《凤凰涅槃》等代表作，应看成长期生活积累、厚积薄发的成果。

在诗歌体察中，他写道：“是作者体验、观察生活以把最有生活特征、自身感受的事物逼真、深刻地再现出来的活动。”他举例诗人林子的《手》：“每个女人都有过／一双动人的手；／象嫩嫩的竹笋，／象白白的玉雕。//每个妻子也都有／一双神奇的手；／一刻不停地变出／全家老小的温饱。//每个母亲都会有／一双衰老的手；／人们已不想再看它一眼，／

她全部的美，已为爱而奉献……”多么平凡而深刻，多么形象而逼真，让你鉴赏，让你回味，咀嚼无穷。又如当代著名古文字学家高亨的《水调歌头·读毛主席诗词》：“掌上千秋史，胸中百万兵。眼底六洲风雨，笔下有雷声，唤醒蛰龙飞起，扫灭魔炎魅火，挥剑斩长鲸。春满人间世，日照大旗红。// 抒慷慨，写鏖战，记长征。天章云锦，织出革命之豪情。细检诗坛李杜，词苑苏辛佳什，未有此奇雄。携卷登山唱，流韵壮东风。”真是道出了心中快意，唱出了人间真情。体察妙处，字字句句掷地有声！

在诗歌修辞中，作者将诗歌元素进一步细化，他从警句、铺叙、夸张、比喻、排比、烘托、层递，一直到借代、转化、倒装、感叹等分为四十种。如此鞭辟入里，十分罕见。表明了作者“涉浅水得鱼虾，涉深水得蛟龙”的气概。

修辞确实是文学家区别常人的法宝。我年轻时读过一本修辞书籍，至今深印脑海。作家老舍善于对比，《我热爱新北京》一文，称老北京“刮风是香炉，下雨是墨盒子”，生动形象，令人难忘。作者在谈到诗歌技巧中，特别提炼出修辞技巧，点到了诗穴，令初学者大开眼界，也使爱好者潜移默化、触类旁通。善修辞者可以达到炉火纯青的境界。如“象征”是用其他相似、相近的具体形象隐喻、暗喻所要表现的事物、事理，使抽象概念形象化，深刻事理浅显化的修辞方法。作者挑选了诗人舒婷的《致橡树》：“我如果爱你——/ 绝不像攀援的凌霄花 / 借你的高枝炫耀自己；/ 我如果爱你——/ 绝不学痴情的鸟儿 / 为绿荫重复单调的歌曲；/ 也不止像泉源 / 长年送来清凉的慰藉；/ 也不止像险峰 / 增加你的高度，衬托你的威仪。……我必须是你近旁的一株木棉，/ 作为树的形象和你站在一起。/ 根，紧握在地下；/ 叶，相触在云里。……”象征多么贴切呀，荡气回肠，如同山泉，千流百转，打动读者的心，唤起读者的情。举例得当，令人口服心服。

三、规范声韵，汇编纠错有责

创编《通用规范汉字诗声韵》是必要的。正如作者在创编背景中所言：必须按国务院公布的《通用规范汉字表》和全国人大公布的《汉语拼音方案》等规范，编用符合国家通用语言文字标准的韵书，来取代已经过时的《平水韵》《词林正韵》和需要更新的《中华新韵》等韵书。这里表现了作者的敏锐观察力，围绕中心、服务大局的思想，也表现了作者拓宽视野、改革创新的与时俱进观念。《通用规范汉字诗声韵》分为主表、辅表两个部分。这套诗声韵，一是选字具有权威性。主表、辅表均以国务院公布的《通用规范汉字表》为准，共有8105个字头，加上多音字分列后，共有9056个字次；二是韵部具有科学性。主表基韵划分韵部，坚持三条标准；三是体系具有实用性。适用于各类诗歌体裁，适用于诗歌创作中所需解决的用字、押韵、平仄等与汉字、声韵有关的全部问题。同时，我们还可以看到这套诗声韵体系设计具有独创性，韵部划分具有独创性，声韵标注具有独创性。这真是一部选字纯净、注音规范、体系完备的宝典，对于诗歌初学者是一盏指路明灯，对于诗歌爱好者是一位良师益友，对于咏唱的诗人是必备的工具和手册。

四、融会贯通，和唱声声有情

这本手册汇集了古今中外160多位知名诗人呕心沥血之

作，有 230 多首诗歌和大量的警句佳句，犹如恢宏的交响曲，也似诗歌大联唱。可贵的是作者把自己写的诗与分类结合起来，让她们结合成活泼泼的生命，靓丽地展现在读者眼前。如在自由诗中，引用了郭沫若的《天上的街市》和林子的《给他》，也引用了作者的《让我们到野外去游玩》；在念亲诗中，引用了杜甫的《月夜》，也引用了作者的《你的每一封来信都使我狂喜》；在建设诗中，引用了李坤的《悯农》和郭小川的《祝酒歌》，也引用了作者的《汗盐花》；在山水诗中，引用了北朝的《敕勒歌》，也引用了作者的《华山》……如此等等。“宝剑送给勇士，红粉送给佳人。”我们看到了作者一腔热血浇开了灿烂的诗歌园地之花，我们看到了作者辛勤耕耘的诗歌田地结出了丰硕之果，随着社会发展，必将赢得丰厚的回报。余兴未尽，以一首小诗结尾：

沉醉诗国难自拔，分类吟咏绽红花。
技巧修辞传佳话，音韵钻研发春华。
诗歌展翅凌空飞，落入平常百姓家。

（作者是上海市作家协会会员、上海铁路局原代局长）

一册在手　如获至宝

陆　新

今天是个好日子。大家都很高兴，我也很高兴，为博达文学社高兴，为胡永明老师高兴，也为我自己高兴。因为我是第一次参加由博达文学社组织的作品研讨会。

伟大的时代呼唤优秀的文学作品，这就需要作家们的勤奋创作，也离不开文学活动的领导者、组织者的辛勤劳作。在上海，除了市作协和各区作协以外，还活跃着像博达文学社这样的文学团体，博达文学社在一无活动经费，二无固定场所，三无专职人员的情况下，仅今年以来就组织了好几次作品研讨会，真是难能可贵。像今天这样如此高规格的作品研讨会，这么多的大家、名家雅集一堂，在沪上也是不多见的。在此，我提议为今天作品研讨会的组织者刘希涛先生鼓掌，感谢他为繁荣文学创作事业作出的贡献！

胡永明老师的《诗歌创作手册》是2015年年初出版的，我有幸成为它最早的读者之一。当我从胡老师手中接过这本书的时候，我还以为是一本诗集，没想到却是一本工具书，我心里格噔了一下，我想胡老师是诗人，怎么写起《诗歌创作手册》了呢？所以，回到家就把它搁置一旁，并未怎么看重它。

我跟胡老师虽然相识不久，却很投缘。我向他请教过一些诗歌创作方面的问题，他都热情地给予答复。尤其令人感动的是，我写的两首朗诵诗，都得到了胡老师和他的夫人舒爱萍老师的青睐，舒老师还在百忙之中抱病为我写了两篇诗评。有人说，舒老师的诗评写得比我的诗好，我觉得这是实情，我也有同样的感觉。

我一直很喜欢大诗人戴望舒的《雨巷》。今年初夏，我也写了一首向这位“雨巷诗人”致敬的短诗《小巷・丁香》，但是写好之后很不满意，念起来不顺口，找不到合适的韵脚，改了几稿也没改好，无奈之际突然想起胡老师不是送我一本《诗歌创作手册》吗？何不向它请教请教呢？于是就赶紧找出这本书，一看就放不下来了。可以说，我在学习胡永明老师《诗歌创作手册》的过程中，确实经历了一次“一册在手，如获至宝”的阅读体验。

我觉得胡老师既是诗人又是学者，《诗歌创作手册》既是一本工具书又是一本诗选，书中所精选的范诗范句都很精当，建议胡老师在本书再版时再增选一些优秀的诗作，这样看起来就更过瘾了。

我在通读全书的基础上，还重点学习了倾注胡老师大量心血的《通用规范汉字诗声韵》，并按照第十二“昌韵”主表和辅表中所纳入的字头，对拙作《小巷・丁香》进行了修改，终于改成了一首押严韵的全韵诗，做到一韵到底，每一句都押韵，这样念起来就更朗朗上口了。

下面，请允许我把《小巷・丁香》作为学习胡老师《诗歌创作手册》的一篇作业，不揣冒昧地念给大家听，请老师们批改。

《小巷·丁香》

那年妈妈教我唱，
“让我们荡起双桨……”，
还和我在老家的小巷，
种下一棵丁香。

丁香花开得一年比一年旺，
我在小巷中走了一趟又一趟，
我多想遇见一位姑娘，
送她一朵带露的丁香。

后来我上山下乡，
又进了西北的工厂，
爱上一个爱我的姑娘，
她像丁香一样芬芳。

当《春天的故事》在晨风中回荡，
自行车欢奏上班的铃铛，
丁香坐在我身后拉着家常，
小丁香扶着车把快乐地歌唱。

一转眼小丁香长成大姑娘，
像丁香一样含苞欲放，
老家的大学圆了几代人的梦想，

她又回到丁香花开的小巷。

满天彩霞变成金色夕阳，
我和老丁香告老还乡，
小丁香就要做“娘”，
如果生个女孩就叫她丁香。

如今我两鬓如霜，
常常想起小巷的丁香，
小巷早已拆光，
陪伴我的只有三朵丁香。

谢谢大家！

（作者是上海市作家协会会员）

诗词创作的好帮手

葛加禄

在一次文学研究会上，胡永明先生赠送我一本《诗歌创作手册》，看了扉页的作者简介，真难以相信，这样的书竟是出自一个警察之手。

在我的印象里，任何冠之以“手册”之类的书，都是某一行业用以作业指导和为作业者用来作参考标准的东西，其准确性和系统性某种程度上比教材还要更加严格。这样的书籍非该行业权威专家不能为；也更认为，像诗词创作鉴赏指导书一类的书，一般都是学者教授们要穷经破卷、绞尽脑汁地苦熬多年才能出炉，一个执剑荷枪的警察竟能熬炼出这样一本书，那可想要付出多少的时间和心血。

认真一读，此书几乎穷尽了诗词创作中所有的理论术语，如有诗歌形式、诗歌类型、诗歌要素、诗歌修辞和诗歌技巧等。书中有关诗词创作的不少概念我原先还是模糊的，读了此书，觉得胡永明先生将这些抽象概念用人们熟悉的诗词一一举例解释，而使人豁然贯通。

我读过刘勰的《文心雕龙》和王力的《诗词格律》等论著。前者是对文学艺术各种体裁写作技巧的统论，后者是对诗词格律要求的专论，很少见到对新旧诗词的创作技巧和词语要求作系统性导引的辞书。胡永明先生这本《诗歌创作手册》，对诗词创作者和欣赏者确是一个好帮手。

将艺术创作形象思维的过程和感性的创作结果用理性的语言进行解说，这是一件非高手莫能之事。读了此书，惊叹胡永明先生用功之深、治学之严，深为感佩！对于我，确实是一部好辞书，我将细细研读。

（作者是中国硬笔书法协会会员）

简而不单　见而有用

——读胡永明《诗歌创作手册》有感

徐弘毅

拜读胡永明《诗歌创作手册》（以下简称《手册》），感受如下。

一是简而不单

读罢永明的《手册》，初始的直觉就是“简明扼要，简练清晰，简捷实用”。永明对《手册》中《诗歌艺术》部分以期“对学习、鉴赏和创作诗歌具有简明扼要的实务介绍作用和艺术指导价值”的想法，不论其他读者、作者、学者感受如何，但“简明扼要”我想是做到了。

《文心雕龙》有说“文以辩洁为能，不以繁缛为巧”，持有严谨、简练的文风，是一种能力，也是为事的一种态度。

其实，把复杂的事做得简单，把繁冗的东西理得简洁，并不是一件简单的事。同时，把话说得简明，把文写得简练，也不是一件简单容易（简易）的事。简是简洁，明是明确。永明在构思编著时，一定是动了脑子，花了心思的；落文想必也是斟酌再三的。

况且本《手册》也简而不单，它涉及的范围、包含的内容、择选的诗作对象较为广泛，这与编者的学识、见解有关。

范围含广。如《诗歌艺术》从诗歌总论、诗歌形式、诗歌类型、诗歌要素、诗歌修辞和诗歌技巧六个方面展开，视野宽阔。

内容（条目）含广。如《诗歌艺术》编下六个方面又包含诸多内容（条目），如“诗歌总论”中涵盖诗歌发展、定义、形式、分类、特点、内容、功能、标准、境界、意境等十项，其它五个方面也各十到四十项不等，其中四十项的有两个方面。一百多项的罗列，辐射面见不窄。

择选对象（代表作品）含广。古诗、新诗，古代诗人、近代诗人、当代诗人等的代表作收集广多。

于是，《手册》就显得简而不单了。

二是见而有用

按永明的定位或构想，《手册》是一本诗歌工具书，也是一本诗歌精选本。我想，基础和首要的是管用和见用。

在《诗歌艺术》部分，对重点条目由概念、分类、技巧和实例等构成，一般条目由概念和实例等构成，以强化对学习、鉴赏和创作诗歌的介绍、指导作用；而在《通用规范汉字诗声韵》编，编者对整体设计方案及主、辅表范例等，力求“方便诗歌作者创作诗歌时解决所需的选字、用韵、押调和确定平仄等问题，有效提高诗歌创作的质量和效率”。

编者从需要出发，考虑效用。指导思想是“需要学习创作诗歌的知识和技巧，可以迅速从目录中查到所需的条目；需

要创作新律诗、新词，可以迅速查到诗词格律中的全部诗谱和常用词谱；需要借鉴大师名家的传世佳作、精品力作，可以迅速在鉴赏中受到启迪、拓宽思路；需要解决诗歌汉字、声韵等方面的问题，可以迅速从《通用规范汉字诗声韵》主、辅表中找到可资思考、比较和选择的丰富汉字”，以达到“一册在手，创作诗歌如获至宝”的效果。我想，因为起点、基础或爱好、趣向的不同，能有“如获至宝”的效果最好，但一册在手，读者一定获益不少。

永明在《手册》中特意将范诗范句与诗歌艺术融为一体，自谓一大特色。诗歌创作是一项创造性的劳作，主题得好，构思得巧，其表现手法和运词出句也要妙好。其中，学习鉴赏必不可少，也要为佳为好。《手册》所选好诗佳句，意在使作者能于鉴赏中有所提高，能在借鉴中翻新出好。有些创作的实践经验告诉我们，有时你的欣赏往往就是对自己的一种导向，而你的赞赏往往就是你的方向。

介绍与指导相为，泛精以读，雅俗共赏，读用以合，效用为上。见读与见用，见查与见用，见赏与见用的结合，可见本《手册》见而有用。

诗歌创作需要实践基础上的提高，需要理论指导下的升华，其中编撰工具书是重要的环节之一。永明的《手册》在这方面起到了一定的作用，有了好的开头。不少的事，积少成多，积薄成厚，积句成章，积思成意，贵在能积，成在久积。期望他在这方面有更新更高的要求，注重内容的厚实与理论的厚深。简而不单，在面广的同时，有的方面也不能显得过于单薄。期待佩剑的诗人，献出更多的儒雅大作；剑佩的儒作，更不简单、更为见用。

《手册》选有永明自作的诗《叶》一首，写道：“春添一抹绿，夏展一片荫。黄了不居高，愿当炉内薪。”借诗发挥和寄意，愿永明的劳作，能成为推助诗歌创作的永恒叶薪。

（作者是《新民晚报》“夜光杯”专栏作家）

丰富 实用 及时

——读胡永明《诗歌创作手册》感言

郑长埠

在一个金色秋天的早晨，我从快递员的手中接过一个邮件，赶紧拆开，一本装订精致封面富有诗意画景的书——《诗歌创作手册》展现在我的面前。书的作者胡永明我从未谋面，但见一行“敬请郑长埠老师教正”的作者亲笔题字，让我情不自禁，很快拉近了与他的距离。

读罢全书，深感丰富。诗歌总论、形式、类型、要素、修辞、技巧应有尽有。《通用规范汉字诗声韵》编，更见作者见识之广，功底之深，令人信服。丰富的内容，决定了它的实用。只要你有需要，都可以从中迅速查到诗词格律全部诗谱和常用词谱，名家的传世佳作和精品力作，可资思考、比较和选择的丰富汉字等等知识和技巧。

我的朋友中，不乏诗歌高手和爱好者，他们屡屡要我学写诗词，但我都下不了决心。胡永明的这部大作，十分及时，让我心动。我将可能应了作者所预言，“兴许，还会在不知不觉中成为诗人”！

谢谢胡永明！

（作者是中共上海市徐汇区委原常委）

一本简明务实的诗歌创作普及读物

——评胡永明的《诗歌创作手册》

吴振兴

当前，国内诗歌写作者和爱诗读诗者甚多，涉及各个领域、各个工种、各界人士。但指导写诗读诗的普及读物几乎看不到。现在好了，胡永明先生经过多年研究而出版的《诗歌创作手册》，终于弥补了这个不足。它的问世得到了不少诗歌作者和读者的欢迎和关注。这里我谈一些读后感。

一、结构明晰，简明扼要。诗歌是什么文学样式，如何进行创作？这是读者十分关心的。胡永明先生这本《手册》，在框架结构上，简明扼要，一目了然。他把涉及诗歌创作的方方面面都考虑到了，但给人的印象，写得一点都不复杂，也不卖弄关子、故作深奥。例如：第一编为《诗歌艺术》，共分总论、形式、类型、要素、修辞和技巧等六个方面，涵盖了诗歌创作的各个方面；总论则从诗歌发展、定义、形式、分类、特点等 10 个方面进行论述，论述时又能抓住要点，简明扼要地加以阐述，并辅以若干经典诗歌加以说明，十分明白通晓，读者读起来感到既亲切自然，又容易掌握运用。

二、通俗易懂，语言精炼。这是这本《手册》的又一特点。通读此书，觉得作者对诗歌创作的各个要素了然于胸，写

来十分自然贴切，而且通俗易懂、语言精炼，这是作者的功力所在。在《诗歌形式》一章中，从形式方面，作者从新风诗、自由诗、新律诗、民间歌谣、儿歌和新风赋等 14 个方面加以阐述。一般凭我们的印象，对诗歌形式上的分类，似乎从格式上分，就是格律诗和自由诗；从叙写的内容分，就是抒情诗和叙事诗。但胡先生经过自己的广泛阅读和悉心研究，对诗歌的形式分为 14 种，我看这种分类是有道理的，是更为细致、全面的。可以说，它概括了诗歌创作形式上的多样性，这对诗歌作者的创新、创造也是一种肯定和鼓励。这也是本书的特色和亮点之一。

三、科学务实，指导性强。作为一本诗歌创作的工具书，本书共分《诗歌艺术》和《通用规范汉字诗声韵》两大部分，而各个部分的一章一节，大都用条目的形式，介绍诗歌创作的知识和技巧，其中重点条目都由概念、分类、技巧和实例等构成，一般条目由概念和实例等构成，这对学习、鉴赏和创作诗歌，具有十分鲜明、务实的指导作用。又如，在《诗歌类型》中，又细分为 40 种，抒情诗是以抒发感情为主的诗歌，言志诗是以抒发理想、抱负为主的诗歌，哲理诗是以反映哲学道理为主的诗歌，史诗是叙述重大历史事件英雄故事的诗歌，爱国诗是歌颂祖国、人民和表达、激发报国为民志向、热情的诗歌等。《诗歌要素》中，又细分为 20 种进行定义说明。这对初学写诗者很有帮助，就是经常写诗的人，读了也豁然开朗，感到自己是在写什么样的诗，今后应当朝着哪个方面写诗，或尝试用多种形式进行诗歌创作。

四、研究韵律，特点鲜明。有关韵律问题，我没有研究过，多年来也没写过格律诗，总感到写格律诗很难，很深奥，手法上也不易掌握。但胡永明先生有一股子钻研精神，他根据国务院2013年6月公布的《通用规范汉字表》，对9000多个汉字，逐一进行注音，并从选字、用韵、押韵和确定平仄等方面进行释疑解惑，这对这方面有需求的作者无疑有极大的帮助。作者写到“集中数月时间起早贪黑，经历了瘦其体肤、劳其筋骨的磨砺”，才创编了这部分文字，“希望能够填补现有韵书的不足之处”，作者这种刻苦钻研、敢啃硬骨头，为诗歌事业砥砺前行的精神，值得我们好好学习。

总之，这是一本好书，是一本很有实用价值、读了就能运用的书。值得我们好好阅读，并必将从中受益。当然，本书也存在一些不足之处：一是有关诗歌的形式、类型，我以为形式和类型似乎是同一概念，分得细点也是好的，但有的感到划分得过于细致了，有重复交叉之感；二是引诗太多，有的篇幅太长，占了二三个页面，且引诗都未加说明，和作者的一些立论、观点结合融合不够；三是有关长诗的定义，旧诗一首8行以上，新诗一首15行以上即可称为长诗，我以为这个立论不准确。我想，旧体诗（古诗）如《孔雀东南飞》《离骚》《长恨歌》等才好称长诗，仅仅8行是不能称作长诗的。新诗更要在一二百行或更长一些的，才能称长诗。

（作者是中共上海市委党史研究室原副主任、研究员）

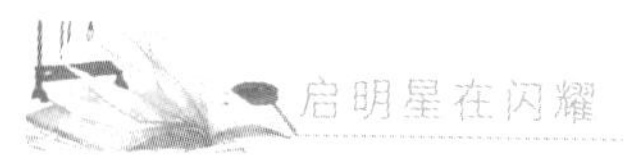

诗歌创作之福

——评胡永明《诗歌创作手册》

邵天骏

当下的诗歌创作已经越来越呈现出群众性、多样性和广泛性，更多地接上了地气。古典和现代交融，历史与现实相间，使诗歌沐浴在浓郁的春色里。胡永明先生的《诗歌创作手册》正是在这样的大环境下，向众多诗歌爱好者提供的一部难得的创作工具书。

胡永明先生成长于文学创作的良好家庭环境里。父亲胡宝华先生早在上世纪五六十年代创作的小说就已经名扬上海滩，其工人作家的身份为许多人所仰慕。如今的胡永明先生正在接父亲的“班”，也在文学的一方天地里自由驰骋，尽管是在诗歌领域里。虽然如此，文学是包括各种创作体裁的，小说家、散文家和诗人，他们皆构成了文学创作的一道曼妙风景。

这部《诗歌创作手册》（上海辞书出版社）的编著，所花费的心血之多，从主要的参考书目中即可看出端倪，竟然达到了 46 本，此外还有 4 家主要参考网站。可见作者牵涉了大量的时间和精力，才推出了今天这么一部实用、可供品鉴的工具书。作者“希望它能以其自身独到的艺术性和实用性，对推动我国诗歌事业的发展进步发挥积极作用”。

全书共分二编：第一编《诗歌艺术》；第二编：《通用规范汉字诗声韵》。前者对诗歌的形式、类型、要素、修辞和技巧进行了详细的介绍，具有很强的针对性和实用性，后者则列出了整体设计方案、创编背景、主表凡例和辅表凡例，层层深入、细化，简洁明了。诗歌爱好者通过不断查阅此书，可以较快地掌握诗歌创作的各种技法。

从这部书里，我们可以看出，胡永明先生视野开阔，视角独特，对诗歌创作有着严谨深入的研究。他既参考借鉴了大量的书目，又提出了自己许多新颖的见解，诗歌爱好者从中可以汲取的养料是十分丰富的。他对诗歌创作技法的探索，对涌动内心诗意的展现，对捕捉日常生活的美丽，已经不单单是一种诗歌创作技法的深入，而是情感表达和运用方法的有机结合，读后总能给人无尽的回味。

诗歌的美，需要的是自然而然的情感释放，需要的是发自内心的意境体验，需要的是继承发展的创新精神。胡永明先生编著的这部工具书，融入了许多精彩的内容，也使诗歌爱好者有了领会诗歌创作真谛的机会，让作者与诗歌爱好者心灵在此共鸣，由此架起了一座诗歌创作的畅通桥梁。

爱伦·坡说：“诗是用文字创造的韵律美。”有了这部《诗歌创作手册》，诗歌爱好者由此可以少走许多弯路，思路能够为此开拓许多，创作也能更加得心应手。我想，这应该也是胡永明先生编著这部书的初衷所在吧！

（作者是上海市作家协会会员、中国诗歌学会会员）

一册在手　徜徉诗海

罗维平

第一次拿到胡永明先生《诗歌创作手册》一书，感觉沉甸甸的。粗略翻阅了一下，260多页、两大部分、12章节，其内容之丰富与详实、分类之繁多与细致，令我感到诧异。我的阅读经验告诉我，作为辞书，无不是某种专业的标准与范例，其编撰与著述，工夫非同一般。这绝不像我写诗作词那般，灵感一闪，信手拈来，不能说是一蹴而就，也可说是顺着自己脑子里的思路挥洒自如。辞书的标准与范例性，要求其准确、严谨、能经得起时代的检验与众人的运用及推敲。由此可见，永明先生在诗歌方面的功底、功夫及其那份自信！反之，作为诗歌创作与鉴赏者来说，便可以"一册在手，徜徉诗海"了。

作为一本工具书，我不可能从头到尾通篇阅读，它是作为一种在诗歌创作时的查询以及求助的读本。回顾我学习及创作诗歌的经历，深得《辞海》《十三辙》《十八韵》《水平韵》等工具书的提携与帮助，为此受益匪浅。我一向主张，传承传统诗词的重要性，强调诗歌的韵律、节奏、平仄、意境以及它内涵与外延的美感。面对如今有些苦涩、拗口、全无韵律、不知所云的诗歌，我时常感到一头雾水，惘然不知所措。有人却告诉我，这叫新诗，用不着受韵律的约束。对此，我不禁要问，你懂韵律吗？我总觉得：无韵不成诗！当然，诗句里本身也有韵律与节奏，作为诗歌创作的一种探索和突破，也是有其积极意义的。

扯远了，回过头来就永明先生的《诗歌创作手册》，我想谈几点体会。

一、细。《手册》两大部分各分6个章节，其中第一编就分为：总论10节、形式14节、类型40节、要素20节、修辞40节、技巧10节。洋洋洒洒134节，就其名目便令人眼花缭乱、目不暇接。其中的内容，更是丰富多彩、如数家珍。由此就引出了第二个特点。

二、专。《手册》如此多的章节，其中概念繁多、引用无数、解读更是无所不在，特别是第二编中的声韵方案、说明、主表、辅表及凡例，那可都是十分专业的活计，如果没有严谨的治学态度、专业知识，恐怕是难以结出如此丰硕的果实的。

三、深。如此细腻、如此专业的《手册》的问世，其背后的用功之深，是不难想象和预料的。那么繁多的章节，有概念、有解释、引用无数，还有平仄、韵律、词牌等等，其功夫之深，令我咋舌。我也从事过公安工作，深知其工作的繁琐与艰难，永明先生能在繁忙的事务工作中如此静心深入钻研，其严谨的治学精神着实令我钦佩不已。

不足。翻阅《手册》令我感到唯一不足的是，其目录过于简捷了。既然是一本工具书，人们在日常的创作活动中会经常使用它。如果目录更加细一些，每一概念都有页码，估计会更方便些。

（作者是上海博达文学社总干事）

工具书也是可以有灵魂的

刘晓红

雪中送炭、雨中送伞的事美好吧。最近，我就有此好运呢！因为前不久我迷上了诗，想学写诗，尤其想学填词，可我对诗歌一窍不通，如何下手呢？这时，我得到了胡永明老师的《诗歌创作手册》。对我来说，这本书可真是及时雨，用着用着，它就融入了我的灵魂。

工具书给人的印象是枯燥、乏味、冰冷的，无非是用来检索、查考。但从我运用胡老师这本《诗歌创作手册》学写诗的过程中，我却感受到：工具书也是可以有灵魂的！是热乎乎的！对于真正需要它的人来说，已把写作者的心血融入到自己的灵魂里，在与书的相互交融中，使自己得到升华。我在运用它的过程中，真的感受到了这本书的灵魂。

一、诗歌的百科全书

不久之前，我只是纯粹地喜欢诗歌，进了影视明星林芳兵的微信群“芳园文苑”，里面都是诗词写家，大多很有造诣，林芳兵自己的诗也写得了得，大家经常上传自己的诗词，里面诗香缭绕，我被熏得也蠢蠢欲动。正在这时，胡老师的《诗歌创作手册》出现了，它成为我的枕边书。我从诗歌的形式、标准、分类等看起，对诗歌知识和技巧有了大致的了解，同时也品读了不少优秀诗作，更深切地感受到了诗歌的美妙。

胡老师编著的这本书真可谓是诗歌的百科全书，无论是诗歌的发展、形式、分类、特点，还是诗歌的内容、功能、标准、意境，都娓娓道来。无论是诗歌门外汉，还是诗歌爱好者、诗歌写作者，都能从中找到自己所需的东西。如果你是门外汉，那么认真读完这本书，你起码可以从门外走到门内了；如果你是诗歌爱好者，你可以从中得到更全面的知识，提高自己的诗歌鉴赏水平；如果你是诗歌写作者，更可以把书中提供的丰富的写作技巧为己所用，大大提高自己的创作水平。

二、有灵魂的工具书

工具从制造出来的那一天起，就注入了制造者的灵魂。因为有了工具，人类才得以进步，社会才得以发展。因此，我认为，能制造工具的人，能写工具书的人是伟大的！对于写工具书的人来说，如果没有对这类知识鞭辟入里的了解和认识，没有对这门学问刻骨铭心的热爱和痴迷，怎么可能写得出工具书来！

一本书，尤其是工具书，哪个字哪个词，哪段话哪页纸，不浸透着作者的心血？如若没有灵魂的融入，没有力透纸背的才情，怎么可能写出让成千上万人可以运用的工具书来！

我在学习写诗的过程中，遇到了一个又一个“拦路虎”。一“虎”当道，寸步难行。但有了这本《诗歌创作手册》，真是方便多了，几乎我所遇到的问题，它都可以帮我解决。

比如，我曾想填首《采桑子》的词，就从胡老师书里找词谱，可我想表达的意思，用这个词谱怎么都无法完成，于是，我又从书中找到了《鹊桥仙》的词谱。《鹊桥仙》似乎更适合表达小情小调，对照着词谱我填出了这首词，虽然很初级，我自己也不太满意，但有了这个工具的辅助，我再也不用到电脑上找词谱了，枕边抓起，顺手就用，效率大大提高。我学填词的过程中，最头疼的是想不出能准确表达思想感情又押韵又符合平仄的字，于是，我就翻阅该手册中的《通用规范汉字诗声韵》，寻找合意的汉字，真真是方便多了。我学填《如梦令》时，那个中仄（韵）中仄（叠）的仄字，我怎么都想不出合适的：休道黄浓青瘦。寥落怎敌翠透。笑靥掩留殇，凭任风剪衣袖。中仄（韵）中仄（叠），莫让心儿增皱。于是我翻到这本手册的第207至208页，对着“优仄韵”所列的198个字一个字一个字地琢磨，终于找到了“佑”字，于是“天佑、天佑”脱口而出，小令填成！喜悦自不待言。真可谓一书在手，找啥啥都有！所以我在使用这本手册的过程中，真切感受到了写作者的用心良苦，感受到了作者的灵魂，也感受到了书的灵魂。我运用它的过程，就是与书的灵魂交融的过程，我感受到了它的灵与肉、骨与血，那“冷冰冰”的工具书，在我这里不再冰冷，我感受到了它的热度！

三、我敬佩这位风雅的公安学者

此前，我对胡老师一无所知，拿到这本《诗歌创作手册》，我才知道胡老师是上海市公安局农场分局政委。公安，在我心目中是权力、武力、威力的综合体，与风雅的诗歌风马牛不相及。可是胡老师不但写诗，还写出了《诗歌创作手册》，成为写诗者的导师，所以，敬佩二字怎能表达得了我的心情？！

从各种渠道，我能感受到公安民警工作忙、压力大，整日忙于维护国家安全、社会安稳、人民安宁，哪有时间与风雅的诗为伍呢。可胡老师却在忙碌的工作之余，写成了这本《诗歌创作手册》，这得是多少不眠之夜、多少艰辛劳作结出的果呀！看看书后附录中那大量的参考书目，就可知这其中的工作量有多大了。这可是本工具书，是诗歌的集大成者。这本手册的面世，让多少个像我这样的诗歌爱好者、诗歌创作者在写诗的过程中，有了取之不尽的源泉。所以，我在这里深深地感激胡老师，感激胡老师这本工具书给我的帮助！而且，不但是我，现在写诗已越来越成为一种风尚，在我的朋友圈中，就有很多诗歌爱好者，他们也常用诗歌表达自己的思想感情，我想他们也会和我一样深深地感激胡老师的！所以，我相信胡老师的这本《诗歌创作手册》一定会有更广阔的市场，它一定会以其独到的艺术性和实用性推动我国诗歌事业发展进步。

让我再次感谢、感激胡老师对我们诗歌爱好者、诗歌写作者的帮助！感谢胡老师对我国诗歌事业的贡献！

（作者曾任《中国平煤神马报》周末版主任）

为“诗歌之岛”连一座桥

——胡永明《诗歌创作手册》读后

徐加宏

谁也不能否认，当代诗歌俨然已成为“孤岛文学”，与世人保持着“在水一方”的距离。在绰约可见的孤岛上面，是诗人们怅然若失的吁叹。我虽挚爱诗歌，却从不敢在诗坛发半点声响，生怕自己不和谐的杂音，惊扰了孤岛上本已孤独的人们的心。

可在千余年前的唐宋，情况完全不是这样。那时，全民皆诗词，街巷闻弹唱。当下，和我怀有这样想法的人，应该不在少数：总觉得诗歌不是我们普通人玩的。可我又常想，有没有一种办法，能让诗歌走近普罗大众，像盛唐一样，生活处处皆诗意，生民个个皆唱和。

直到我读了胡永明先生的《诗歌创作手册》，这样的困惑才得以消解。凡事讲求规律，诗歌创作自不例外。别以为李白喝了点酒，随便吟诵出千古名句，你也就能做到。但同时，也别顾忌诗歌太高深莫测、高不可攀，而妄自菲薄，意兴阑珊。如果有人指个路径，搭座桥，或许能诗兴大发，浅吟低唱，你也不是没有可能。

当然，你也可以不看桥，而选择纵身一跳，但结果可能是呛个半死，甚至直接见马尔克斯，成为“百年孤独”。为了满足你诗歌创作的梦想，但又不至于被方家笑掉大牙，读一读上海辞书出版社出品的这本《诗歌创作手册》，似乎是有必要的。

这可以说是一本口袋书，关于诗歌创作攻略的口袋书，再形象一点，——一部诗歌创作宝典。这本书很简单，就两编：第一编《诗歌艺术》，第二编《通用规范汉字诗声韵》。对诗歌造诣深的人来说，可能太简略了，但如果初创者掌握了这些，也足以在“诗歌孤岛”行走了。

胡永明对诗歌创作的研究，并不是一般意义上的闭门造车，而是全情深入生活、大胆体悟实践的结果。至今，他已有《晚潮拍岸的声响》《阳光化作七彩虹》两部诗选问世。书中，这位诗人咏物言志，歌颂建设，忘情于山水，陶醉于爱情。一次次发自内心的随感，令人颇感清新。在《太湖晚景》中，他是这样写的：“远山衔落日，湖水吐余晖。渔火炉边闪，潮声月下迴。”诗中“衔”“吐”二字，十分灵动，将自然现象注入了人性化的动作，使整首诗活了起来。

而另一首现代诗，题为《给远方的至爱》，是胡永明致爱妻舒爱萍的，更表达了作者歌颂纯洁爱情的心迹，全诗如下：

你远在天涯，
就像明月挂在天际；
你在我心中，
就像明月映在水里。
我的祝福是清晨的鸟鸣，
为使你快乐千啭百啼；
我的召唤是黄昏的轻风，

留恋地牵起你的罗衣；
我的相思是不尽的流水，
长年缠绵在你的住地；
我的情爱是不落的太阳，
环绕着你永远不会偏离。

即如作者的名字一般，胡永明崇尚“为理想燃烧不息”的太阳，想做追逐太阳的夸父，愿像鲜花“尽情地吐露芬芳”、像星辰“放射出全部光芒”。所以，在他自己创作的诗行里，处处流露积极向上的正能量。如作品《叶》，诗人写道：“春添一抹绿，夏展一片荫。黄了不居高，愿当炉内薪。”最后一句，“愿当炉内薪”就像“化作春泥更护花”的落红，表面上是叶的意愿，实则反映诗人内心深处的追求。

我与胡永明相识于一次采风。后又在张冠城先生诗作研讨会上，因比邻而坐，进行了深入交流。但直到最近，才知道诗人还有一个身份：上海市公安局农场分局政委。胡永明之不事张扬，隐约可见。无怪乎著名诗人刘希涛称他“儒雅的战士、佩剑的诗人”。我们体察一位诗人的成就，纵使他是一位官员，也不会看他官阶的高低下结论。但能在繁琐的政务工作之余，创作出多篇愉悦人心的诗歌，而且还给人们架设一座通往诗岛的“桥”，自然又是值得称道的。

作为一本诗歌精选集，《诗歌创作手册》精选了 160 多位伟人、诗人和群众创作的 230 多首诗，以及大量警句佳句，从最早的诗歌到最新的诗歌，从旧体诗到新体诗，从爱国诗到爱情诗，从抒情诗到言志诗，皆有涉猎，雅俗共赏。将如此丰富的范诗范句与诗歌艺术融于一体，遂成为此书的一大特色。

需要指出的是，这本书只解决诗歌爱好者创作的入门之道。如果捧着此书，就以为如获至宝，从此可以号令诗歌之岛，显然是不现实的。诗歌创作从来没有捷径，没有圣经，“灵感+勤奋”仍然是不二法宝。

（作者是上海市杨浦区委宣传部干部、杨浦区作家协会理事）

胡永明《诗歌创作手册》研讨会综述

舒爱萍

2015 年 12 月 5 日，文汇出版社《出海口》诗文库、博达文学社在青松城大酒店举办了“胡永明《诗歌创作手册》研讨会”，中国作家协会会员、著名诗人刘希涛主持会议，中国作家协会副主席叶辛、市文学艺术界联合会原党组书记李伦新和著名诗人、作家、评论家等 30 余人出席会议。刘希涛介绍了与会嘉宾的情况，共有 18 位专家学者作了研讨发言，胡永明致了答谢词，李伦新和叶辛同志作了讲话。

上海市作家协会会员陆新说：首先要感谢今天研讨会的组织者刘希涛为繁荣文学作出的贡献。《诗歌创作手册》既是一本工具书又是一本诗选，书中所精选的范诗范句都很精当。我重点学习了《通用规范汉字诗声韵》，并按照“昌韵”主表和辅表中所纳入的字头，对诗作《小巷・丁香》进行了修改，终于改成了一首全韵诗。建议在本书再版时再增选一些优秀的诗作。

金秋文学社社长、《金秋文学》杂志主编张谷平说：作者做了一件很有意义的事，编著的《诗歌创作手册》是一本既可全面了解诗歌艺术又有一定实用参考价值的综合工具书，是一部别开生面的佳作，是一块名副其实的通往诗国的铺路石。我读了受益匪浅，感到此书主要有三个特点：一是全面系统。把中国诗学中最基本、最主要的知识都包容进去了，自成体系。二是简明扼要。知识点的概念准确，表述明晰。三是实用性强。《诗歌艺术》把理论概述结合诗选实例，方便读者理解、参考和模仿。《通用规范汉字诗声韵》更是实用的宝典。建议作者对例诗作精要评点，并增加“诗歌创作”的内容。

中共上海市委党史研究室原副主任、研究员吴振兴说：国内诗歌写作者和爱诗读诗者甚多，但指导写诗读诗的普及读物几乎看不到，《诗歌创作手册》的出版弥补了这个不足。此书是一本简明务实的诗歌创作普及读物。一是结构明晰，简明扼要。《诗歌艺术》涵盖了诗歌创作的各个方面，论述时又能抓住要点，并辅以经典诗歌，读者容易掌握运用。二是通俗易懂，语言精炼。对诗歌创作的各个要素写得十分自然贴切、通俗易懂，并概括了诗歌创作形式上的多样性。三是科学实务，指导性强。用条目的形式介绍诗歌创作的知识和技巧，具有十分鲜明、实务的指导作用。四是研究韵律，特点鲜明。作者根据国务院公布的《通用规范汉字表》，对 9000 多个汉字逐一进行注音，并从选字、用韵、押韵和确定平仄等方面进行释疑解惑。作者这种刻苦钻研、敢啃硬骨头，为诗歌事业砥砺前行的精神，值得我们好好学习。但也觉得引诗太多，有的篇幅太长，建议再版时加以改进，并对引诗加以说明。

上海市作家协会会员郦帼瑛说《诗歌创作手册》是一本既可欣赏、又可实用的工具书，并朗诵了自己创作的诗歌《诗遇与诗缘》：当《晚潮拍岸的声响》，/ 轻轻敲击着我的萤窗；/ 我捧起蓝色封面的诗集，/ 似乎看见无垠的海洋！ // 未曾谋面，先在诗句里相望，/ 似闻海滩边传来贝壳的铃铛；/

相逢何必曾相识啊，/文字和灵魂，早已碰撞！//当《阳光化作七彩虹》时，/终于领略了金属振动的回响；/儒雅的诗人，刚毅的剑客，/清新的小溪在山涧汩汩流淌！//执著诗歌的情趣与理想，/我们幸会在诗缘的殿堂；/一样的汉语一样的情怀，/却卷起低沉或高亢的不同声浪！//当《诗歌创作手册》再度亮相，/诗界的河流卷起了波涛激浪；/沙里淘金般的挖掘与筛选，/奉献了珍贵的诗歌创作宝藏！//从红园走出的那双脚掌，/历经了风雨洗礼的沧桑；/执着于诗歌的信念终生不渝，/弄潮儿踏向直挂云帆的远航！

中共上海市徐汇区委原常委郑长埠说：作者很有才，我读了《诗歌创作手册》收获很大。我觉得，这本书有两个特点：一是丰富。诗歌总论、形式、类型、要素、修辞、技巧应有尽有。《通用规范汉字诗声韵》编，更见作者见识之广、功底之深，令人信服。二是实用。丰富的内容，决定了它的实用。只要你有需要，都可以从中迅速查到全部诗谱和常用词谱，名家的传世佳作和精品力作，可资思考、比较和选择的丰富汉字等等知识和技巧。

中国硬笔书法协会会员葛加禄说：《诗歌创作手册》几乎穷尽了诗词创作中所有的理论术语，如有诗歌形式、诗歌类型、诗歌要素、诗歌修辞和诗歌技巧等。我读过刘勰的《文心雕龙》和王力的《诗词格律》等论著。前者是对文学艺术各种体裁写作技巧的统论，后者是对诗词格律要求的专论，很少见到对新旧诗词的创作技巧和词语要求作系统性导引的辞书。胡永明先生这本《诗歌创作手册》，对诗词创作者和欣赏者不啻是一个好帮手。

中国作家协会会员、著名作家和文学评论家曹正文说：胡永明编著的这本工具书，既详尽介绍诗歌的类型、形式与修辞技巧，又提供了汉字诗声韵的主要凡例，对写诗爱好者提供了很大方便，尤其是对有志于写旧体诗词者更为重要。《诗歌创作手册》为写诗的朋友提供了一部有益的工具书。

上海市作家协会会员、上海铁路局原代局长张春新说：作者编著《诗歌创作手册》其志可嘉，其雄心可点可赞。该书一是条分缕析，罗列错落有致。在诗歌总论中，他仿佛把我们带到了诗的天空里翱翔；在诗歌形式中，他分类详尽；在诗歌类型中，他用涵义和举例加深读者的理解和认同。二是探幽入微，鉴赏掷地有声。诗歌要素共分20种，他能一语中的、出神入化；诗歌修辞共分40种，他表述鞭辟入里、实例生动形象；诗歌技巧共分10种，点到了诗穴，令初学者大开眼界，也使诗歌爱好者潜移默化、触类旁通。三是规范声韵，汇编纠错有责。作者按照国务院公布的《通用规范汉字表》和全国人大公布的《汉语拼音方案》等规范，编用符合国家通用语言文字标准的《通用规范汉字诗声韵》，来取代已经过时的《平水韵》《词林正韵》和需要更新的《中华新韵》等韵书，这是必要的。这套诗声韵选字具有权威性、韵部具有科学性、体系具有实用性，是一部选字纯净、注音规范、体系完备的宝典。四是融会贯通，和唱声声有情。这本手册汇集了古今中外160多位知名诗人呕心沥血之作，有230多首诗歌和大量的警句佳句，犹如恢宏的交响曲，也似诗歌大联唱。可贵的是作者把自己写的诗与分类结合起来，让她们靓丽地展现在读者眼前。我们看到作者的一腔热血浇开了灿烂的诗歌园地之花，作者辛勤耕耘的诗歌田地结出了丰硕之果，随着社会发展，必将赢得丰厚的回报。余兴未尽，以一首小诗结尾：沉醉诗国难自拔，分类吟咏绽红花。技巧修辞传佳话，音韵钻研发春华。诗歌展翅凌空飞，落入平常百姓家。

中国作家协会会员张建中说：古代文艺理论家刘勰在《文心雕龙》中写道:“积学以储宝，酌理以富才，研阅以穷照，驯致以绎辞。”这四句话，符合胡永明先生《诗歌创作手册》的编著。就是长期学习，积累知识；用理论来分析和提炼，使学问上升到高的境界，来丰富自己的才华，展示自己的才华；把大量的书放在一起互相对照，深入研究；用优美、通顺、清雅的文字表达出来，形成自己的成果。这本书的形成，就是这个过程。张建中还将写有这四句话的书法当场赠送给胡永明，并祝贺本次研讨会圆满成功。

中国作家协会会员、《上海文学》资深编辑张斤夫说：看了这本书很感动：一是作者的写作勇气。作者是一位在公安战线上的业余作者，却写出一部将近二十万字的诗歌创作著作，体现了不怕困难、勇于担当的“公安”精神，令人钦佩！二是作者的钻研精神。这样一部著作，即使是专家、学者、教授，也要花费相当的精力、几年时间才能完成。永明同志破除迷信，在繁忙的日常工作之余，看了很多书，融合了大量参考材料，短短几年就写完了。这种精神，很值得我们学习。三是作者关于诗歌写作一些观点、体会，比如诗歌的要素、技巧和修辞等等，既是诗歌创作的普遍规律，也融入了作者自己的经验体会，十分可贵，不仅业余作者可以从中学到很多东西，也值得专业作者借鉴、参考。感觉是，本书的定位还不够清楚，重点还不够突出。是关于诗歌的工具（百科）书？还是指导诗歌创作的书？我认为，既然是“创作”手册，不必面面俱到，而应多收集一些有关创作方面的理论、经验、体会，特别是作者自己在诗歌创作方面的经验体会，更好地指导创作。希望定位更清楚些，分类重点更突出些，对词牌、词谱和举例的介绍更详细些。张斤夫先生还对当前诗歌创作上缺乏形象、缺乏构思、意念代替灵感等现象发表了自己的看法。

上海市创意产业协会创意旅游专委会主任朱渊澄说：面对“文无定法”的困惑，难道写作真的没有什么规律、方法可寻？读了《诗歌创作手册》，解决了我心中一大半的疑问。《手册》的第一编是《诗歌艺术》。对诗歌的认识而言，它让我们明白：原来诗歌是可以这样定义和分类的；原来诗歌有这样一些形式、功能、要素和优劣标准；原来诗歌的美和价值，是由其境界和意境决定的。对诗歌的写作而言，它让我们明白：诗歌的形象、思维、感情是如何表述的；诗歌的构思、结构和哲理是如何体现的；诗歌的语言、诗眼和妙语是需要如此这般讲究的。对诗歌的技巧而言，它让我们明白：修辞的方法有 40 种之多；而创作的技巧有“以小见大，超越时空，虚实相生，动静相宜”等，扩大了诗歌的内涵，开阔了作品的视野。《诗歌艺术》更妙之处，是在概念名词的后面，有优秀的诗歌范文来做例证；而优秀范文选择面之广，有的出乎想象。《手册》的第二编是《通用规范汉字诗声韵》。这是一部继南宋《平水韵》、清代《词林正韵》、近代《中华新韵》之后的又一部新的韵书，一定会在实践中发挥它的作用、体现它的价值。现在写作学的著作少而又少。《诗歌创作手册》的问世，不仅仅是诗歌写作爱好者的福音，应该也会引起写作学研究者的重视，从而在散文、小说、戏剧领域里更多地出现写作研究的著作，让文艺青年和爱好者们得到更多的教益。这应该是《手册》问世的另一层积极意义吧。

中国作家协会会员、著名作家和文学评论家吴欢章说：现在，民间写诗的人很多，他们有丰富的生活也有丰富的感情要表达，但在诗歌的理论知识方面是比较缺乏的。要普及诗歌、普及诗歌的创作，要提高群众性的诗歌创作水平，提高业

余作者的理论素养是一个很重要的问题。胡永明同志看到群众的需要，看到时代的需要，下了很多功夫，写出这样的《诗歌创作手册》是很不容易的。这是“文普创作”，这本书对一般的诗歌爱好者和群众的写作者是很有帮助的。而胡永明同志的《诗歌创作手册》正适合了当前中国文化的需要。我就《诗歌艺术》部分讲一点想法，我觉得有三个优点应该肯定的。一是简明扼要。胡永明用条目的形式对诗歌各种各样的知识作理论的解说，一般的读者、一般的作者容易掌握。二是把诗歌实例与理论讲解结合起来。学习诗歌的人从理论与实践统一的角度，容易操作。三是全面性。知识的覆盖面相当大，把全面的知识给一般的作者、一般的读者是需要的。这本书应该发挥更大的作用，我希望能够出修订版。在修订过程中，应更加注意理论解说、命名、分类的准确性问题和诗歌实例选择的代表性问题。

中国作家协会会员宋海年说：我已认识永明 40 多年，他是一个诗歌创作和诗歌理论比翼齐飞的诗人。《诗歌创作手册》是一本关于诗歌艺术和汉字诗声韵的工具书，基本上符合一部工具书的特定编排要求。目前，中国的诗歌运动呈大跃进之势。《诗歌创作手册》的出版适逢其时，只要加以宣传和推广，市场前景看好。《诗歌创作手册》完全有再版的可能。建议再版时在《诗歌艺术》中增加“诗歌流派”的内容，在“修辞”部分增加“比兴”“拟人”“白描”这几个条目，并将“诗谱”“词谱”与《通用规范汉字诗声韵》放在一起。我知道汇集永明最新研究成果的《诗歌新论》即将出版，我们期待永明在诗歌理论研究方面有更多的成果。

《联合时报》总编辑助理顾定海说：《联合时报》是政协机关报。刘希涛老师发表的《我和李瑛、李小雨的交往》《我与

“父子作家”的情谊》等文章影响比较大。欢迎大家投稿，特别是理论、往事等版面和栏目。

中国音乐文学学会常务理事、上海市作家协会会员黄玉燕朗诵了自己创作的诗歌《在诗的田园里啄食——写给同龄诗人胡永明老师》：我们同龄、都属鸡 / 从未谋面 / 却热烈地钟情于这同一片田地 / 这片丰饶的田园里 / 有地底下古老的莲子 / 也有刚从穗上掉落的新鲜稻粒 / 它们是那样地诱人 / 各种风味各种营养 / 让无数个忙碌的日子 / 有了色彩、平添了意趣 // 哦，这片诗的田园里 / 我看见了一位同样在拼命啄食的你 / 带着工人作家胡宝华的遗传基因 / 在诗歌王国的纵横驰骋中 / 你，成了一位儒雅的战士 / 成了一位佩剑的诗人 / 在《晚潮拍岸的声响》里 / 我听见了你爱山爱水的绵绵柔情 / 触摸到了你爱国爱家的回肠荡气 / 在《阳光化作七彩虹》里 / 我们看见了一个因诗与妻结缘的深情男子 / 对携手一生的“萍”爱得如此幸福和专一 // 亦文亦武、握枪执笔 / 郭小川、贺敬之、普希金、泰戈尔 / 在一个个不眠的台灯下 / 在大大小小的图书馆里 / 你沿着大师铺设的多彩阶梯 / 奋力攀登着诗歌的高地 / 蜿蜒的山路上 / 汗水凝结成一个个文字 / 你终于有了《诗歌创作手册》/ 这一串让诗歌同行赞叹不已的闪亮足迹 // 在你的胸腔里 / 是一汪清亮纯净的泉 / 一旦添加了激情的干柴 / 它就扑腾成了炽热冲天的水汽 / 蒸腾的诗歌高唱着 / 催动着人生的车轮一路向前 / 于是，在你的眼前展开了 / 山川锦绣、风光万里 // 我们同属一个年轮 / 经历过共同的时代风雨 / 都分别在诗的田园里啄食 / 拼命填充着精神的饥渴 / 试图丰满着自己的羽翼 / 在远离青春、挥别中年的旅途上 / 扯去了一张张清贫却写着奋斗的日历 / 今天，终于因为你的满满收获 / 我和众多的诗友相会在了一起 / 一起分享你的“阳光彩虹”/ 分享你的“晚潮拍岸”/分享你山重水复的“诗歌”之旅/“毕生用文字深呼吸”/这句话说得多好/让我们一起共勉吧/在诗歌的春天里/听风儿轻轻吹过/抑仰顿挫、诵读生活的美丽

原上海市卢湾区区长张载养说：胡永明在政委的岗位上，能够这么孜孜不倦地研究诗歌实践、进行理论探索，写出这本书来，这是非常不容易的。我们每次讨论，质量都非常高，既肯定，也提出需要改进的地方。永明肯定收益很多，对我来说也是受益匪浅的。

复旦大学教授、博士生导师张文贤说：《诗歌创作手册》可以说是《诗品》现代版。胡永明在《诗歌创作手册》中对诗歌标准这样写道：“衡量诗歌质量优劣的标准是思想性、社会性、艺术性相统一。思想性标准是：以真鉴史，以善修德，以美爱国，以廉清风。社会性标准是：以情感人，以志励人，以智慧人，以趣怡人。艺术性标准是：以词美诗，以音谐诗，以神凝诗，以意兴诗。”由此可见，尽管由于读者有不同的生活经历或文化背景，可能对同一首诗歌有不同的理解，但是，诗歌的境界和意境却是客观存在的。所以，诗歌区别于其他文体，最重要的在于必须有诗意。没有诗意就不成其为诗歌。诗意就是诗歌的灵魂。建议本书再版时把目录再细化点，使读者通过目录就能对书中的内容一览无余，方便查阅。

《解放日报》高级记者李文祺说：我代表上海老新闻工作者协会，对胡永明《诗歌创作手册》研讨会的召开表示祝贺！

中国作家协会会员、上海市文学艺术界联合会原党组书记李伦新说：我 1987 年从外地回沪，与永明的父亲胡宝华参加了同一个创作研讨班。我看了永明的作品，觉得永明应该有文学的遗传基因，受到了家庭的熏陶和影响，当然更有永明自

己的继承和发展。永明现在已经有了一定的基础，还不能停步，要继续努力，在诗歌研究方面还可以大有作为。今天的研讨会开得很成功，永明要很珍惜大家提出的意见和希望。我相信永明的作品还会进一步提高，还会有新的作品出来，我预祝永明在继承父亲的事业中，创造新的辉煌。

中国作家协会副主席、著名作家叶辛说：永明很不容易，他有自己的本职工作，农场公安分局的政委是要负责工作的，很忙的，能挤出时间来写这么多的作品很不容易，特别是今天讨论的《诗歌创作手册》。所以，我要热烈地祝贺今天会议的召开。刚才，无论是张斤夫的发言，还是吴欢章的发言，他们在肯定这本书的同时，还提出可以提升的空间，这是很好的。刚才有人说我国爱诗的人相当于一个小国的人数，远远不止，前些年，我国一年诗歌的创作量就已达到130到140亿首。我最近担任“聂绀弩诗词奖”终评主任，评委们对评价诗歌有不同的意见，有的认为应该注重诗人的整体创作水平，有的认为诗人关键是要能写出好诗好句。我比较赞同后一种观点，写诗就是要写出好诗好句。希涛多次要我谈谈参加“文艺工作座谈会”的体会，我对习近平总书记的讲话体会比较深的是：“只要有正能量、有感染力，能够温润心灵、启迪心智，传得开、留得下，为人民群众所喜爱，这就是优秀作品。”“文艺创作方法有一百条、一千条，但最根本、最关键、最牢靠的办法是扎根人民、扎根生活。”“文艺工作者应该牢记，创作是自己的中心任务，作品是自己的立身之本，要静下心来、精益求精搞创作，把最好的精神食粮奉献给人民。”“没有优秀作品，其他事情搞得再热闹、再花哨，那也只是表面文章，是不能真正深入人民精神世界的，是不能触及人的灵魂、引起人民思想共鸣的。”我们要认真学习贯彻习近平总书记在“文艺工作座谈

会”上的讲话精神，坚持以人民为中心的创作导向。

（作者是中国诗歌学会会员、中华诗词学会会员、中国现代作家协会会员）

上海研讨胡永明诗歌创作

郑周明

本报讯　胡永明诗歌创作研讨会近日在沪举行。在诗歌界，或许胡永明并不如那些知名诗人被读者广为熟知，他是庞大基层文学爱好者中的一员，但他又足够幸运，这份文学创作上的幸运来自作家家庭，也来自他从小热爱诗歌，即便从事公安工作三十余年，依然把诗歌创作与本职工作放在同等重要的位置，连续出版了《晚潮拍岸的声响》《阳光化作七彩虹》《给远方的至爱》《诗歌创作手册》等多部原创诗歌集、诗歌创作理论著作，这使得他超越了一般文学爱好者，成为一个有持续创作力的诗人。而谈及他从小受到的文学熏陶，不能不提他的父亲——半个世纪前上海知名的工人作家胡宝华。与会的上海市文联原党组书记、作家李伦新对其父亲印象深刻，犹记得当年共同在作协一起参加写作课的场景。也正是父亲潜移默化的影响，鼓励了胡永明一直坚持着文学理想。

或许也正因深知自己的创作历程不易，当他在诗歌创作上摸索出一些心得后，他结合传统理论，以大量实例分析创作出了《诗歌创作手册》这样一本让诗歌爱好者颇受启发的工具书。中国作协副主席叶辛对此颇为感触，他提到在基层每年诗歌创作的总量非常大，每年能创作出上百亿首之多，但有幸被大家所流传所知晓的少之又少，然而，也正是这些文学爱好者的坚持，文学一直在发挥着它最基本也最有魅力的一面。

当文学史不断涌现出一些工人作家、农民作家等概念时，有时候指向的并非是其身份的专业问题，而是体现了文学在任何行业都能以最纯粹的方式获得喜爱和传承，他们中的代表者也将发出一个群体的共同心声。刘希涛、丁法章、张载养、桂国强、吴欢章、张斤夫等诗人、诗评家参与研讨。

（此文发表于2015年12月17日第2217期《文学报》，作者是《文学报》编辑、记者）

第三集

综评

走向一专多能的诗人胡永明

——读胡永明的三本诗集和一本诗歌工具书

李汝保

名人诗三人行

2016 年 7 月 6 日，让我接触了名人诗三人行：

为了纪念工人诗人曲传久，我写下了《诗在，生命的航船依然破浪向前》为题目的文章。以人名为题的诗，写现代和当代人，是曲传久的特色。别具一格的越剧人物诗，如《给徐玉兰、王文娟》，《春天里的歌》以赵志刚、钱慧丽、单仰萍、方亚芬、陈颖、章瑞红、华怡青、王志萍等人名为题；他还出版过沪剧专集《悠悠沪剧情》，有以石筱英、杨飞飞、史济堂、王盘声、赵滨荪、吴梅影、丁是娥、茅善玉、倪向群等人名为题创作的诗歌；还有以诗友、作家、记者等人名为诗：如李曙光、吕震邦、朱吉林、曹正文、赵丽宏、季振邦、胡绳梁、潘颂德等，写出了与众人结识的经过，对朋友的祝福。尤其是写名人，如鲁迅、聂耳、冼星海、韬奋、郭沫若等，塑造了诗歌的灵魂，塑造了丰富的人物，塑造了动人的形象。

收到《诗乡顾村》2016 年第二期，其中《杨瑞福：独树一帜的唐宋人名诗》写了杨瑞福以唐诗宋词的代表人物为标题、为题材写的组诗，如排山倒海，势如破竹。杨瑞福的 4 首诗刊登于 2013 年 6 月 14 日《世界论坛报》，其中《骆宾王》写道："这么多人听到了鹅叫 / 这么多人听到过蝉鸣 / 听过也就统统丢在脑后 / 让幸运的骆宾王 / 塞入初唐风云装订的诗集中 / 任后人赞曰，不朽。"从骆宾王 7 岁时写的"鹅鹅鹅，曲项向天歌。白毛浮绿水，红掌拨清波"这首《咏鹅》的不朽，到那首《咏蝉》的流传，《骆宾王》归结到"原来，才气的本质 / 就是一生都在寻找着 / 他人于有意无意间 / 随手遗弃的灵感。"这首诗写骆宾王切入点巧，恰到好处。杨瑞福还写了《登幽州台歌》的陈子昂，写了《登鹳雀楼》的王之涣，还有李白、杜甫、王维、岑参、白居易、刘禹锡、李商隐、杜牧、韩愈、柳宗元、李贺、孟郊、崔护、贾岛等 18 人，唐诗的代表人物尽收其中，还写了范仲淹、秦观、王安石、李清照、姜夔、岳飞、辛弃疾、陆游、文天祥等宋代词人 13 人。杨瑞福是以自由体、白话诗来写的。

而收到舒爱萍女士寄来胡永明的三本诗集和一本诗歌工具书，我被胡永明以新风诗形式来写作人物的诗歌所吸引：有史良、鲁迅、贺敬之、林徽因、焦裕禄、雷锋、孔繁森、任长霞、李斌等 20 多位现当代人物，孔子、李世民、李白等古代人物，其中《杜甫》："一生好学多游历，两次科举皆落选。参军被俘安史乱，拾遗遭贬肃宗嫌。家贫屋漏儿饿逝，船小洪大自难全。忧国忧民作史诗，镕古铸今传经典。"概括了杜甫的一生。评点诗圣，入木三分。还写卡尔·马克思 、燕妮·马克思、弗里德里希·恩格斯、列宁、孙中山、毛泽东、周恩来等伟人。与曲传久、杨瑞福的名人诗相比，胡永明以新风诗形

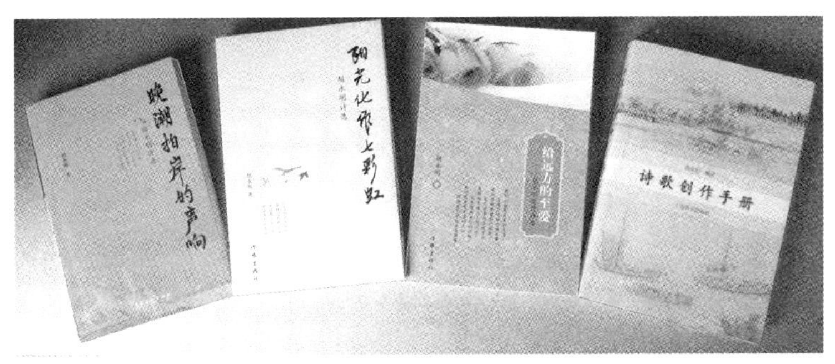

胡永明作品

式来写古今人物，自有特色，别有一功。

我把《世界汉语文学经典微诗一百家》送给他，其中有我《文学泰斗世纪回眸》系列人名诗四首:《巴金的手模》：伸进紫铜的手模，乘上灵感的神舟，回眸浩瀚的星空。《鲁迅的匕首》：雕塑阿Q的形象，张扬民族的脊梁，唤醒东方的睡狮。《艾青的塑像》：情系世纪的诗魂，目睹人间的美丽，期望生命的轮回。《张天翼挚友》：华威先生的性格，俾游资略的收藏，现代文学的伤痕。这是2002年5月在中央党校参加研讨会时，参观中国现代文学馆后，写作《新世纪，我们相聚北京》世纪回眸篇的5个小标题演变而来的副产品，当时还有《冰心的情结》：时代骄子的向往，星光灿烂的经典，山河永恋的怀念。14年后人选《世界汉语文学经典微诗一百家》，写作评论曲传久、杨瑞福、胡永明的名人诗时才想起旧作，三人行必有我师。

山水诗有特色

其实，杨瑞福的旅游景点诗歌也写得很好。如《壶口瀑布》写道：谁舀尽了九曲黄河／灌入吉县特意备的壶中／然后，约谈古人／陆羽这水足够烹茶谈经／曹操却慌忙拉着你煮酒／趁醉酣，放声论天下英雄。//纵然匆匆流逝岁月／面对镇河石牛，仍想不起／治水后提斧离去的大禹模样／十里龙漕已刻下坚定信念／生命是呻吟，是澎湃的呼啸／更是震撼神州的合唱／如果孟门山不忍就此分手／请将心的碎砾交付飞瀑／很快，就相聚黄海了。杨瑞福把陆羽烹茶谈经、曹操煮酒论天下英雄、大禹治水后模样引进诗歌中。谈古论今，思绪万千，蒙太奇跳跃运用自如，壶口瀑布注入历史长河之中。

我评论过的离休老干部瞿若的《壶口瀑布》也写得很好：走近壶口，巨声心颤。河水汹涌，烟雾弥漫。气势宏大，水天浩瀚。跌入深谷，游人魂断。鬼斧神工，天造地献。美哉壮哉，世间奇观。

胡永明的《黄河壶口瀑布》写道："黄河澎湃入壶口，金瀑倾泻降九州。巨浪滔天响惊雷，长虹戏水舞群鸥。峡谷千里镇汹涌，孟门两岛立中流。大禹劈山治洪灾，利水兴国壮志酬。"以新风诗形式来写作《黄河壶口瀑布》也写出了气势磅礴，意境深远。

我曾经写过《华山探险亲历记》，我们跟着人流也走马观花，看到了奇险的"鹞子翻身"，古老的"长空栈道"，一峰三顶并有仰天池的南峰（落雁峰），最后来到峰顶如千萼抱入云表的西峰（莲花峰），此峰在《智取华山》电影中镜头最多，因而有所曾相识之感。然而，一上西峰，我们就直奔"劈山救母"处，也许是受到这一传说在我国小说、故事、戏剧以至电影等艺术感染力"意犹未尽"的影响，我们看到了那块形似刀斧劈过的三节巨石，石上有一道七十公分的缝隙，侧看似有妇人仰卧，双手支撑的痕迹。此巨石之北，存有一柄高约二点三米的月牙形铁斧，上铸"仙家宝斧，七尺有五，赐于沉香，劈山救母”十六个字。最后写道：“告别了，华山！尽管很累，我还是征服了你，近看华山，峡谷幽深，碧线一天，山势峥嵘，叹为观止。再见了，华山！尽管很苦，我永远忘不了你；远眺华山，群峰插天，云雾缭绕，连天黛色，迤逦千里……”

尽管我写了 5000 字的文章，我还是很欣赏胡永明的新风诗《华山》：“一山飞峙扼中原，三峰屹立护婵娟。攀崖揽月走峭壁，登顶摘星游云天。黄河披霞献哈达，秦岭戏雾舞蹁跹。壮美景色收眼底，无限风光在心间。”更为简洁，诗情画意尽在其中。特别是“黄河披霞献哈达，秦岭戏雾舞蹁跹”，更为形象，直抒胸臆。

爱情诗出专集

胡永明，男，1957 年 4 月 10 日生于上海，祖籍浙江宁波，汉族。上海体育学院教育学学士，复旦大学法律硕士。上海市公安局农场分局政委，三级警监。上海市作家协会会员，中国现代作家协会会员，中国诗歌学会会员，中华诗词学会会员。著有诗集《晚潮拍岸的声响》《阳光化作七彩虹》《给远方的至爱》和诗歌工具书《诗歌创作手册》。发表论文 39 篇次，获奖 13 次。

胡永明在 4 年中出版了 3 本诗歌集，身体力行，尝试走向一专多能。特别 2016 年 1 月由作家出版社出版的《给远方的至爱》是胡永明的爱情诗专集。

妻子舒爱萍在《读你千遍也不厌倦——浅谈胡永明爱情诗的生活基础和艺术特点》中写道：一、源于实感，写出真情；二、既有情爱，也有大爱；三、想象丰富，形象生动；四、古为今用，洋为中用；五、文字优美，韵律和谐。

中国作家协会副主席、著名作家叶辛为该诗集作序写道：现在，胡永明又要出版爱情诗选了。书名《给远方的至爱》。顾名思义，是在与恋人相居两地时写下的诗。我们来读一读，看看胡永明先生在这些爱情诗中，侧重的是哪个方面呢？

我是那么痴心。
字里行间总能看到可爱的你；
我是这样爱你，
你的每一封来信都使我狂喜。

最后这一句也是这首诗的题目，更是这首诗的“诗眼”。

一首好诗是需要“诗眼”的。好的诗眼能让人喜欢，让人反复吟咏，甚至成为佳句流传。

流芳百世的千古绝句，往往就是那一首诗的诗眼。

愿胡永明在今后的诗歌创作中，捕捉到更多的“诗眼”，诗的眼。

是为序。

《中国文化市场》总编辑王家泉写道：虽然说比翼鸟是一种传说中的鸟，但它们是人世间每一对爱侣百年好合的象征。“比翼双飞”是人们追求美满姻缘、幸福人生的最生动的写照。

愿我们的时代，有更多更多像诗人胡永明伉俪那样的比翼鸟，成千上万羽地飞翔在中华神圣的大地上，为实现伟大的中国梦而增色添彩！

舒爱萍在《诗缘 情缘》中写道：我和永明相识始于诗，相知益于诗，相伴乐于诗。“钢铁诗人”刘希涛发表了《我与“父子作家”的情谊》，写了胡宝华、胡永明两代作家。我今天要为胡永明和舒爱萍这对“夫妻诗人”写下“比翼双飞”的一首颂歌。并且收入《星云汇聚》一书，让其成为美谈。

古今诗有研究

胡永明编著《诗歌创作手册》

胡永明编著的《诗歌创作手册》是一本诗歌工具书，包括了《诗歌艺术》和《通用规范汉字诗声韵》两大部分。《诗歌艺术》从诗歌总论、诗歌形式、诗歌类型、诗歌要素、诗歌修辞和诗歌技巧等六个方面，以条目的形式，较为全面地分述了诗歌知识和技巧，其中重点条目由概念、分类、技巧和实例等构成，一般条目由概念和实例等构成，对学习和创作诗歌具有简明扼要的实务介绍作用和艺术指导价值。《通用规范汉字诗声韵》，包括整体设计方案、编创背景和情况说明、主表凡例、《通用规范汉字诗声韵》主表和辅表凡例、《通用规范汉字诗声韵》辅表，其中主表、辅表列入了国务院于 2013 年 6 月公布的《通用规范汉字表》规定的所有规范汉字及其多音字共计 9056 个字次，全部按照《通用规范汉字字典》注音，韵部划分科学、宽严相济，可以方便诗歌作者创作诗歌时解决所需的选字、用韵、押调和确定平仄等问题，有效提高诗歌创作的质量和效率。

这本《诗歌创作手册》是一本诗歌工具书，也是一本诗

本文作者李汝保与诗人胡永明合影

歌精选本，使诗歌作者做到一册在手，创作诗歌如获至宝：需要学习创作诗歌的知识和技巧，可以迅速从目录中查到所需的条目；需要创作新律诗、新词，可以查到诗词格律中的全部诗谱和常用词谱；需要借鉴大师名家的传世佳作、精品力作，可以迅速在鉴赏中受到启迪、拓宽思路；需要解决诗歌汉字、声韵等方面的问题，可以从《通用规范汉字诗声韵》主表、辅表中找到可资思考、比较和选择的丰富材料。

值得一提的是，胡永明编著《诗歌创作手册》，参考书目近 50 部。此书是上海辞书出版社 2015 年 1 月出版的，可谓“诗艺天地，格律殿堂，佳作荟萃，声韵宝库”。我作为中国图书评论学会会员，愿意向广大读者重点推荐《诗歌创作手册》。

（作者是中国图书评论学会会员、中国当代文学研究会会员）

胡永明和舒爱萍："夫妻诗人"比翼双飞

李汝保

我在《浦江文学》总第13期和《星城书影》一书中写作了《走向一专多能的诗人胡永明——读胡永明的三本诗集和一本诗歌工具书》的文章。文章分为四个部分："名人诗三人行"，写了曲传久、杨瑞福、胡永明3人的名人诗各有特色，异曲同工；"山水诗有特色"，写了杨瑞福、瞿若、胡永明的山水诗《壶口瀑布》气势磅礴，意境深远；"爱情诗出专集"，写了叶辛、舒爱萍、王家泉对胡永明爱情诗的评介，愿我们的时代，有更多更多像诗人胡永明伉俪那样的比翼鸟；"古今诗有研究"，写了胡永明编著的《诗歌创作手册》是一本诗歌工具书，包括了《诗歌艺术》和《通用规范汉字诗声韵》两大部分。参考书目近50部，是上海辞书出版社2015年1月出版的。此书可谓"诗艺天地，格律殿堂，佳作荟萃，声韵宝库"。我以《诗艺天地》为题，评论推介文章发表在《徐汇报》。

如今，当我出版《星云汇聚》一书时，将第三部分单列并且扩展，写作成为《胡永明和舒爱萍："夫妻诗人"比翼双飞》。

胡永明在4年中出版了3本诗歌集，身体力行，尝试走向一专多能。著有诗集《晚潮拍岸的声响》《阳光化作七彩

“夫妻诗人”胡永明和舒爱萍

虹》《给远方的至爱》和诗歌工具书《诗歌创作手册》。特别是2016年1月由作家出版社出版的《给远方的至爱》是胡永明的爱情诗专集。本文试从著名作家叶辛、总编辑王家泉、妻子舒爱萍等六大视角来看胡永明的爱情诗，来看胡永明和舒爱萍："夫妻诗人"比翼双飞。

叶辛：著名作家写序捕捉诗眼

中国作家协会副主席、著名作家叶辛为胡永明诗集《给远方的至爱》作序写道：现在，胡永明又要出版爱情诗选了。书名《给远方的至爱》。顾名思义，是在与恋人相居两地时写下的诗。我们来读一读，看看胡永明先生在这些爱情诗中，侧重的是哪个方面呢？

我是那么痴心。
字里行间总能看到可爱的你；
我是这样爱你，
你的每一封来信都使我狂喜。

最后这一句也是这首诗的题目，更是这首诗的“诗眼”。

一首好诗是需要“诗眼”的。好的诗眼能让人喜欢，让人反复吟咏，甚至成为佳句流传。

流芳百世的千古绝句，往往就是那一首诗的诗眼。

愿胡永明在今后的诗歌创作中，捕捉到更多的“诗眼”，诗的眼。

是为序。

王家泉：总编辑评论首提比翼鸟

《中国文化市场》总编辑王家泉在《飞来飞去比翼鸟——喜读〈胡永明爱情诗选〉》中写道：精选在本诗集中的爱情诗，还让我们看到了一幅幅新时期的一对飞来飞去的比翼鸟的动人形象。

虽然说比翼鸟是一种传说中的鸟，但它们是人世间每一对爱侣百年好合的象征。“比翼双飞”是人们追求美满姻缘、幸福人生的最生动的写照。

愿我们的时代，有更多更多像诗人胡永明伉俪那样的比翼鸟，成千上万羽地飞翔在中华神圣的大地上，为实现伟大的中国梦而增色添彩！

舒爱萍：妻子为丈夫出书两度作序

作为诗人、作家、学者胡永明的妻子，舒爱萍在《读你千遍也不厌倦——浅谈胡永明爱情诗的生活基础和艺术特点》中写道：一、源于实感，写出真情；二、既有情爱，也有大爱；三、想象丰富，形象生动；四、古为今用，洋为中用；五、文字优美，韵律和谐。

舒爱萍在《诗缘　情缘》中写道：记得我 17 岁那年初夏的一天，我在朗读叙事长诗《草原英雄小姐妹》，永明听到后主动过来与我交谈，我们就这样相识了。永明刚满 18 岁，中等个子，脸庞英俊，穿着白衬衫、蓝裤子配双白跑鞋，看上去青春干练、富有朝气。他钟爱诗歌，经常与我谈论诗歌，还给我看他写的诗。他有一首《中学毕业前夕与同学涉海滩》的诗是这样写的：迎霞挽手下粼滩，沙厚风狂作笑谈。晃晃相搀一步步，齐观乳燕逐征帆。

胡永明著《给远方的至爱——胡永明爱情诗选》

这首诗是他 17 岁时写的。从中，我看到了他迎难而上的勇气和乐观向上的志向。我们是在相识多年后才开始恋爱的。永明写的《热恋》，把我们在一起谈诗的情形反映了出来：折柳说竹马，荡舟论古诗。林中迷恋处，月起不觉迟。

可以说，我是读着永明的诗成长的。在他的言志诗里，我看到他有着纯净的心灵和高尚的人格。永明在《二十周岁自勉》中写道：感叹二十贡献少，幸有数倍在后头。

她说，我和永明相识始于诗，相知益于诗，相伴乐于诗。和诗人一起生活是快乐的。

胡永明：亲写《舒爱萍格律诗赏析》

舒爱萍从小爱诗，并诗为媒结良缘，经常同丈夫切磋、唱和诗歌，陆续创作、发表了一些格律诗、自由诗和诗评文章。她善于学习中国古代优秀传统文化，并借鉴格律诗的创作方法，融入现代元素，创作了一些新律诗。先来看《志在前方》的格律及其变化。

江水奔流千载越，星光璀璨万杰垂。
平仄平平平仄仄，平平仄仄仄平平。
愿承清照弘秋瑾，志在前方策马追。
仄平平仄平平仄，仄仄平平仄仄平。

在《志在前方》中，诗人表达的是：面对滚滚长江东流水，诗人产生了与孔圣人同样的感受“逝者如斯夫”（孔子语。详见《论语·子罕篇》9.17），进而联想到中国上下五千年的发展都随着江水的奔流成为了历史；仰望灿烂星空，诗人深感古往今来有多少英雄豪杰则像化作了星辰一样熠熠生辉，他们真的是功在千秋、名垂万代。而我要传承李清照的诗词艺术，弘扬秋瑾的爱国志向，立下雄心壮志，向着前方，不用扬鞭自奋蹄，报国为民作贡献。诗中，“江水奔流”、“星光璀璨”既是实景，又有象征意义，这就是诗人创造的意像；“千载越”、“万杰垂”是诗人的联想和感慨；“愿承清照弘秋瑾”是表达诗人对李清照和秋瑾的敬仰之情和传承之志。舒爱萍作为女性作者，长期以“清瑾”为自己的笔名，可见李清照和秋瑾在她心目中的地位和分量；“志在前方策马追”是象征性的写法，表达的是诗人力争朝夕报国为民的抱负和实现这种宏愿的行动。这首诗是现实主义与浪漫主义相结合的新作，既是言志诗，也是励志诗，写得意象宏大、志向高远，其中“江水奔流千载越，星光璀璨万杰垂”具有警策作用，读来令人振奋、催人奋进。

自由诗：伉俪诗人爱情诗的比较

胡永明，笔名启明，网名启明星在闪耀，上海市作家协会会员，中国现代作家协会会员，中国诗歌学会会员，中华诗词学会会员。曾获第二届诗词世界杯中华诗词大赛一等奖和第三届中外诗歌散文邀请赛一等奖 ，被评为“中华优秀诗人词家”和“中外诗歌散文精英人物”。代表作品：格律诗《太湖晚景》《桂花》《西安感赋》等；新风诗《叶》《油菜花》《雨滴》等；自由诗《给远方的至爱》《牵牛花的心曲》《雨后》等。发表论文 39 篇次，获奖 13 次。在书写自己情爱方面，胡永明与妻子登记结婚不久，在两人分别的日子里，写了《给远方的至爱》的诗歌。

你远在天涯，
就像明月挂在天际；
你在我心中，
就像明月映在水里。
我的祝福是清晨的鸟鸣，
为使你快乐千啭百啼；
我的召唤是黄昏的轻风，
留恋地牵起你的罗衣；
我的相思是不尽的流水，
长年缠绵在你的住地；
我的情爱是不落的太阳，
环绕着你永远不会偏离。

我觉得：《给远方的至爱》抒情抒怀，直露心胸；相思缠绵，情爱永远。

而舒爱萍也是中国诗歌学会会员、中华诗词学会会员、中国现代作家协会会员，她写作的自由诗和爱情诗也很好。最近，在《浦江文学》总第 13 期读到她的诗歌：

我不是壮烈西沉，
我只是温柔地与你亲吻。
你绯红的脸颊令人心醉，
你悦耳的潮声伴我前行。
漫天的云朵集结着为我们庆贺，
棕榈树在微风中舞姿婀娜。
岸边的沙粒已在期待夜晚的静谧，
人们留恋、赞叹着我的辉煌和你的博大。
唯有那一叶帆，
依然执着地驶向彼岸……

我觉得：《沙巴落日》写情写景，情景交融；如诗如画，诗画相宜。

李汝保：我所接触认识的“夫妻诗人”

初识永明，缘起人名诗

“钢铁诗人”刘希涛发表了《我与“父子作家”的情谊》，写了胡宝华、胡永明两代作家，传为佳话。我今天从六大视角来看胡永明的爱情诗集《给远方的至爱》。从胡永明写的《舒爱萍格律诗赏析》，看到夫唱妻随，双双丰收。如今，我要为

这对“夫妻诗人”写下“比翼双飞”的一首颂歌。并且收入《星云汇聚》一书，让其成为美谈。

我是在参加《浦江文学》百友文坛聚会时与胡永明认识的。2016 年 6 月 19 日上午 10 时多，在杨思宣记小菜店，我们交换名片时，谢国霖在一旁说：上海作家协会会员上千人，而中国图书评论学会会员上海不足十人。在同一张桌子吃饭时，胡永明向我介绍自己出版了三本诗歌集、一本《诗歌创作手册》，说起要我帮他写作书评。一是我书评集《星空闪烁》已经在敦煌文艺出版社出版了，《星耀辉煌》有名家一瞥、书林漫步栏目的书刚刚出版。再要出版新书不知什么时候；二是对格律诗我不太熟悉，而旁边的张聪芬上老年大学有过研究。我第一次参加百友文坛聚会，比较低调，因为这里藏龙卧虎，我一般不再轻易为人写作书评。过了半个月，7 月 6 日，为了纪念工人诗人曲传久，我写下了《诗在，生命的航船依然破浪向前》题目的文章。以人名为题的诗，写现代和当代人，是曲传久的特色。收到《诗乡顾村》2016 年第二期，其中《杨瑞福：独树一帜的唐宋人名诗》写了杨瑞福以唐诗宋词的代表人物为标题、为题材写的组诗，如排山倒海，势如破竹。而收到舒爱萍女士寄来胡永明的三本诗集和一本诗歌工具书，我被胡永明以新风诗形式来写作人物的诗歌所吸引：有史良、鲁迅、贺敬之、林徽因、焦裕禄、雷锋、孔繁森、任长霞、李斌等 20 多位现当代人物，孔子、李世民、李白等古代人物。一日三遇以人名为题的诗，以人名诗为切入点，成为我答应与写作《走向一专多能的诗人胡永明——读胡永明的三本诗集和一本诗歌工具书》文章的缘由和切入点。以爱情诗为兴奋点和着手点，写出“夫妻诗人”与众不同的特色。

与胡永明虽然只是见过一面，但是电子邮件、电话联系不少。他告诉我：邮件收悉。谢谢您将《走向一专多能的诗人胡永明》定稿并收入《星云汇聚》，祝大著早日出版。所托之事，我尽力而为吧。所托扫描的三篇文章，我是抱病（近日腹泻发烧）拿着放大镜（我是近视、老化、散光三合一）看一句打一句打下来的，最后还初步校对了一遍，现发给您，不知是否符合您的要求。

我回邮件：还有零星几篇再请你打一下，其中梅朵一文只要 800 字即可。时间不急。你为朋友克服困难、尽力而为的精神，和公私分明、廉洁勤政的精神值得学习。于是，他把此事交给妻子舒爱萍处理。虽然梅朵一文无法整理，其余 8 篇舒爱萍打好发给我。这样，我的《星火燎原——上海群众影评发展史一瞥》就有胡永明打的《滕文骥答客问》等 3 篇和舒爱萍打的《好事成双的电影导演何平》等 3 篇文章了。这里，要感谢夏克危女士、胡永明和舒爱萍“夫妻诗人”。

又见爱萍，情系诗人书

与舒爱萍见面是 2016 年 9 月 18 日在杨思宣记小菜店参加百友文坛聚会时。我将《世界汉语文学经典微诗一百家》和《星罗棋布》交给她及他。其中有我《文学泰斗世纪回眸》系列人名诗四首：《巴金的手模》：伸进紫铜的手模，乘上灵感的神舟，回眸浩瀚的星空。《鲁迅的匕首》：雕塑阿 Q 的形象，张扬民族的脊梁，唤醒东方的睡狮。《艾青的塑像》：情系世纪的诗魂，目睹人间的美丽，期望生命的轮回。《张天翼挚友》：华威先生的性格，俾游资略的收藏，现代文学的伤痕。这是 2002 年 5 月在中央党校参加研讨会时，参观中国现代文学馆后，写作《新世纪，我们相聚北京》世纪回眸篇的 5 个小标题演变而来的副产品，当时还有《冰心的情结》：时代

骄子的向往，星光灿烂的经典，山河永恋的怀念。14年后人选《世界汉语文学经典微诗一百家》，写作评论曲传久、杨瑞福、胡永明的名人诗时才想起旧作，三人行必有我师。并且加入《走向一专多能的诗人胡永明》“名人诗三人行”一节后。

在同一张桌子吃饭时，老作家沈裕慎将散文集《风荷忆情》赠送给她，她让写胡永明的名字，我说，写他们伉俪。为此书作序的朱超群是中国现代作家协会上海分会会长，他介绍沈裕慎另一本书被北京一家出版社选中的事。他说自己认识潘颂德的，让潘颂德为“中国龙文学奖”征文作品集作序。我说，潘颂德为人作序已经60多篇，我建议他出版一本序跋集，他接受建议，准备出版。汪欣介绍南社和浦东作家协会的事。舒爱萍与张聪芬两位女士谈得正欢。濮凤根拿出刘希涛《文化名人与“涛声依旧”》让我先睹为快。舒爱萍将我《星耀辉煌》中着重推荐的桂兴华《桂兴华微摄影——又一春》、李伦新《我在上海当区长》的书款给我，买了这两本书。她又向陈柏有多买了2本《浦江文学》，里面刊登了我写的《走向一专多能的诗人胡永明——读胡永明的三本诗集和一本诗歌工具书》的文章。

《走向一专多能的诗人胡永明》的文章，收入《星城书影——李汝保书评自选集》一书中。此书有写赵丽宏、莫言、余秋雨、桂兴华、李伦新、王安忆、周涛、曹正文、章世鸿、强荧、王汝刚、毛猛达、路遥、潘颂德、郝铭鉴、张培森、叶艺涯、谢国霖、边风嘉、冯建忠、严志明、王舒漫、沈家龙等60多篇书评文章。

后记写作了从《青年与电影》到《星城书影》，写道：我的写作生涯，有一串珍奇的数字：

一是1981年以《青年与电影》处女作连中三元：在文化

部《电影通讯》发表，北京电影制片厂《电影创作》全文转载，上海文艺出版社《电影选刊》部分选摘，至今 36 年。

二是 1991 年以《浅谈加强书评导向之“三性”》获上海市“振兴中华”读书论文二等奖，入选首届全国书评理论研讨会，并在《中国图书评论》刊发，被选入《书评的学问》一书，成为中国图书评论学会首批会员，至今 26 年。

三是 2001 年以《寄东方明珠广播电视塔》在中华“八喜杯”诗歌征文大奖赛中评为优秀作品奖并获铜质镀金奖章。《中国图书评论》2001 年第 11 期，刊登了我写的《曙光在前，希望在前——读赵丽宏的散文集〈日晷之影〉》5000 余字的长篇评论文章。赵丽宏为我在中国文联出版社出版的《星光灿烂》作序，题目是《读书人的情怀》，并附有 60 余行的长诗《你们不会背叛我——致我读过的好书》，第一本书《星光灿烂》由中国文联出版社出版后由中国国家图书馆收藏，条目入选《上海文化年鉴》。至今 16 年。

四是 2010 年出版第三本书《星海踏浪》，由老红军、老将军肖光文题写书名，书中有写作箴言的文章《写作是悲壮的抵抗》。至今 6 年多。

五是 2016 年 2 月 28 日《新民晚报》“夜光杯 / 记忆”刊发了我写作的《记忆“星河”话影评》，有“黄浦一期”的美称，“连中三元”的经历两部分。2016 年 9 月 28 日，补全影评的四个故事的《我的上海缘：记忆“星河”话影评》一文，在文汇出版社刘希涛主编的《我的自选作品》下集中出版。《记忆“星河”话影评》引起很大反响，结果是出版《星火燎原——上海群众影评发展史一瞥》一书，时间是 1 年。

与此同时，《星城书影——李汝保书评自选集》，我的第九本书出版，在几十家报刊发表过人物专访、纪实特写、散文随笔等二百多万字作品基础上，散文、特写自选集《雨林如宝》《星海踏浪》《星河泛舟》《星罗棋布》《星空闪烁》《星耀辉煌》先后出版。散文触及影、视、戏、歌；随笔涉及商、旅、书、文。影评书评比翼双飞，双龙戏珠还在银河。

为何《星城书影》要选择采访王汝刚的照片作为封面，一是我的第一本书《星光灿烂》由王汝刚帮我找到戴敦邦题写书名，并且亲自撰文《"汝缘"以偿》，为《雨林如宝》作序《"第三只眼睛"：美的发现》，并且在《新民晚报》刊登；二是我曾经写过《王汝刚"九缘"未了》，《王汝刚出了七本书》。郝铭鉴为《咬文嚼字》主编，他为《星海踏浪》作序《评书识"保"》；此文刊载《书海》，他是我书评写作的启蒙老师，我要以书评自选集来感谢他。

胡永明收到桂兴华《桂兴华微摄影——又一春》、李伦新《我在上海当区长》的书之后，发短信给我，说舒爱萍正在编著《启明星在闪耀　胡永明诗书评论集》，要把《走向一专多能的诗人胡永明》一文选入。当得知我出版《星云汇聚》一书时，将第三部分单列并且扩展，写作成为《胡永明和舒爱萍："夫妻诗人"比翼双飞》，也要求一起选人。于是，我将此文扩大到六大视角来看胡永明的爱情诗，特别是增加我所接触和认识的"夫妻诗人"，这样，等于是从四面八方来看胡永明和舒爱萍："夫妻诗人"比翼双飞。但愿可为《启明星在闪耀　胡永明诗书评论集》增加厚度的同时，也增添亮色。

再谱新篇，"夫妻诗人"飞

本来，写到这里，已经定稿，并且发给胡永明和舒爱萍了。但是，在 2016 年 9 月 27 日收到胡永明发来的短信："李老师：快递收到，非常感谢您为我们送来宝贵的精神食粮。我们明天下午铁印相聚。晚安。胡永明”这样，话题又打开了。我将以人名诗为题的曲传久诗歌、散文作品集《浦江情思》《我的文学梦》《真纯的抒情》《路遥知马力》《越苑群芳》《悠悠沪剧情》《曲传久自选集》《芙蓉国里尽朝晖》等书寄给他，也是纪念工人诗人曲传久，继续他的人名诗，如我写下的《诗在，生命的航船依然破浪向前》的文章题目，希望胡永明成为我认识的曲传久、严志明以后第三个写作一千首诗歌的诗人。

同时，我寄去了桂兴华的散文诗新作《靓剑》，和精选了桂兴华反映中国追梦之路的 35 首朗诵诗的《中国在赶考》。我曾经写过《桂兴华：诗海“弄潮儿”》一文，从 1989 年在《文化与生活》十周年座谈会上接过桂兴华第一本散文诗集《长长的街》开始，我每出版一本书，给他加上一段，我是中国散文诗研究会会员，他是副会长。他又给我几本《中国在赶考》《靓剑》及新出版的《又一春》微摄影。于是，我把他 6 本书一起评论，写下了《桂兴华：从〈长长的街〉到〈又一春〉》。

《星耀辉煌》出版时隆重推出两位名人：“红色诗人”桂兴华，我们的老区长、老书记李伦新；两本民刊主编：《浦东诗廊》主编严志明，《浦江文学》总编辑陈柏有；两位收藏家：冯建忠与期刊创刊号收藏、签名本收藏者金峰。在新声诗社“2016 年中秋诗会”上，我将《星耀辉煌》赠送给复旦大学教授葛乃福，《金秋文学》名誉主编、离休干部傅家驹，陆家嘴金融区白领诗社社长朱德平，城市诗人社常务副社长裘新民 4 人。结果，晚上收到裘新民发来的邮件：“李老师：谢谢所赠《星耀辉煌》。今天坐地铁，在读大作，乘过站。哈哈！评桂兴华的文章，我再跟相关同志合计。谢谢支持。”我回复：“裘主编：这倒是趣事，是对我的鼓励。评桂兴华的文章，虽然《星耀辉煌》已发，但是对《城市诗人》不一样，这是对创始人之一老树新枝的评论。关键时候主编把关。谢谢。李汝保”这是胡永明发来短信引起的一段故事。

2016年9月28日下午2时，我和胡永明、舒爱萍“夫妻诗人”都到上海铁路印刷有限公司会议室参加了文汇出版社刘希涛主编的《我的自选作品》首发式。《我的自选作品》上中下册，收入了叶辛等81位作者的作品。首发式后，我回到家里翻阅，看到胡永明和舒爱萍的作品都被收入在上册。有胡永明诗歌60首，他曾经把电子版发给我，我选择《给远方的至爱》收入此文并且点评，选择《华山》写入“山水诗有特色”一段。而舒爱萍有2首正是胡永明《舒爱萍格律诗赏析》中的诗歌，此文选择了《志在前方》的赏析。还有2篇评论，其中有《为人求实 为诗求新——浅谈胡永明诗歌艺术》是新作。

我的《胡永明、舒爱萍:“夫妻诗人”比翼双飞》这篇长文，写作过程中尽量体现三大特点：1. 发散性思维：蒙太奇诗画并列；2. 综合性信息：集大成海纳百川；3. 广泛性连接：跳跃性形散意聚。因此，不仅可为《启明星在闪耀 胡永明诗书评论集》增加厚度，同时，也可为《启明星在闪耀 胡永明诗书评论集》增添亮色。希望得到读者的欢迎和阅读。

我今天从六大视角来看胡永明的爱情诗集《给远方的至爱》。从胡永明写的《舒爱萍格律诗赏析》，看到夫唱妻随，双双丰收。如今，我要为这对“夫妻诗人”写下“比翼双飞”的一首颂歌。并且收入《星云汇聚》一书，让其成为美谈。

（作者是中国图书评论学会会员、中国当代文学研究会会员）

为永明同仁参加中外诗歌散文大赛获殊荣礼赞

潘培坤

中外高手聚京华，一曲美歌遍地花。
吟唱江南绿水秀，放喉西北崇山崖。
爱情甜蜜缘耕种，事业彤红卫大家。
夫唱妇随仙配对，子承父业开奇葩！

（作者是水利部上海勘测设计研究院原党委书记）

读胡永明《晚潮拍岸的声响》诗词集有感

田凤兰

细柳锦云深，晚潮花月吟。
听涛思海塞，挥笔写乾坤。
热血中国梦，忧怀社稷心。
衷肠书作骨，佩剑一诗人。

（作者是中华诗词学会组织联络部副部长）

倡导新风诗韵感

读胡永明吟长《阳光化作七彩虹》诗集赋诗一首。

雷九畴

韵脚新风君倡导，《延安》讲话在心头。
《阳光七彩虹》诗集，字文千金词色牛。
形式自由无俗语，句章生动有思谋。
与时俱进弘当代，吐故空前永传流。

（作者是上海诗词学会会员）

在诗的田园里啄食

——写给同龄诗人胡永明老师

黄玉燕

我们同龄、都属鸡
从未谋面
却热烈地钟情于这同一片田地
这片丰饶的田园里
有地底下古老的莲子
也有刚从穗上掉落的新鲜稻粒
它们是那样地诱人
各种风味各种营养
让无数个忙碌的日子
有了色彩、平添了意趣

哦，这片诗的田园里
我看见了一位同样在拼命啄食的你
带着工人作家胡宝华的遗传基因
在诗歌王国的纵横驰骋中
你，成了一位儒雅的战士
成了一位佩剑的诗人

在《晚潮拍岸的声响》里
我听见了你爱山爱水的绵绵柔情
触摸到了你爱国爱家的回肠荡气
在《阳光化作七彩虹》里
我们看见了一个因诗与妻结缘的深情男子
对携手一生的“萍”爱得如此幸福和专一

亦文亦武、握枪执笔
郭小川、贺敬之、普希金、泰戈尔
在一个个不眠的台灯下
在大大小小的图书馆里
你沿着大师铺设的多彩阶梯
奋力攀登着诗歌的高地
蜿蜒的山路上
汗水凝结成一个个文字
你终于有了《诗歌创作手册》
这一串让诗歌同行赞叹不已的闪亮足迹

在你的胸腔里
是一汪清亮纯净的泉
一旦添加了激情的干柴
它就扑腾成了炽热冲天的水汽
蒸腾的诗歌高唱着
催动着人生的车轮一路向前
于是，在你的眼前展开了
山川锦绣、风光万里

我们同属一个年轮
经历过共同的时代风雨
都分别在诗的田园里啄食
拼命填充着精神的饥渴
试图丰满着自己的羽翼
在远离青春、挥别中年的旅途上
扯去了一张张清贫却写着奋斗的日历
今天，终于因为你的满满收获
我和众多的诗友相会在了一起
一起分享你的“阳光彩虹”
分享你的“晚潮拍岸”
分享你山重水复的“诗歌”之旅
“毕生用文字深呼吸”
这句话说得多好
让我们一起共勉吧
在诗歌的春天里
听风儿轻轻吹过
抑仰顿挫、诵读生活的美丽

（作者是中国音乐文学学会常务理事、上海市作家协会会员）

“二胡”合奏

——我与胡永明的诗遇诗缘

郦帼瑛

当《晚潮拍岸的声响》，
轻轻敲击着我的萤窗；
我捧起蓝色封面的诗集，
似乎看见无垠的海洋！

未曾谋面，先在诗句里相望，
似闻海滩边传来贝壳的铃铛；
相逢何必曾相识啊，
文字和灵魂，早已碰撞！

当《阳光化作七彩虹》时，
终于领略了金属振动的回响；
儒雅的诗人，刚毅的剑客，
清新的小溪在山涧汩汩流淌！

执著诗歌的情趣与理想，
我们幸会在诗缘的殿堂；

一样的汉语一样的情怀，
却卷起低沉或高亢的不同声浪！

当《诗歌创作手册》再度亮相，
诗界的河流卷起了波涛激浪；
沙里淘金般的挖掘与筛选，
奉献了珍贵的诗歌创作宝藏！

从红园走出的那双脚掌，
历经了风雨洗礼的沧桑；
执着于诗歌的信念终生不渝，
弄潮儿踏向直挂云帆的远航！

（作者是上海市作家协会会员）

读永明《诗歌创作手册》

傅家驹

胡永明的书轻轻打开
美的精灵在书中蹁跹
形同扇扇明亮的窗户
万千花朵，金风拂面

分明是秋天高大的银杏
无数金果耀眼璀璨
还有一树乌桕，涨红笑脸
斜阳下郁郁芊芊

重锤敲开我的愚昧
不再依恋恒古昏睡
还是打开永明的书吧
清新擦亮耄耋的双眼

（作者是离休干部、上海金秋文学社社长）

海上诗坛伉俪赋

汪　欣

诗友胡永明舒爱萍伉俪，承继古代诗歌之传统，既追求工整严谨之格律诗，又尝试于新体诗中开拓新局面，为海上诗坛之佼佼者也。

江左畛域[①]，歇浦[②]渔村。东南濒海，北临长江。九峰三泖[③]，人文荟萃。壮年封侯，华亭鹤唳兮陆逊[④]；才情冠世，缘

① 畛域：范围，界限。

② 歇浦：战国时楚黄歇为令尹，被封为春申君。后传说黄歇曾疏凿今黄浦江。故称黄浦江为歇浦，也称春申江，简称申江。

③ 九峰三泖：指华亭（今上海松江）域内九座山（佘山、天马山、横山、小昆山、凤凰山、辰山等），三泖：长泖、圆泖、大泖。

④ 陆逊：（公元 163—245）三国吴郡吴人，字伯言，孙策婿。孙权使其代吕蒙屯陆口，佐蒙败关羽。后陆逊任大都督，以火攻破刘备四十余营。赤乌中官至丞相。传说陆逊曾养鹤华亭，故有“华亭鹤唳”之说。今浦东下沙有“鹤沙”之称。

情《文赋》兮陆机[①]。故国凄凉，三年羁旅兮《别云间》[②]；江南才子，今日南冠[③]兮夏完淳[④]。沪渎[⑤]水滨，常见诗家行吟之身影；竹篱茅屋，也闻骚人咏叹之歌谣。

申城百年开埠，中西文化交汇。白话新诗兮兴起，独领风骚；格律古韵兮犹存，大气磅礴。至今海上诗坛，创作繁荣。诗词歌赋，佳作频现。新旧诗体，百花齐放。诗人兴会，吟诵如潮。黄钟大吕，抒祖国建设兮豪情；月夜小唱，怀伊人远方兮未眠。

胡君永明，幼承家学。勤奋好学，事业有成。於诗学兮深有底蕴，编著《诗歌创作手册》；於声韵兮独有研究，为初学者指点门径。淑女爱萍，美丽聪慧，爱诗写诗，抒写心灵。良辰美景，海滨兮初遇启明；情投意合，许身兮至诚君子。栀子花开，初闻甘香传心语；鸿雁高飞，比翼与子永相偕。

抒情爱之真挚，蒲公英之心语；寄远方之思念，牵牛花之心曲。直抒胸臆，以物华兮喻心志；赞美伊人，以鲜花兮比品格。谪仙李白，旷达济世，直挂云帆济沧海；拾遗杜甫，历

---

①陆机：（公元261—303）西晋吴郡吴人，字士衡。祖逊、父抗。曾事成都王司马颖，官平原内史，及颖讨长沙王司马乂，陆机被封为河北大都督，兵败后被杀。机诗文辞藻宏丽，讲究排偶，开六朝文风之先。作《文赋》，以赋体论思想与艺术，各类文体之得失及修辞音律等。《文赋》中有“诗缘情而绮靡，赋体物而浏亮”句。

②《别云间》：夏完淳在松江为清兵逮捕时所作的一首绝命诗。其中有“三年羁旅客，今日又南冠”句。云间，今上海松江别称。

③南冠：春秋时楚人冠名，后据《左传》典，将南冠作为羁囚的代称。

④夏完淳：（公元1634-1647）明松江华亭人，字存古，夏允彝之子。十四岁随其师陈子龙在松江起兵反清，失败后又参与太湖吴易反清，被俘后被杀。遗著甚多，有《代乳集》《玉樊堂集》《南冠草》《夏内史集》。

⑤沪渎：水名，在上海县东北，故称上海为沪渎，简称沪。

经困厄，忧国忧民作史诗。黑恶务除，建功神警任长霞；兰考治灾，县委书记焦裕禄。颂扬古代大家，为道德树典范；歌咏当今英雄，为后代立楷模。

寄心当代，诗情画意吐新声；新诗创作，阳光化作七彩虹。回望当年，临江执手，听那晚潮拍岸的声响；憧憬未来，充满喜悦，看那天上皎洁的明月。给那远方的至爱，给那幸福的港湾。既写出那绵绵的情意，也写出那时代的最爱。既回应那五四新诗的召唤，也织就那当代新诗田野之美图。

（作者是《浦江文学》杂志社编委）

附录

我与“父子作家”的情谊

——记胡宝华、胡永明

刘希涛

A

2015年4月19日，一个桃花灼灼、李花纷纷的日子，在上海市作家协会新会员的一次聚会上，我认识了胡永明和他的妻子舒爱萍。

胡永明，中等个头，精壮身材，英俊脸庞，剪一头齐刷刷的短发，显得青春干练和富有朝气。他捧着三本书送来，恭敬地请我指教。

我随手翻开其中一本胡永明诗选《晚潮拍岸的声响》，先看序言标题《儒雅的战士　佩剑的诗人》，作者胡宝华。

胡宝华，可是当年上海电机厂的工人作家胡宝华？写《毛丫头大战“霹雳火”》的胡宝华？

我急切地指着胡宝华的名字发问。

“是的，是的，他是我父亲。”

胡永明爽朗的回答，仿佛一根神奇的魔棒，一下子敲响了我记忆深处的那根琴弦……

B

那是上世纪的50年代，我还是个中学生，因爱好文学，订了一本《萌芽》杂志，开卷一篇登的是小说，标题上下通栏，雕梁画栋一般十分醒目:《毛丫头大战“霹雳火”》——犹如电流跳上钨丝，我的眼前“刷”地亮堂起来……

小说写的是一家电机厂里的气割班，班内有个以“毛丫头”出名的女艺徒张小芳，一心想在本职岗位上建功立业，在她师傅陶春林的帮助下，敢于和“优胜红旗”得主、虎背熊腰、“讲话就像冲天炮一样”、人送绰号“霹雳火”的李阿大下战表。正是“黄毛丫头把战挑，激得老将胡子翘”……就这样，毛丫头智激“霹雳火”,“霹雳火”巧布连环阵，毛丫头创造多层割，斗智斗勇，峰回路转……最终“霹雳火”在张小芳面前甘拜下风，毛丫头夺得“优胜红旗”。

小说不长，采用的是章回体，一气可读完，毛丫头和“霹雳火”这两个鲜活的人物形象，深深地印在了我的心上。

萌芽丛书《龙腾虎跃》 胡宝华著

这之后，我又在《上海文学》上，读到了胡宝华的姊妹篇《毛丫头巧献锦囊计》等篇章，让我深切地感受到，文学创作离不开火热的生活，只有身入其中，亲历其境；静观默察，烂熟于心，才有可能写出有血有肉、鲜活灵动的作品来。

就这样，胡宝华成了我心中的偶像……

于是，我怀着当诗人、当作家的梦想，咬破手指写血书（因 17 岁不到入伍年龄），投笔从戎去当兵，走上了守卫祖国海疆的前哨阵地……

C

在部队期间，我时时留心，处处做有心人，无论走到那里，口袋里总装着一个小本本，一面搜集素材，一面创作。有时在夜阑人静的蚊帐里思如泉涌，我便在黑暗中挥笔，往往字和字罗汉似地叠在了一起……就这样，我在《解放日报》《福建日报》《厦门日报》和其他报刊上发表了上百首枪杆诗、墙头诗、战士诗，鼓舞了士气，受到了部队的嘉奖，戴上了“战士诗人”的桂冠。

在这些战士诗中，有不少是刻画人物的短章，如《军民花》中的嫂子和战士，就有当年那个“毛丫头”和“霹雳火”的影子。请看《军民花》:“嫂子探亲到前沿，/ 正巧战士练投弹，/ 班长碰了下投弹手: /‘快陪人家去聊聊天！’// 投弹手，把弹掂，/ 头一扬，闪一边: /‘请，女民兵排长，/ 看看咱俩谁领先！’// 女排长，跳向前，/ 连连飞弹赛春燕; / 投弹手，劲猛添，/ 左右开弓像闪电。// 战士齐鼓掌，/ 班长大声赞: /‘女排长得的是优秀，/ 战士突破纪录领了先！’// 战士民兵相对笑，/ 两朵鲜花红艳艳——/ 开在祖国门楣上，/ 开在千里边防线……”（原载 1964 年 3 月 3 日《厦门日报》）

D

1965年春天，我从部队回到地方，分配在沪上一家影院当宣传员（属干部编制）。这年的秋天，我在一家新华书店买到心仪的“萌芽丛书”《龙腾虎跃》（胡宝华著），书中收集了《毛丫头大战“霹雳火”》等9篇小说，让我如获至宝。

我读着胡宝华的书，心里在想，能做他的徒弟多好！可上海电机厂在闵行（我住大杨浦），路途遥远（当时还不知地铁为何物）……倒是上钢二厂离家近，工人作家胡万春就在这家钢厂。巧的是我一位邻居和他熟（当时胡万春住在控江路一条街上），便带着我去他家串门，听“老宁波‘嘎讪胡’”……一次巧遇上钢二厂党委领导朱尔沛（后任宝钢总厂党委书记），便向他提出想当工人的愿望。朱书记以为我在开玩笑，可我硬是“吃了秤砣铁了心”，像“毛丫头”那样，咬定目标不松口，终于如愿以偿，自愿放弃干部编制当上了一名钢铁工人。

我在火热的车间工作、生活了十年。在化铁炉的火光中感受，在轧钢机的轰鸣声中思索，我把诗的触角伸向了钢厂的角角落落——我以炽热的情思、多彩的笔调，为钢铁工人抒写了一首首赞歌，在《人民日报》《工人日报》《解放日报》和《诗刊》等全国上百种报刊上发表了近500首“钢铁诗”，被工人师傅们亲切地称作“钢铁诗人”。1985年，我加入了上海市作家协会（后又加入了中国作家协会），还被会员们选为诗歌组组长。

在我写的“钢铁诗”中，不乏“毛丫头”和“霹雳火”

的身影。如《火凤凰》（原载1981年6月30日《人民日报》）、《“和尚”工段来了个小妞》（原载1980年第5期《河北文学》）……而《擒“龙”姑娘》（原载1979年1月11日《文汇报》），更是一位活脱脱的钢厂“毛丫头”。

请看《擒“龙”姑娘》：“穿上新工装，/ 登上操纵台！ / 排排电珠直眨眼，/ 又是惊奇又是猜：/ ‘姑娘来干这一行，/ 可知火龙脾气怪？ / 怎经得——/ 烟熏热浪筛？’ // 果然，烟厉害，/ 缠住姑娘不散开；/ 果然，火厉害，/ 卷着热浪扑上来！ / 操纵台呵，/ 活像太上老君八卦炉，/ 顷刻烤红——/ 姑娘的两瓣腮……// 任凭高温扯衣角，/ 任凭火舌舔膝盖！ / 姑娘踏住火龙背，/ 任凭踢打任凭摔！ / 日受千束青烟熏，/ 夜经万股气浪拍……/ 姑娘擒‘龙’越钢山，/ 乐得轧机齐喝彩！ // 排排电钮睁大眼，/ 又是信服又崇拜；/ 任凭姑娘巧手拨，/ 日夜辉映操纵台！”

E

上世纪五六十年代，以反映上海工人生活为题材的文学作品，如雨后春笋，蓬勃发展，造就了一大批有才华的工人作家。他们的崛起和辉煌，在当代文学史上留下了灿烂的一页。

深入生活、扎根人民，坚持以人民为中心的创作导向，创作出无愧于时代的优秀作品。工人作家胡万春、胡宝华等人为我们作出了榜样。

胡万春已谢世，胡宝华健在。我给永明打电话，相约父亲节这天去拜望他。

这是个清风在梧桐树梢唱着歌谣的日子，我和夫人带着儿子，在永明和他妻子舒爱萍的陪同下，来到了位于七莘路上的闵行区社会福利院。这儿交通便利，环境优雅。胡宝华先生入住后，得到了很好的照顾。院方知道他是位老作家，专门安排了书桌和房间，为他看书写作提供方便。于是，胡宝华便将这个书房命名为“夕爱斋”。

老人知道我们要来，特地换了一件洁白的短袖衬衫，雪白的头发纹丝不乱地梳向脑后，脸色红润，笑声爽朗地在“夕爱斋”会客厅接待了我们，他那双温暖的手，让我感到他的力量。

话匣子是从他的身世打开的。

老人 1932 年生于上海，5 岁时因淞沪抗战爆发回到祖籍浙江宁海，在家乡念了 5 年书，13 岁抗日战争胜利后到上海当学徒。他从鸡叫做到鬼叫，无端还受老板的打骂，心中有气无从诉说，就暗地写点日记，没想到给老板发现了，被扫地出

（前排从左至右）张泉英、胡宝华、刘希涛（后排）舒爱萍、胡永明、刘挺

了门……

他一直熬到解放，翻身做了国家的主人，看着工友们不断突破定额创造新记录，就想用笔写出来……“我是从写黑板报起步的……起初，不懂什么叫构思、剪裁和艺术加工……8小时以外，拼命看书，四出寻师访友……以后，参加了写作学习班，学习了毛主席《在延安文艺座谈会上的讲话》，这才懂得了写作离不开生活，同时也需要技巧。”老人悟出的写作真谛是:“写自己熟悉的生活熟悉的人，不要胡编乱造；要概括出典型事件、典型人物来写，不要刻板白描；初学写作，先努力写好一、二个人，人物多了，难以把握。”

老人把积累生活和写作比喻为吊桶打水。他说:“水是第一性的，要想喝水，就得把吊桶放下去，然后把水打上来。生活就像井里的水是第一性的，是一切文学艺术取之不尽、用之不竭的源泉，而深入第一线，不脱离生产劳动，就是不断地打水……不肯放下吊桶，不肯放下架子，只想蜻蜓点水，走马观花……这样写出来的作品是没有生命力的，就像当下那些胡编乱造的东西一样，喧闹一时，也就无声无息了。”

F

老人告诉我，他的第一篇小说《九十六条飞龙》，是根据工人研制成功多头钻的革新，加以提炼改造写出来的，没想到竟成了《萌芽》当期的首篇。受此鼓舞，他写作热情高涨，又连续在《萌芽》和《上海文学》上发表了《毛丫头大战“霹雳火”》《毛丫头巧献锦囊计》和《神仙爷》等短篇小说，其中《神仙爷》还被印成了单行本。1959 年，他加入了上海市作家协会，1965 年参加了“全国青年业余作者代表大会”……

可是，说到这儿，老人的声音低沉下来。

不久，“文化大革命”开始了，他成了周扬文艺黑线上的一只黑瓜，厂里大字报铺天盖地……“好在我出身比较好，当了一辈子的工人，我也不是什么权威，虚惊了一场。”

老人重重地叹了一口气，音调随之昂扬起来，他说：“综观我一生的文学生涯，有过几次‘不虞之誉’，也有过几次‘无妄之灾’，只是誉也不大，灾也不重。仔细想来，这一切都是自取的。因为，偶得‘不虞之誉’之前，也有我的努力；而‘无妄之灾’本是‘不虞之誉’的后续，这正应了老子的话‘福兮祸所伏，祸兮福所倚’……”

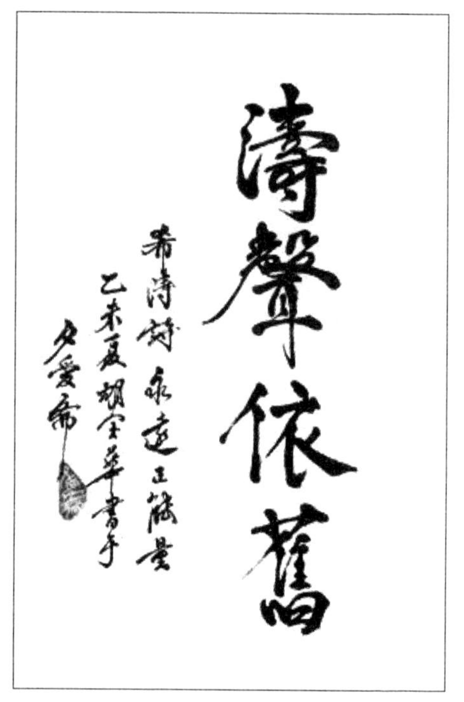

涛声依旧——希涛诗永远正能量 胡宝华 书

老人一生没有离开过工作岗位，退休前，写作是在业余时间进行的。退休后，他对《红楼梦》作了深入研究，写出了不少振聋发聩的文章。老人从桌上拿起一叠剪报送到我手上，都是发表在《文学报》“新批评”上的“争鸣”文章，如刊在2011年12月1日上的《与周汝昌先生商榷》、刊在2011年6月2日上的《〈刘心武续红楼梦〉的几个问题》、刊在2012年5月24日上的《俞平伯否定〈红楼梦〉后四十回是武断片面的》等等……前不久，他的新作《解味红楼梦》一书，已上了华语文学网。

我见这些大块文章署名均为：石磊，不知何意。老人说：“《红楼梦》原名《石头记》，讲述一块无缘补天的顽石到人间游历的故事……磊与‘泪’谐音。石磊，就是弃而不用的那块石头流落人间、通过“悲金悼玉”控诉封建社会所洒之泪，是以引作笔名。呵，原来如此。

纪念曹雪芹，研究《红楼梦》，不仅是缅怀先人，颂扬经典，更是为了树立民族文化自信，为今之文学乃至当代文明的发展提供源源不竭的支持和动力。

这些年来，受市场经济的影响，文化界出现了追名逐利、哗众取宠、任意抹黑中华传统文化和优秀古典作品的情况……老人认为，一个有责任心、事业心的作家不能昧着良心跟着起哄……说真话，干实事，是作家的本分，也是做人的本分。

G

握别了宝华先生，我依然沉静在与他促膝交谈的氛围之中……

很快，他托永明送来了题词“涛声依旧”和写给我的信，感谢我挑了个好日子，全家来探望，使他终生难忘……信中，他谈了对当今诗歌的看法。他说：“当下诗坛存在的最大问题，是被推介的诗多是没能量的，更说不上什么正能量。专家们所津津乐道的是广大读者看不懂或不愿看的……诗言志，诗言情，是自《诗经》以来的民族精髓，不说正能量，正能量也就在其中了……”

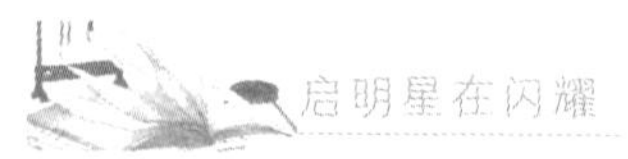

承宝华先生热情鼓励，那天谈话中，表达他喜欢我的诗，喜欢读我那些“一有生活，二有激情”明快有诗意的诗，希望今后我能指导永明的诗歌创作，我更关注永明的创作情况。

永明送了我三本书，除那本《晚潮拍岸的声响》，还有《阳光化作七彩虹》和《诗歌创作手册》（另一本《胡永明爱情诗选》也即将问世）。我读了《诗歌创作手册》，获益匪浅，认为这是一本指导人们学习写诗的优秀读物，是一座通往诗歌王国的桥梁。作者编创了一本可以全面了解诗歌艺术，又有一定实用价值的综合性工具书。该书在当下众多书籍中，可谓别开生面：全面系统、简明扼要、实用性强。作者别具匠心地把理论概述结合诗歌实例，皆为方便读者理解、参考、创作而服务。至于第二编《通用规范汉字诗声韵》，其中倾注着作者开拓创新的心血，更是实用的宝典。

我因忙于为诗友、文友们出书（担任文汇出版社《出海口》诗文库主编，已出书160余册），并没有仔细完整地读完永明的那两本诗集，只是浏览和选读了部分作品。

1957年出生的永明，系上海体育学院教育学学士、复旦大学法律硕士，长期从事社会学等方面的理论研究（发表论文38篇次、获奖13次），撰写了大量调研报告，现为上海市公安局农场分局政委、三级警监，上海市作家协会会员、中国诗歌学会会员、中华诗词学会会员。

一个写理论文章的人，一个长期从事公安工作的人，能写诗吗？

在人们的心目中，诗人不是性格张扬、天马行空、狂放不羁，就是卿卿我我、情调浓浓、故作多情……中国新诗奠基人郭沫若在写长诗《地球啊，我的母亲》的时候，不是满地打滚，滚得像个泥猴吗……还有那个“诗痴”贾岛，那个卧轨的海子……

一个从警 30 多年，为人低调，不事张扬，“一笔一划做人”的人；一个对人“相敬如宾”，做事严谨，一丝不苟的人，能成为诗人吗？

H

让我们先来读一首《给远方的至爱》吧：“你远在天涯，/就像明月挂在天际；/你在我心中，/就像明月映在水里。/我的祝福是清晨的鸟鸣，/为使你快乐千啭百啼；/我的召唤是黄昏的轻风，/留恋地牵起你的罗衣；/我的相思是不尽的流水，/长年缠绵在你的住地；/我的情爱是不落的太阳，/环绕着你永远不会偏离。”

读这样的诗，让我想起古诗中的“青青河畔草，郁郁园中柳”、“所谓伊人，在水一方”……想起了那些温柔缠绵、委婉曲折的诗章，想起了那些思念情切、意犹未尽的诗句……

再读一首《雨后》：“我想那王母挥出的一河波浪，/已在春雷声中倾入长江；/我想那雨后明丽的蓝天上，/牛郎织女正悲喜异常；/我想那轻盈的流霞，/定是前去祝福的六位仙娘；/我想那神奇的彩虹，/定然通向他们富丽的天堂。”

这想象是奇特的，画面是宏阔的……这儿，有一颗柔软善良的心，一颗诗人之心。

细腻地描述爱情，倾诉着他的甜蜜与忧伤，都能让人感受到诗人心灵的颤动……

诗言志，歌传情，诗与情本是一对孪生姐妹。没有激情就没有诗，没有想象就没有诗，没有意境，诗就不成其为诗。无论是写爱情、写山水亦或咏物言志，都在笔端饱蘸激情……这是我读永明的诗后留下的印象。

“永明自幼好学，酷爱文武之道。一生文以武随，武以文随，从学生时代到职业生涯，一以贯之。他为人正直，爱憎分明。反映在诗行上，无雾起霾升之朦胧，无造作伪饰之酸涩，犹如在朗朗晴日之下，见真山，显活水，出真情。文如其人也。”这是胡宝华先生在《晚潮拍岸的声响》序言《儒雅的战士，佩剑的诗人》中的一段话。

“我和永明相爱缘于诗。我们爱诗，使爱情充满了诗意。”这是永明爱人舒爱萍在诗集代序中的一段文字。不难看出，永明诗集中的不少篇章是写给她的。

情真意切，不设语言迷宫，不玩思维魔方。读永明的诗，如饮一杯绿茶，养神益心，回味津津。

我这才意识到，原来写理论文章的人，也可以写诗，而且能写出不错的诗。

胡永明作品

胡永明，这个表面上沉静如铁的人，内心里却有激情在燃烧，有诗意在流淌……

显然，他那诗的笔触，触动了我内心蛰伏多年的期盼，在这种物欲扭曲人心的时代，遇见一个沉稳的人，一个虔诚爱诗的人，一个真诚学诗的人，是多么不易啊！

|

上海有“母女作家”（茹志鹃、王安忆）、“父女作家”（管新生、管燕草），也有“父子作家”（胡宝华、胡永明，一个写小说，一个写诗）……当然，还有更多的“两代作家”、“三代作家”……

我坚信，薪火传承，生生不息，“深入生活，扎根人民”的精神灯火永不熄灭……

此时，我分明看到文学的一片茂林，在老树的身边，新干正茁壮成长！

宝华先生这棵树虽老，并无丑枝；儿子诗歌的果枝上，已开满花朵，相信不久的将来，一定会结出硕大甜美之果。

写作的意义，就是给当今、给未来、给我们的子孙后代，留下一笔精神财富。毕生用文字深呼吸的人，真正凭作品说话的人，才能永恒。

（作者是中国作家协会会员、著名“钢铁诗人”）

依旧深情听涛声

沈世坤

“涛声依旧”的刘希涛老师是著名的钢铁诗人，是工人作家的优秀代表。他总是合着时代的节拍用诗歌讴歌祖国、讴歌人民。读他的诗歌，你会觉得“咱们工人有力量”，你会热血沸腾，内心充满感动和力量。他是真正有“横眉冷对千夫指，俯首甘为孺子牛”情怀的诗人，他又是一个至情至性之人，对待朋友真挚热情、以心换心，赢得了朋友们的交口称赞。

收到希涛老师写的长长的纪实文稿《我与“父子作家”的情谊》有几天了。我在忙碌的工作与生活里会念念想起，想起文章里流露的真挚的情怀，特别感动希涛老师和“父子作家”惺惺相惜彼此珍重的人文情怀。

希涛老师文章里提到的“父子作家”，是老作家上海市作家协会会员胡宝华先生和他的儿子同为上海市作家协会会员的胡永明先生。胡永明先生，我见过一次，是在一次文友的聚会上，他和夫人舒爱萍女士成双出现，让作家们感叹“只羡鸳鸯不羡仙”也。永明先生儒雅谦和，如果不说他在公安系统工作，我还以为他是大学教师呢。他把他编著的《诗歌创作手册》寄赠于我，书中对诗歌形式、诗歌类型、诗歌要素、诗歌修辞、诗歌技巧等都有精到的总结和分析，我看了很是受益。这本书里更难能可贵的是永明先生以劳其筋骨、饿其体肤的精神创编的《通用规范汉字诗声韵》，对我们诗歌创作提供了珍贵的参照。在永明先生身上集中体现了“文韬武略”的情怀，让我感喟不已。

从希涛老师的文章里，我才知道如此有文艺情怀的永明先生原来是有家学渊源的。

希涛老师我是熟悉的，他是中国作家协会会员，曾任上海市作家协会诗歌组组长，是著名的“钢铁诗人”，一生挚爱文学。现在，他老骥伏枥志在千里，不仅自己创编了报纸《上海诗书画》，而且主持出版《出海口》诗文库，为广大文学爱好者提供平台，圆文学之梦，是许多新老作家的良师益友。他和许多新老作家都是朋友，如中国作家协会副主席叶辛先生、著名老诗人李瑛先生、上海文联原党组书记李伦新先生……他们都儒雅谦和，是我们年轻作家的榜样。希涛老师很有军人风范，嗓音洪亮中气很足，说话干脆利落热情真挚，每次听他讲话都会受到鼓舞，“壮志在我胸”的豪迈也会不停涌起。

在这篇长文中，希涛老师写道，他当年去当兵时是“咬破手指写血书”而投笔从戎的，当年他只有十七岁，这真是“自古英雄出少年”。他到了部队不仅站岗放哨保家卫国，还拿起笔以诗歌的形式抒发自己的激情，写下了大量的优秀诗作。退伍后，他主动放弃干部编制而到钢厂下基层十年，从而用生活把自己铸就成一位“钢铁诗人”。这都是让人感佩的。人活一生总会面临许多选择，但总有一些人如诗人弗罗斯特那样选择《未选择的路》。希涛老师就是如此的典范。

希涛老师又何以有如此文学情怀？看了这篇长文也才知

道胡宝华老师还是他文学路上的引路人之一。当年希涛老师还是中学生时，因为订阅《萌芽》读到了胡宝华老师的小说《毛丫头大战“霹雳火”》，一下子擦亮了他青春的心灵，接着又在《上海文学》读到了胡宝华先生的《毛丫头巧献锦囊计》。就这样，胡宝华先生成为了当时年轻的希涛老师的偶像。于是，希涛老师的作家情怀也一点一点加强，直至后来，他的才情与激情如泉水汩汩而出。

通过这篇文章，我也才知道胡宝华老师就“隐藏”在闵行区社会福利院的“夕爱斋”。正因为有一次与胡永明先生相识于文友的聚会上，希涛老师才得以在父亲节那一天，和胡宝华老师两家人相聚在“夕爱斋”。在上海这个东方巨大的工业城市，希涛老师能够和他少年时的作家偶像相聚在闵行，他们激动的心情可想而知，也才有了一次长久而深沉的文学对话。他们都是工人作家的优秀代表。看到胡宝华老师回忆他的文学岁月，看到他晚年依然“老牛自知夕阳短，不用扬鞭自奋蹄”，真的让我们感慨太多。

再来看看永明先生的诗歌，如此温婉细腻缠绵，真的让我很意外。胡宝华先生赞其为“儒雅的战士，佩剑的诗人”，真的是“举贤不避亲”也。永明先生是上海市公安局农场分局政委，工作忙碌，还撰写发表论文38篇次，获得奖项13次，同时又是中国诗歌学会会员、中华诗词学会会员、上海市作家协会会员，著有诗集《晚潮拍岸的声响》和《阳光化作七彩虹》。希涛老师推荐了他的这首《给远方的至爱》：“你远在天涯，/就像明月挂在天际；/你在我心中，/就像明月映在水里。/我的祝福是清晨的鸟鸣，/为使你快乐千啭百啼；/我的召唤是黄昏的轻风，/留恋地牵起你的罗衣；/我的相思是不尽的流水，/长年缠绵在你的住地；/我的情爱是不落的太阳，/环绕着你永远不会偏离。”这首深情的抒情诗引起了希涛老师的共鸣，让他涌起了古典的情思，让他想起了“青青河边草，郁郁园中柳”“所谓伊人，在水一方”……想起了那些思念情切、意犹未尽的诗句。永明先生的诗句，希涛老师的吟赏，都让我深深沉浸与感动，艺术作品，感人心者，先乎情也。

我也看到了胡宝华老师赠给希涛老师的“涛声依旧”的书法作品，书法雅致娟丽，很见功力和情怀。他们父子真的是儒雅风流也。

文学，唯有耐得住寂寞，唯有真情的付出，才可能有丰收的喜悦。他们的艺术成果，他们的精神世界，都是年轻学人的营养品。我也相信，只要我们也能如当年希涛老师那样“歃血”为艺术、为人生，一定也能谱一曲斑斓的人生之歌。

（作者是上海市作家协会会员）

巧构　繁简　意象

——读《我与“父子作家”的情谊》有感

张谷平

读了刘希涛先生的散文《我与“父子作家”的情谊》，感到深沉有味、饱含诗意，很受启发。

一、构思精巧

阅读此文，我首先就被它新颖灵活的结构打动了。结构应是美的造型，作者采用立体交错的结构。开篇由儿子胡永明著作的序言作者带出父亲胡宝华，真切、自然。作者急切地指着胡宝华的名字发问：“胡宝华，可是当年上海电机厂的工人作家胡宝华？写《毛丫头大战‘霹雳火’》的胡宝华？”

“是的，是的，他是我的父亲。”得到了胡永明爽朗的回答后，作者即转入了对自己在胡老先生作品和创作思想的影响下到部队、下车间，深入生活第一线，刻苦锻炼、勤奋写作、不断提高的回忆，这是纵的线索：现实——历史。

第五段，作者夫妇和胡永明夫妇同去福利院探望胡老，这从历史又回到现实。但胡老回忆了自己的苦难身世，走上文学道路的历程，以及“文革”时的无妄之灾，这又从现实回溯了历史。至于历数近年来胡老研究《红楼梦》的成就，则又回到了现实。

第七段作者探望握别后，胡老又托永明送来题词和信件，从胡老对作者要关注永明诗歌创作的嘱托，作者又介绍了胡永明的《诗歌创作手册》，他的简况以及创作的诗歌。这又是横向的生发，由父亲带到儿子。所以这个结构一是纵横交错，富有立体感的；二是前后勾连，衔接过渡极为自然。清代文学家方东树说：“或总挈、或倒找、或横截、或补点。不出离合错综，草蛇灰线，千头万绪，在乎一心之运化而已。”

二、繁简适宜，各臻其妙

作者的繁简剪裁功夫很是突出。他在转入对胡老的回忆时，一开始就用繁笔叙述了胡老发表在《萌芽》上的小说《毛丫头大战“霹雳火”》的梗概，其他的作品《毛丫头巧献锦囊计》就只是提了一下篇名。这是为扣住主线，突出作者的生活道路、创作生涯深受胡老影响的重点。如他在部队写的《军民花》中的嫂子和战士，就有当年那个“毛丫头”和“霹雳火”的影子。在钢铁厂他写的《擒“龙”姑娘》中也不乏“毛丫头”和“霹雳火”的身影，前面的繁笔一可集中笔力给读者以深刻印象，二可使后面作者介绍胡老作品的影响表现得更细致充分。真是“文贵于达而已，繁与省各有当也。”

三、独异的艺术意象

作者是诗人，他是带着自己的诗进入散文领域的。文中有许多出色的比喻，饱含诗意，创造出一个个出色的艺术意象，增添了作品的艺术感染力。诸如“胡永明爽朗的回答，仿佛一根神奇的魔棒，一下子敲响了我记忆深处的那根琴弦。”想到50年代，作者上中学时，《萌芽》上的《毛丫头大战“霹雳火”》“犹如电流跳上钨丝，我的眼前‘刷’地亮堂起来”这两个比喻新鲜贴切，表明了作者对胡老刻骨铭心的钦佩。富有灵性的艺术意象，将心灵的声息融贯其中，暗潜流动着思念感佩的意绪与情怀。结尾处又由上海的母女作家、父女作家、父子作家，深入联想“此时，我分明看到文学的一片茂林，在老树的身边，新干正茁壮成长。宝华先生这棵树虽老，并无丑枝；儿子诗歌的果枝上，已开满花朵，相信不久的将来，一定会结出硕大甜美之果。”这些意象又延伸着人们的审美视野，拓展着人们的精神世界。这是一个散文家成熟的标识，也是他对读者的自我言说。

感谢作者的慧心巧思，给我们奉献了这篇散文精品。

（作者是金秋文学社社长、《金秋文学》杂志主编）

文学工业题材有过辉煌

——读《我与“父子作家”的情谊》有感

朱渊澄

读刘希涛先生的文章，犹如在读诗篇：华丽的词句，精美的结构，动人的细节，洋溢的激情……

“父子作家”，指的是上世纪五六十年代的工人作家胡宝华和当代的年轻从警诗人胡永明。由作者与胡永明相识为缘起，牵出了中学时代的回忆，胡宝华工业题材小说对自己的巨大影响，参军，写战士诗，部队复员，自愿放弃干部编制去当钢铁工人而成为“钢铁诗人”——胡宝华小说中的工人阶级形象与精神，始终贯串于笔端。在闵行区社会福利院拜访了胡宝华老人之后，回到了诗歌的话题，浏览和选读胡永明的两本诗集以及《诗歌创作手册》，感悟并意识到，这个表面上沉静如铁的人，内心里却有激情在燃烧，有诗意在流淌。作者得出的结论是：写作的意义，就是给当今、给未来、给我们的子孙后代，留下一笔精神财富；毕生用文字深呼吸的人，真正凭作品说话的人，才能永恒。

六千多字的篇章，涉及多方面的话题。创作的源泉，文学与生活，市场经济对文学的影响，作家与做人，母女作家、父女作家、父子作家的薪火传承，等等。而读者我从文中感受

到的是，文学工业题材有过辉煌，当今工业题材的缺失，很可能失去了文学的半壁江山！

尽管曾经有个别观点认为，工业题材作为行业题材之一，不足以构成一种文学类型，但我国的文学实践证明，工业题材的写作，是有传统的。新中国成立前，无论国统区还是解放区，都有工业题材的小说作品出现（茅盾，康濯，杨朔，草明等）；建国以后，从老作家的“写工人”（草明《火车头》，萧军《五月的矿山》，周立波《铁水奔流》，艾芜《百炼成钢》，杜鹏程《在和平的日子里》，程树臻《钢铁巨人》等），到工人作家群的出现（胡万春，唐克新，费礼文，胡宝华，万国儒，黄声孝等），文学界新人辈出，俊彦荟萃，形成了蔚为壮观的“工人写”现象。

从写工人到工人写，这就是刘希涛先生在文中所说的：“上世纪五六十年代，以反映上海工人生活为题材的文学作品，如雨后春笋，蓬勃发展，造就了一大批有才华的工人作家，他们的崛起和辉煌，在当代文学史上留下了灿烂的一页。”

又经过了五十年的艰难曲折，我们的国家已是今非昔比。醒来的东方巨狮，最令人瞩目的标志就是，农业大国已经变成了工业大国。工农兵学商和知识分子，都应该是文学的描述对象。文学的主体是人，人在一定的环境下生活，写人写细节，就离不开他的生活背景。由于工业题材的专业和复杂，工业领域常常使作家们望而生畏。这可能就是工业题材作品缺少的客观原因。

如果我们能够着力培养一群后生，像“钢铁诗人”年轻时那样，下决心沉到工厂基层去，怀着文学的梦想，混它个十年八年，是否也能创造出一个“写工业”的文学新时代，收获一批新的高大精尖工业题材的小说、诗歌、散文、剧本呢！

这个美好的念想，在商品经济时代的今天，恐怕已经很难实现了吧？

（作者是上海市创意产业协会创意旅游专委会主任）

拨动记忆深处的那根琴弦

——《我与“父子作家”的情谊》读后感

邵天骏

刘希涛先生的诗文作品，总能让人眼睛为之一亮。其娴熟的创作技法，尖细笔端下流淌出来的浓浓深情，都让文学有了一种无尽的诗意和曼妙的意境。于是，一幅幅唯美的画面蘸着饱含浓淡相间的绚丽色彩在阳光的折射下熠熠生辉，升腾起美不胜收的景象来，由此叩开了读者的心扉。

《我与“父子作家”的情谊》是希涛先生最新推出的一篇佳作。文中提到的“父子作家”，一位是上世纪 50 年代就有名气的工人作家胡宝华先生，其发表在《萌芽》杂志上的《毛丫头大战“霹雳火”》，发表在《上海文学》杂志上的《毛丫头巧献锦囊计》等作品，使他成了希涛先生心中的偶像。一位是从警 30 多年的诗人、上海市作协会员胡永明先生，出版多本诗集和诗歌工具书，有“儒雅的战士，佩剑的诗人”之美誉。希涛先生与他们的相识交往，引申出的其人其事让人感动、令人难忘。

50 多年过去了，希涛先生也早已成了文坛和诗坛的名人，成了广大读者心中的偶像。他的作品吸收了历代文学的精髓，将诗歌、歌词、散文、报告文学等体裁发扬光大，跃上了众人仰慕的高度。他还在沪东工人文化宫等处培养了一大批文学新人。然而，希涛先生却从不居功自傲，依然平易近人。从他的这篇美文中，读者可以看出，他也是一位有着丰富情感、注重弘扬时代正能量的诗人、作家……情浓于水，时至今日，他仍然将当年对胡宝华先生的美好印象，深深地刻在脑海里。

这篇美文的许多精彩之处，可从每一个细小的细节中看出来。以 9 个章节构成的完整人物影像，将希涛先生与“父子作家”交往的全过程完美地展现出来，一气呵成，充满回味。在我眼前，顿时跳跃出时光流逝的缤纷元素，一点一滴，整个跨度不知不觉中就有一个花甲了。那时的希涛先生受到文学熏陶、坚信创作离不开生活、投笔从戎的情景至今历历在目。半个世纪过去了，他对文学的执著与痴迷，不曾有丝毫改变。他回忆所走过的文学之路，所取得的每一点成绩，皆有着对文学无比热爱的影子。希涛先生能够取得今天骄人的成就，正是缘于他对文学的不懈追求，以及对文学创作的敬畏之心。

在上海的作家群体中，工人作家以其特有的光芒留下了不可磨灭的功勋。上海是全国最大的工商业中心，可写的工业题材数不胜数。“上世纪五六十年代，以反映上海工人生活为题材的文学作品，如雨后春笋，蓬勃发展，造就了一大批有才华的工人作家。他们的崛起和辉煌，在当代文学史上留下了灿烂的一页。”这是希涛先生在文中的一段话。他提到的工人作家除了胡宝华先生外，还有胡万春先生等人。他们的创作成就有目共睹，让人肃然起敬。

其实，希涛先生也是工人作家中的代表人物，影响遍及祖国的大江南北。他既有“战士诗人”的桂冠，又有“钢铁诗人”的称号，曾随江泽民总书记看望钢铁工人；中国作协主席、当代著名作家铁凝女士曾给他“涛声依旧”的热情题词。这样的褒奖，也是国内众多有影响的作家、诗人梦寐以求的。我想，如果没有希涛先生“深入生活、扎根人民”的丰硕成果，是很难获得如此荣耀的。

文中描述的希涛先生与老人交谈的情景，自然生动，展现了两个文学名人对话的人格魅力，闪现出了他们观察事物、捕捉生活之美的锐利目光和睿智火花。而对胡永明先生的描写，以及对他出版的诗歌工具书、诗集及有关诗的概括，亦是恰如其分，颇有看点。希涛先生对与“父子作家”交往的过程叙说，倾注了内心真实的情感，是一种诗意的神采飞扬和丰富的语言表达。

“上海有‘母女作家’（茹志鹃、王安忆）、‘父女作家’（管新生、管燕草），也有‘父子作家’（胡宝华、胡永明，一个写小说，一个写诗）……当然，还有更多的‘两代作家’、‘三代作家’……”希涛先生敏锐的目光捕捉到的这一难能可贵的现象，并把它提示出来，自有一种欣慰的成分在里面。长江后浪推前浪，青出于蓝胜于蓝，当今上海的文学创作，已经架起了一道薪火传承的桥梁。

这篇美文的深度和厚度，留给读者许多的回味。刘希涛先生的描写清新流畅，文笔十分优美，堪称是一篇可以借鉴的文学范文。他的思如泉涌，他的娓娓道来，他的情真意切，他的巧妙布局，都使他自如驾驭的文体有了一种光的叠影，犹如记忆深处的那根琴弦，拨动着每一个难忘的瞬间和读者的心弦，细瞧之下又是文采绚丽的满目风韵，自是多了生活美好的感悟，也带来了视觉上的不断开拓。

（作者是上海市作家协会会员、中国诗歌学会会员）

有诗情永远不会老

刘晓红

白杨树般挺拔的身姿、笔直的腰板，刘希涛老师的年龄我不敢猜。可后来知道，老师已是古稀之年！看了《我与“父子作家”的情谊》这篇长文，我明白了：老师的年龄与岁月无关！有诗情的人，永远不会老！

长达6000多字的长篇，如果没有相当的功力，一定是冗长而繁杂的，读起来也会是令人疲惫的。可希涛老师的长文中，有幽深的历史也有不可回避的现实，有对诗崇高的敬仰也有对人深厚的情怀，有对长者的感恩也有对晚辈的爱护，还有对自己成长道路的回顾……整篇文章透露出对人美好的情感、对文学深沉的热爱和对创作不竭的思索……这么丰盛而厚重的文化大餐，却被老师拿捏得游刃有余，由诗意的一条线贯穿始终，美不胜收！

一

开篇，“一个桃花灼灼、李花纷纷的日子，在上海市作家协会新会员的一次聚会上，我认识了胡永明和他的妻子

舒爱萍。”文章开篇就充满了诗意。对诗人的认识，由诗意的“桃花灼灼、李花纷纷”而起。结尾处：“胡永明爽朗的回答，仿佛一根神奇的魔棒，一下子敲响了我记忆深处的那根琴弦……”一篇洋洋洒洒的长篇美文，就在这诗意琴弦的弹奏下，如清泉般汩汩流淌。

写父亲作家胡宝华作品对自己的影响时，希涛老师写到胡宝华先生作品《毛丫头大战“霹雳火”》对他的影响：犹如电流跳上钨丝，我的眼前“刷”地亮堂起来……诗般的语言，一下子把读者吸引到文字中来，不由自主随着作者流淌出的清泉漫步……

随着清泉的流淌，我们看到了希涛老师的文学之路。

受胡宝华老师《毛丫头大战“霹雳火”》和《毛丫头巧献锦囊计》等小说的影响，年轻而充满文学情怀的希涛老师悟出了写作的真谛：文学创作离不开火热的生活，只有身入其中，亲历其境；静观默察，烂熟于心，才有可能写出有血有肉、鲜活灵动的作品来。于是，希涛老师投笔从戎去当兵，走上了守卫祖国海疆的前哨阵地。在部队期间，他时时留心，处处做有心人，在报刊上发表了上百首枪杆诗、墙头诗、战士诗，戴上了“战士诗人”的桂冠。从部队回到地方，由于对文学的热爱，他又自愿放弃干部编制当上了一名钢铁工人。希涛老师用诗一样的语言写道：“在化铁炉的火光中感受，在轧钢机的轰鸣声中思索，我把诗的触角伸向了钢厂的角角落落——我以炽热的情思、多彩的笔调，为钢铁工人抒写了一首首赞歌。”这期间，希涛老师发表了近500首“钢铁诗”，又成为名副其实的“钢铁诗人”。

诗一样的语言，简洁明快地介绍了希涛老师在胡宝华老师影响下，一步步成为“战士诗人”和“钢铁诗人”的历程。

二

“这是个清风在梧桐树梢唱着歌谣的日子……”成为名诗人名作家的希涛老师难忘恩师，他携家人去看望心中的偶像了。这诗一样的语言，使老诗人看望老作家的美好情怀溢于言表。在这部分，文章详细描写了与老作家相见的细节，“老人知道我们要来，特地换了一件洁白的短袖衬衫，雪白的头发纹丝不乱地梳向脑后，脸色红润，笑声爽朗地在‘夕爱斋’会客厅接待了我们，他那双温暖的手，让我感到他的力量。”

话不多，但精炼的语言描述了作家与诗人相见，惺惺相惜的心情。此段娓娓道来，看似写与老人的随意聊天，但却是在谈写作的真谛。不知不觉中，创作的源泉已流入读者心中。

由看望胡宝华老师，文章很自然地介绍了胡宝华老师的生平、经历和创作观，让我们看到了一个历经坎坷仍挚爱文学的老作家形象，老人的乐观、智慧和对文学执着的追求跃然纸上。

老人一生没有离开过工作岗位，退休后，又对《红楼梦》作了深入研究，写出了不少振聋发聩的文章。正如希涛老师所说，“纪念曹雪芹，研究《红楼梦》，不仅是缅怀先人，颂扬经典，更是为了树立民族文化自信，为今之文学乃至当代文明的发展提供源源不竭的支持和动力。”

文学老人的使命感、责任感令人动容！

三

“握别了宝华先生，我依然沉浸在和他促膝交谈的氛围之中……”友情还在延续，胡宝华先生托儿子给希涛老师送来了题词“涛声依旧”和信件。流水般的语言，很自然地引出了本段的主要内容：对晚辈的关爱，对诗的扶持。

通过希涛老师的简要介绍，我们了解到胡永明作为一个诗人的努力与成绩，对这个“儒雅的战士，佩剑的诗人”有了清晰而深入的了解。

“1957年出生的永明，系上海体育学院教育学学士、复旦大学法律硕士，长期从事社会学等方面的理论研究（发表论文38篇次、获奖13次），撰写了大量调研报告，现为上海市公安局农场分局政委、三级警监，上海市作家协会会员、中国诗歌学会会员、中华诗词学会会员。”这样的经历，与诗人似乎有一定的距离，正如希涛老师所说“在人们的心目中，诗人不是性格张扬、天马行空、狂放不羁，就是卿卿我我、情调浓浓、故作多情……”可“胡永明，这个表面上沉静如铁的人，内心里却有激情在燃烧，有诗意在流淌……”

让我们看看胡永明的诗：“你远在天涯，/就像明月挂在天际；/你在我心中，/就像明月映在水里。……”

这温柔缠绵、委婉曲折的诗章，使人想起了那些思念情切、意犹未尽的诗句……胡永明，果真是位“儒雅的战士，佩剑的诗人”。

看完全文，三个迥然不同的文学大家形象跃然纸上：戴着双重桂冠的不老诗人——作者，把文学当使命的老作家——父亲，对文学执着追求的年轻诗人——儿子。同时上海还有“母女作家”和“父女作家”，他们薪火传承，生生不息。而希涛老师所写的三位各具魅力、各有风采的知名作家对文学不懈的追求，不正是上海滩文学的缩影！

“毕生用文字深呼吸的人，真正凭作品说话的人，才能永恒。”都知道希涛老师是“钢铁诗人”、“战士诗人”，我这时看到的还是一个真正凭作品说话的人，一个诗意盎然的人。

我不由想起前不久在一次活动中见到希涛老师的情景：挺拔的身姿，矫健的步伐……他侃侃而谈诗歌的发展与现状，情感充沛，激情昂扬！真是一位不老的诗人！

祝福希涛老师“涛声依旧”！

（作者曾任《中国平煤神马报》周末版主任）

后 记

永明从小与诗结缘、一直与诗为伴，是一个诗歌创作、诗歌研究、诗歌评论与诗歌活动并举的诗人、作家和学者。近年来，永明先后出版了诗集《晚潮拍岸的声响》《阳光化作七彩虹》《给远方的至爱》《启明诗》和诗歌工具书《诗歌创作手册》，创编了《通用规范汉字诗声韵》，并在一些报刊和诗歌选本、诗文选本中发表了一批诗歌，还参加了“胡永明《诗歌创作手册》研讨会”。期间，一些著名诗人、作家、文学评论家等对永明的各本诗集分别写了序，对永明的诗歌先后写了一些评论文章，还在“胡永明《诗歌创作手册》研讨会”上作了精到的点评。他们的这些文章和发言虽然是对永明诗歌、书籍的评论，但其独到的观点、精彩的评论对诗歌创作、诗歌研究、诗歌评论乃至文学事业的发展进步都具有更加广泛、更加深远的学习、借鉴和研究价值。为此，我编著了这本《启明星在闪耀　胡永明诗书评论集》（以下简称《胡永明诗书评论集》），将这些宝贵的精神财富结集出版，奉献给社会。“启明”是永明的笔名，“启明星在闪耀”是永明的博客名和微博名。我将“启明星在闪耀”用作书名，寓意着书中的诗评、书评、综评等作品闪耀着作者的思想光芒。

《胡永明诗书评论集》是一本很有特色的文学评论类书籍。它不同于诗歌、散文、小说等文学作品集，而是诗歌作品和诗歌工具书的学术评论集；它不同于某位专家学者所著的文学评论专集，而是众多诗人、作家和文学评论家所作的文学评论结集；它也不同于许多作者就不同作家、不同作品、不同书籍所撰写的文学评论的汇编，而是诸多作者就永明创作的诗歌、编著的书籍所撰写的文学评论、所发表的精彩发言的荟萃。因此，现在的网上、书店和图书馆几乎查不到、买不到、看不到这样的书籍。正如著名诗评家孙琴安在为本书所作的《序》中指出的："有关诗的评论集，百年来已出版过一些；有关诗的书评集，也有不少，但把诗评文章和书评作品汇集于一册而加以出版的，并不多见。也可视为此书的特色。"

《胡永明诗书评论集》又是一本很有价值的文学评论类书籍。价值之一，是书中汇集了诸多名家、大家等的精彩评论文章和发言材料。如中国作家协会副主席、著名作家叶辛为永明爱情诗集《给远方的至爱》所写的序《捕捉"诗眼"》，中国作家协会会员、著名作家和文学评论家吴欢章为永明代表作《启明诗》所写的序《胡永明的诗》和在"胡永明《诗歌创作手册》研讨会"上所作的精彩发言等等；价值之二，是书中汇集的专家、学者等的评论和发言对于诗歌创作、诗歌研究、诗歌评论具有普遍的指导意义。如著名诗评家孙琴安、潘颂德为本书所写的《序》和为永明诗歌所写的评论文章《学习、继承中国诗歌两个传统的华章——简评胡永明的诗歌创作》，中国作家协会会员宋海年为永明四本诗集分别写的评论文章《诗歌的坚守：胡永明的不变之变》《理想主义的诗性表达》《爱在诗歌里成长——读胡永明〈给远方的至爱〉》和《向上生长的诗歌——我读〈启明诗〉》等等；价值之三，是书中诗人、作家与文学评论家对永明同一首诗、同一本书发表的不同层面、不同角度的评论具有重要的比较价值。常言道："有比较才有鉴别”。这对读者提高鉴赏能力是很难得的教材，对作者提升创作水平和对文学研究者获取分析资料是很珍贵的典藏。因此，此书很值得诗歌爱好者、诗歌作者、诗歌研究者和诗歌评论者收藏和学用。孙琴安研究员在为本书所作的《序》中认为：此书有特色，“何况其中还涉及到了不少诗歌现象和理论问题，有些亟需解决而至今尚未解决，有些还是当前的热点。所以，很希望此书的出版能引起读者足够的重视，从而推动中国诗歌的进一步发展。”而“推动中国诗歌的进一步发展”，正是本书编著出版的良好愿望和根本目的。

我在编著本书的过程中，得到了叶辛、吴欢章、刘希涛、孙琴安、潘颂德、张文贤、潘培坤、吴振兴、张春新、郑长埠、傅家驹、曹正文、张斤夫、朱渊澄、徐弘毅、郑周明、赵进一、宋海年、陆新、张蓉、沈世坤、郦帼瑛、黄玉燕、邵天骏、田凤兰、葛加禄、李汝保、王家泉、汪欣、张谷平、沈慧敏、罗维平、徐加宏、刘晓红、雷九畴、顾茂青等作者和永明的父亲胡宝华、我的表哥胡金标的理解和支持，得以将他们对永明诗歌、书籍的学术性评论文章、发言和有关诗文，与刘希涛老师撰写的纪实散文《我与“父子作家”的情谊——记胡宝华、胡永明》及其读后感一并收入书中。特别是上海社会科学院文学研究所研究员孙琴安在百忙之中赶写了《序》，上海社会科学院文学研究所研究员潘颂德不辞辛劳赶写了诗评文章。在确定书名的过程中，我原定为《启明诗书评论集》，后根据张斤夫老师的意见改为《永明诗书评论集》，中国文联出版社第二事业部主任顾苹编审又提出是否要改为《胡永明诗书评论集》，我经与陆新老师商量，并得到顾苹编审的肯定，最终才将书名定为《启明星在闪耀　胡永明诗书评论集》。为出版本书，顾苹编审精益求精地做好编辑工作，潘传兵老师精心做好排版工作，出版社、印刷厂的有关同志也做了卓有成效的工作。在此，我对大家致以衷心的感谢和崇高的敬礼！

希望《胡永明诗书评论集》的出版能受到文学界的重视和读者的欢迎，使之在中国特色文化建设中发挥应有的积极作用。

编著者

2016 年 11 月 22 日于上海